KB273798

삶의 깊이와 표현의 깊이

이향아 평론집

새미

국립중앙도서관 출판시도서목록(CIP)

삶의 깊이와 표현의 깊이 : 이향아 평론집 / 이향아 지음. -- 서울 :
새미, 2003
    p. ;   cm

ISBN 89-562-8070-3 93800 : ₩11000

810.906-KDC4
895.709-DDC21   CIP2003000710

지금은 작고하여 계시지 않은 은사님의 말씀이 생각난다.

"이 교수! 좋은 논문을 남기는 것보다 좋은 詩를 남겨야 해. 이 교수에게 는 '詩'가 있지 않은가? 좋은 詩를 쓰려고 힘쓰게."

나는 당시 박사논문을 쓰고 있는 중이었다. 은사님의 말씀 때문만은 아 닐 것이다. 나는 이미 속으로 생각하고 있었다.

'박사논문만 끝나라, 다시는 논문 같은 것을 쓰지 않으리라, 오로지 창작 에만 몰두하리라'

그리고 얼마동안은 정말 그렇게 하였다.

그러나 창작에만 몰두해 있을 때 나는 궤도로부터 너무 멀리 일탈해 있 는, 치외법권의 영역에서 무법자가 되어 있는 것 같은 불안을 느끼곤 한다. 질서와 규범으로부터 자유로운 자가 구심력으로부터 벗어났을 때에 가질 수 있음직한 외로움과 허탈감인 것이다.

그러나 논문에만 한참 매달려 있다보면 나는 다시 지나치게 건조하고 경화되어서 네 존재가 무미하게 소진되어버리는 것은 아닌가 하는 의문에 싸인다.

창작을 인정하지 않고서는 문학의 이론이 그 위치를 상실하게 된다. 이 론을 무시하는 창작 또한 허약하고 공소할 것이다. 문학이론과 창작, 이 둘은 공생의 관계에 있는 것이다.

필자는 40년 동안 주로 시를 창작해 왔다. 그러나 나의 창작이 내가 주 장하는 이론에 얼마나 부합하고 있는가에 대하여는 심각하게 따져본 적이 없다. 서로는 서로에게 무의식중에 혼융하여 완벽한 공존을 실현하고 있을까, 아마 그럴 리는 없을 것 같다. 자신이 없다.

여기에 수록한 시 해설이나 평론은 주로 내 문우(시인, 수필가, 소설가)들의 작품을 대상으로 한 것이다. 말하자면 우정이 있는 간섭이라고 해야 할까. 그들이 작품집을 출간함에 앞서서, 혹은 출간된 이후에 나는 착실한 독자의 한 사람으로서 조언을 덧붙이고 싶었다. 나는 그들의 미덕을 발견하기 위하여 노력하였지만 무조건 손을 들어 무책임하게 긍정하거나 근거가 모호하게 확대하려 하지 않았다. 설령 인색하다는 말을 들을지라도 나는 진실을 규명하고 싶었다.

돋보기를 들고 한 작가의 세계에 들어가 음미하는 것은 피상적으로 훑어볼 때의 감동을 훼손할 수도 있다. 필자는 멀리 보면서도 가까이 들여다보는 '博而精'으로 터득하려고 했다. 그러나 그것은 독자가 판단할 일이다.

나는 앞으로도 계속 평론을 쓰게 될 것 같다. '좋은 시를 남기라'는 충고의 말씀을 기억한다. 그러나 시가 중요한 만큼, 충실한 시 읽기와 더불어 시에 간섭하는 일도 계속해야 할 것이다.

■목■차■

원죄의식과 귀향의식

1. 처음 말 – 삶의 방식

시인 홍윤숙의 시집 『마지막 공부』가 발간되었다. 이 시집은 그의 열세 번째 시집이다.

그는 시집의 서문에서 '이것이 마지막일까 생각하다가 혹시나 하여 20여 편을 남겨 두기로 한다. 건강이 허락한다면 앞으로 한 권쯤 더 – 하는 희망을 남겨 두고자 – 시의 희망은 곧 삶의 희망이라 믿기에.'라고 말하였다. 그리고 시인은 여기 덧붙여 지금까지 살아오면서 찾고 싶었던 것은 행복과 평화와 神이었으며 그것이 결국은 흔적 없이 지워지는 '無'라는 것을 깨닫게 되었다고 깊은 심경을 밝히고 있다.

홍윤숙의 시에서 우리가 만나는 것은 흔히 여성 시인들이 빠지기 쉬운 감미로운 정감이나, 취기처럼 몽롱하고 애매한 무형의 분위기가 아니다.

그는 일찍이 그런 것으로부터 일탈하여 리얼한 목숨의 현장에 잠입하는 길을 선택해 왔다. 가열한 삶을 직시하면서 새롭게 인식되는 영혼의 고독과 육신의 통증, 그리고 간단없는 절망과 불빛 같은 희망. 그는 이러한 현실을 그의 시와 병행시켜왔다고 할 수 있다.

그가 표현하고 있는 목숨의 현장은 거창한 현실의식이나 이데올로기로 무장된 것이 아니고, 하루하루 이끌어가는 소란스럽고 잡다하며 시끄러운 일들 바로 그것이다. 그는 이보다 훨씬 앞선 시집 『사는 법』을 통하여 때로는 추악하고 신산하며 고달픈 노역에 지나지 않는 지상의 삶을 아프게 극복하는 법을 보여주었었다.

> 잠자는 법 눈뜨는 법
> 걸음 걷는 법
> 하루에 열 두 번도 하늘 보는 법
> 이를 빼고 솜 한 뭉치 틀어막는 법
> 한 근씩 살내리며 앓는 법 배워요
> 눈물의 소금으로 혓바닥 절이며
> 열 손가락 손톱마다 동침 꽂고 손 흔드는
> 이별법도 배워요
> 입술 꼭꼭 깨물며 눈으론 웃고
> 목구멍 치미는 약 삼키는 법 배워요
> 가슴 터져나도 천리 긴 강물 붕대로 감고
> 하루에 열두 번씩 죽는 법 배워요
>
>   - <사는 법1> 전문

홍윤숙은 '사는 법'은 곧 '하루에 열두 번씩 죽는 법'이라고 말한다. 그는 '사는 법'에 대해서 절규에 가까운 목소리로 자기 자신을 먼저 설득하고 있다. 삶의 주체도 자기 자신이요, 그 삶의 설득자도 자기 자신이라는 점, 이것은 그가 껴안고 있는 삶을 더욱 진지하고 절실하게 독자에게 전달한다.

인간의 삶은 한결같지 않다. 똑같은 형태의 것도 그 주체가 누구냐에 따라서 때로는 희열과 낙천의 단순한 길이 될 수도 있고 때로는 고행과 형극의 복잡한 길이 될 수도 있다.

홍윤숙이 운영하는 삶의 방법은 변칙을 도모하거나 융통성을 부리지 않기 때문에 어렵고 고단하다. '잠자는 법, 눈뜨는 법, 걸음 걷는 법', '한 근씩 살내리며 앓는 법'을 배우고, '눈물의 소금으로 혓바닥 절이며 열 손가락 손톱마다 동침 꽂고 손 흔드는 이별법'을 배우는 삶. 입술 깨물면서 '눈으론 웃고 목구멍 치미는 약 삼키는 법' 배우면서 '가슴 터져나도 천리 긴 강물 붕대로 감고 하루에 열두 번씩 죽는 법 배'우는 삶은, 전력전심 고통스럽게 터득해야 하는 목숨의 방법인 것이다. 그는 훨씬 어렵고 힘이 들더라도, 그것이 옳다고 여겨지면 골목이요 벼랑이요 외나무다리일지라도 그 길을 선택한다. 그의 '사는 법'은 그만큼 외곬의 방법이다.

그의 시에는 과장이 없다. 수사적인 측면에서 볼 때 그의 탁월한 조사법은 때로 '현란한 언어의 구사'라는 평가를 받기도 한다. 그러나 여기서의 '현란한 언어의 구사'는 과장이나 미화와는 구별된다. 홍윤숙의 시는 있는 그대로의 실상을 해체하여 핵심과 정곡을 찔러 공개함으로써 오히려 위악적인 성격을 보인다고 하겠다.

<약력2> 라는 제목이 붙은 다음의 시를 읽어보자.

> 북방 기마족의 피를 받은
> 조부의 역마살과
> 소시적부터 이름난 아비의 바람기를 타고
> 세상에 태어났다
> 노다지를 꿈꾸는 금전판 어느 한 모퉁이
> 음 유월 여름밤
> 그때도 아비는
> 구름을 잡는 객관의 봉놋방 바람이었고
> 조부는 풀지 못한 주먹에 혈기만 남은
> 장년 오십에 황천의 객이었다.
> 쓸쓸한 유년
> 스무 살 꽃다운 어미의 가슴에 부황든 한이
> 살갗마다 새파란 문신을 새기던
> 외진 세월의 외나무다리 위에
> 위태롭게 눈뜨던 새끼 둥우리
>   [···중략···]
> 그리고 열 일곱 살
> 일본 침략시절 여고 강당에서

> 처음 만난 불
> 검정치마 흰 저고리 흰 버선 고무신에
> 싸안은 불
> 김천애 목에서 활활 타던 이 땅의 불
> 「봉선화」 거센 불에 가슴 데이고
> 처음으로 「빼앗긴 들」의 암울한 일월을
> 혼자 배웠다
> 그때는 아직 아무도
> 새벽 종소리 울려주지 않았지만
> 뙤약볕에 뱀딸기 제풀에 익듯
> 풀섶에 여치가 혼자 영글듯
> 그렇게 저 혼자 눈뜨며 알이 들었다
> 실바람에도 악기처럼 울리던
> 스무 살 안팎

위의 시는 얼핏 서정주의 <자화상> 서두, '애비는 종이었다. 밤이 깊어도 오지 않았다.'라는 싯구를 연상하게 한다. 조부의 역마살과 아비의 바람기, 살갗마다 파아란 문신을 새기던 어미의 한을 타고났다고 토로함으로 시인은 자신의 평탄치 않은 이력을 축약하여 증명하고자 한다.

홍윤숙은 쓸쓸하고 위태로웠던 유년 자아와 미감에 눈을 뜨는 순간을 불에 비유하고 있다. '열일곱 살 일본 침략시절 여고 강당에서 처음 만난 불'과 '검정치마 흰 저고리, 흰 버선, 고무신에 싸안은 불'과 '김천애 목에서 활활 타던 이 땅의 불', 그리고 '<봉선화> 거센 불' 등. 이 불들은 홍윤숙의 가슴에 강한 화상을 입혔을 것이며, 그 화상은 시인의 정신에 '알이 들'게 하고 '실바람에도 악기처럼 울리던 스무 살 안팎'까지 그를 이끌어온 힘이 되었을 것이다.

여기서 '불'이란 말할 것도 없이 감동과 전율, 혹은 흥분과 충격, 각성과 발견의 메타포어일 것인데 그는 왜 그것을 '불'이라고 명명하였을까? 그것을 달리 '눈부신 빛'이라고 할 수도 있을 것이며, '거대한 소리'라고 명명

할 수도 있을 것이다. 그러나 정신적 성숙과 의식의 깨임으로 인한 성숙의 희열까지도 홍윤숙에게는 화상을 입는 듯한 통증을 동반하고 나타났음을 표현한 것이라 보아야 할 것이다.

2. 목숨 혹은 원죄

홍윤숙 시집 『마지막 공부』의 핵심은 대략 두 가지로 요약하여 정리할 수 있다.

첫째는 원인불명의 죄책감이며, 둘째는 끝없는 귀향의식이다.

첫번째 원인불명의 죄책감은 냉혹하리만큼 엄정한 자기분석과 회한을 곁들이고 있다. 이 죄책감은 원초적 죄의식(원죄의식)과 더불어, 냉혹하고 엄정한 자기 응시의 시선이 강압하는 양심의 가책과 더불어 심화되었다고 할 수 있다.

이러한 경향은 홍윤숙의 시의 정서를 편협한 개인의 것으로 머물게 하지 않고 그 공명의 광폭을 확장하는 힘을 준다. 그러나 때로는 그의 양심과 죄책감이 어두운 그늘과 근심이 되어 시의 분위기를 전체적으로 무겁고 어둡게 하기도 한다.

전 69편의 시를 4부로 분류한 시집 『마지막 공부』의 제 3부에는 '목숨 혹은 원죄'라는 소제목이 붙은 열 네 편의 시가 포함되어 있다. 목숨은 그 자체가 죄의 결과이거나, 목숨을 받아 태어난 사실 자체가 바로 죄로 입문하는 길이라는 뉴앙스를 강하게 풍긴다.

고독도 죄의 결과이며 사랑도, 청춘도, 슬픔도, 그리움도, 일상의 나날, 그 적막도 모두 죄의 결과라고 그는 말한다. 출생은 내 의지의 결과가 아니니, '죽기까지 지고 갈 고락과 영욕 / 태어남이 그대로 원죄'(<탄생>)라 하고 있으며, 누구에게 잘못한 일도 빚진 일도 없다고 여기는 도도한 자유 그 오만이 바로 잘못(<잘못>)이라고 힘을 주어 고백한다.

　　이러한 점은 그가 오랜 기간 종교인으로서 길들여 온, 절제와 겸허의 태도, 그리고 구도적 자세가 자연스럽게 반영된 것이라 보아도 될 것이다.

> 내 잘못이다 내 잘못이다
> 풀밭에 앉으면 그것을 알 수 있다고
> 일본의 옛 시인은 노래했지만
> 또 어떤 시인은
> 풀밭에 앉을 수 없어
> 사방이 콘크리트 벽이어서
> 나는 나의 잘못을 알 수 없다고 노래하지만
> 풀밭이건 시멘트바닥이건 상관없이
> 나는 내 잘못을 알지 못한다
> 무엇을 누구에게 왜 잘못했는지 알지 못한다
> 　　　　[…중략…]
> 누구에게 잘못한 일도 빚진 일도 없는
> 도도한 자유가
> 나를 제왕처럼 오만하게 한다
> 어쩌면 이 오만이 나의 잘못인지 모른다
> 스스로 잘못을 깨닫지 못하는 잘못
> 　　　　　　　　　　　－ <잘못> 중에서

　　시인은 자신의 잘못이 무엇인가하는 문제로 고민하고 있다. 무엇 때문에 그런 문제를 스스로 만들어 고민하는가? 그것은 시인이 그런 문제를 만들어 고민하고 싶기 때문이다. 원인불명의 자책감으로 원죄를 짊어지고 태어난 목숨을 질타하면서, 그는 자신이 자신의 잘못을 깨닫지 못하는 잘못을 뉘우치는 것이다. '누구에게 잘못한 일도 빚진 일도 없'다고 여기는 그 오만함이 바로 잘못이며, 그 오만함을 잘못이라고 여기지 않는 것이 곧 잘못이요, 죄라고 결론을 내리는 것이다.

파리 몇 마리 잡아 죽였습니다.
개미는 더 많이 밟아 죽였고
돋아나는 새싹 너무 신기해
철없이 똑똑 따서 찢어도 보고
피는 꽃송이 모가지 꺾어 놀다
버리기도 했습니다.
사람이 미우면 침 퉤퉤 뱉어버리고
까닭없이 돌팔매질 당하면
이 악물고 혼자서 울었습니다
        […중략…]
그러나 보다 더 큰 죄는
그것들이 하나도 죄라고 생각되지 않는 생각입니다.
이 오만
아직 눈물로 통회하지 못하니
아마도 날마다 버려진 고아처럼 쓸쓸하고
까닭모를 고통의 채찍 끝이 없나 봅니다.
— <죄> 중에서

그가 열거하고 있는 죄목은 지나치게 범상한 일상의 일들이다. 개미나 파리를 죽이는 일, 풀잎을 따고 꽃을 꺾는 일, 사람을 미워하여 돌팔매질한 잘못, 그리고 그러한 행위를 죄라고 생각해 본 적이 없는 오만의 죄, 이 죄를 눈물 흘려 반성하지 않은 시인은 큰 죄인인 것이다.

홍윤숙은 부여받은 삶을 있는 그대로 즐기지 못하고, 극복해 나갈 큰 과제로 인식한다. 그러나 그는 무겁고 어려운 짐인 삶, 그 자체를 신의 은총으로 감사하고 있다. 시인은 자신을 수시로 괴롭히는 육신의 병조차 '인생의 요행을 바라'고 '정신의 허약을' 벌하여 '행복의 참뜻을 가르치려고' 단련시키는 신의 뜻(<나의 위장>)이라 해석함으로써 감내할 수 있는 힘을 얻게 된다.

시인은 또 <존재>라는 시에서 '내가 있으니 아침이 오고 아침이 오니

해가 떠오른다'로 시작하여 이 세상에서 발생하는 모든 문제와 싸움과 목숨이 태어나는 것들이 나의 존재 때문이라고 말한다. 이 시는 읽는 방법에 따라서 그 의미가 판이해 질 수도 있다. '내가 있으니 아침이 오고'로 시작되는 이 시는 얼핏 자기도취와 자아중심의 의미로 착각할 수도 있다는 것이다. 그러나 우리는 이 시인이 세상 모든 변란의 중심에 스스로를 세워놓고, 그 책임을 모두 떠맡으려는 자세를 취하고 있음을 간과할 수가 없다. '내가 있으니'는 '내가 이 세상에 존재하기 때문에'가 아니라, 세상에 '나라는 목숨이 태어났으므로'의 뜻임은 말할 것도 없다. <슬픔2>에서도 '세상에 진 빚은 태어난 죄 하나, 살아 있음의 까닭도 모르고 기억도 없는 목숨의 빚에 눈이 먼다'라고 탄식하듯이 말한다.

시집 『마지막 공부』에는 세상의 희로애락, 그 원인을 자신의 존재, 그 태어났음에 책임을 지워 버리는 시들이 많음을 어렵지 않게 발견할 수 있다.

3. 귀향의식

홍윤숙의 「마지막 공부」에서 두번째로 두드러진 성향은 귀향의식이다. 그는 끊임없이 떠나온 고향으로, 잃어버린 과거의 시간 속으로, 창세기의 에덴동산으로 회귀를 꿈꾼다. 그러나 그가 『마지막 공부』에서 귀향의 방법으로 가장 확실하게 접근한 것은 '죽음'이다. 그리고 이 죽음의 방법은 앞서 발간한 시집들, 예를 들면 『하지제』, 『북촌정거장에서』, 『사는 법』, 『타관의 햇살』 등에서 보여 주었던 귀향의식과는 상당한 차이가 있음을 발견할 수 있다.

홍윤숙은 『마지막 공부』를 통하여 생명을 정리하고 마감하는 길이 가장 아름다운 귀향이라 말하고 있다. 그것은 칠순을 넘은 연륜이 가져다 준 자연스러운 마음의 정리라고도 할 수 있을 것이다. 그러나 그보다는 현세에서의 영욕을 벗어버리고 탐심으로부터 완전히 해방된 다음 그 결과로서 나타나게 된 모습이라고 하는 편이 더 정확할 것이다.

『마지막 공부』에서 뿐만이 아니라 지금까지의 홍윤숙의 시에서는 타관 의식이 빈번하게 표현되어 왔었다. 그는 부모가 잠시 이향해 있던 황해도 연백군에서 출생하여 바로 평북 정주군 마산면 신오리로 귀향했다가 다시 서울로 이주해서 청소년기 이후 오늘날까지 살아왔다. 이 정도의 이주는 흔히 있을 수 있는 일로서 홍윤숙만의 특별한 상황이 아님에도 불구하고 그의 시에는 유달리 이향민으로서의 정서가 진하게 깔려 있다.

그러나 홍윤숙은 단순히 떠나온 고향을 그리워하면서 타관살이의 애달 픔을 읊조리지는 않는다. 회상 속에 살아 있는 고향 역시 타관이었고 지금 또한 타관임이 분명하다고 인식하고 있는 홍윤숙은 살아 있음 그 자체가 곧 타관살이임을 표명하고자 하는 것이다.

지금은 겨울이
퍼렇게 날을 세워
해바라기 꽃 울타리, 양개와집, 언덕을 쓸어뜨리고
내가 사는 마을에 이사해 왔지만

나는 아직
그 여름의 소싯적 거리를 떠돌고 있고
눈부시던 타관의 햇살을
기억하고 있다.
— <타관의 햇살> 중에서

어머니 그 옛날 저녁이면
창가에 등불 밝히고 기다리시던
어쩌면 지금도 그날처럼 기다리고 계실
따뜻한 집이 있어
먼 여정 노상에서도 평안히 꿈꾸며
돌아갈 길을 근심하지 않았다
그 골목길 등불 들고 기다리고 계실

어머니 있어
지상의 여행은 행복했다.

— <귀로3> 중에서

　낯설고 어색하고 두렵기도 한 타관, 완전히 짐을 풀고 눌러 살도록 마음을 안정시키지도 않고 그렇다고 짐을 풀지 않을 수도 없는 것이 타관이다. 타관은 이상한 향기로 호기심을 자극하여 한 발 한 발 다가서게 하는 마력을 가지고 있다.

　홍윤숙이 세상살이에서 지속적으로 느끼고 있는 감정은 이러한 타관의 정서와 일치한다. 그는 아무리 나이가 들어도 여전히 익숙하지 않은 세상살이를 하고 있다. 그로 하여금 그래도 타관살이를 견딜 수 있게 했던 힘은 어머니였다. 어머니가 있기에 따뜻한 집이 있고, 어머니가 있기에 '먼 여정 노상에서도 평안히 꿈꾸며 돌아갈 길을 근심하지 않'아도 되었다. 어머니는 타관살이를 견디게 하는 거대한 힘이었다.

　'지상의 여행은 행복했다'라고 한 <귀로3>의 마지막 구절에서 '행복했다'라고 하는 시인의 고백이 유난히 강렬한 자극으로 전달된다. 그것은 홍윤숙의 시에서 '행복'이란 어사가 흔하지 않기 때문일 것이다.

　그는 낙천적 인생이나 안일을 취하는 시인이 아니다. 오히려 안도감으로부터 탈피하여 자신을 조심스럽게 위축시키고 극기하면서 타관의 삶을 견뎌가는 시인이다. 이러한 점은 앞에서도 언급한 바와 같이 그 누군가에 대한 죄책감을 삶의 징표처럼 지니고 사는 시인이라는 점과 깊은 관련성을 가진다고 하겠다

　그가 '날마다 끼니마다 약을 챙겨 먹'고 '한 달에 몇 번 병원에 가'는 것은 이 지상의 고향에 가서 고향집 '사과꽃 피는 나무 아래로 돌아가' '현악기로 울리던 바람소리 다시 한 번 들어야 한다고'(<아직은>) 생각하기 때문이다. 이 시인은 이 강렬한 소망 때문에 이 지상에 오래오래 머물러

있을 것 같다. 그러나 한 편 그는 조용한 기도 가운데 종교적인 본향을 그린다.

<blockquote>
한 생애 무거운 살 벗어놓고
고통의 뼈도 내려놓고
가볍게 가볍게 깃털 하나로
약속된 시간 지체없이 돌아가는
귀향의 길

마침내 알리라
나를 세상에 보내신 분의
뜻을 그리고 눈뜨고 귀 열리리라
삶은 끝없이 꾸는 꿈이고
죽음은 비로소 깨어난 현실임을

그날을 위해 날마다
은사시나무 가지 끝에 부는 바람
가슴으로 새기며
남모르게 마지막 공부에
밤이 깊다

— <마지막 공부>
</blockquote>

'죽음은 비로소 깨어난 현실임을' 알게 된 시인 홍윤숙은 가장 확실한 귀향을 위해서 밤이 깊도록 '남 모르게 마지막 공부'에 열중하고 있다. 그날을 기다리며 그는 '은사시나무 가지 끝에 부는 바람까지도 가슴에 새기'면서 깃털처럼 가볍게 떠날 진정한 귀향을 준비하고 있다. '황혼의 향수 구토처럼 치미는 타관의 거리'(<정신사>)에서 그는 자신의 의지와는 무관하게 '그저 주어진 별 아래 쇠비름씨 한 톨 날아와 박토에 뿌리박고' '크고 무서운 운명의 멍에 지워져'(<탄생>) 살았던 지상에 집착하고 있지 않음을 보여 주고 싶어 한다. 집착하지 않는다 함은 지상의 삶에 혐오감을

가진다거나 거부감을 가진다는 말과 구별된다.

> 날마다 조금씩
> 마음이 아픈 것은
> 아픈 마음 감싸안을
> 몸이 아직 있기 때문이다
> [···중략···]
> 하늘과 땅 사이 무한 공간에서
> 별과 꽃이 서로 그리듯
> 마음과 몸이 아득히 손 흔들며
> 이별하는 날이 미구에 오겠지만
> 그날이 언제 어떻게 올지 알 수 없기에
> 조금씩 근심하며 기다린다
> <노을 묻은 산수유 잎새 바람에 지듯> 중에서

죽음에 혐오감이나 거부감을 가지지 않는다 해도, 죽음은 역시 홍윤숙에게 있어서도 평범한 것이 아니다. 육체와 영혼이 분리되는 그날이 오겠지만 언제 어떻게 올지 알 수 없기에 그는 '조금씩 근심하며 기다린다'고 말한다. 본향으로의 완전한 귀향, 그것은 '노을 묻은 산수유 잎새 바람에 지듯' '무음무색으로 세계의 저편으로 사라지고 싶다'는 시인의 다짐과는 별도로 역시 '조금씩 근심'스러운 것임에 틀림이 없다. 그러나 그는, '마음이 아픈 것은 그 아픈 마음을 감싸안을 몸이 아직 있기 때문이'라고 살아 있음의 날들을 감격으로 맞이한다.

삶이 아름답다면 죽음 또한 아름다우며, 삶이 고통스러울 때, 죽음도 고통스러운 것이 된다. 삶과 죽음이 동일 선상에 있다. 어디선가 꽃잎 하나 질 때 가슴이 설레고 '어디선가 이름 없는 목숨 하나 떠'날 때 '가슴 한편 소리없이 무너지'(<이 저녁 어디선가>)면서 결별을 체험하는 시인. 홍윤숙은 태어나는 것들과 사라지는 것들의 아름다운 순환과 소리없는 반복, 이것이 우주의 법칙이며 철리라는 것을 가슴으로 절규하고 있는 것이다.

그러면서도 <마지막 공부>에는

> 몇 십년 쓰다 버린 헌 양은그릇이다...쓸모없는 폐기물 헌 양은그릇
> 이다   <老愁>

> 날마다 벼랑 끝에 서 있는 조금씩 비장한 나이   <나이>

> 지는 해가 귓속말로 일러 준다 사랑할 날이 많지 않다고
>   <청담동 일기2>

> 어느새 봄도 이제 나를 비켜가고 있다   <동화>

등의 싯구에서 볼 수 있는 것처럼 깊어가는 연륜에 따른 인생의 자조와 짧고 허무하게 지나가 버린 청춘에 대한 회억이 짙게 깔려 있다. 이러한 점은 비단 홍윤숙에게만 있는 독특한 징후라고는 할 수 없을 것이다. 노년에 접어드는 사람이면 누구나 느낄 수 있는 자연스럽고 정상적인 정황을 읊었다고 보아야 할 것이다.

오히려 홍윤숙에게서 발견할 수 있는 것은 죽음을 깊이 성찰하고 긍정한 나머지 삶과 죽음의 경계가 불분명해졌다는 점이라고 할 수 있다. 이러한 생사간의 미분화 상태는 태어남에 대한 회열이나 사라짐에 대한 애석함의 감정을 바야흐로 초월하고 있음을 설명하는 것이라 보아도 마땅할 것이다.

4. 맺음말 – 초록의 깃발

목숨과 원죄로 자책감 느끼면서 그 처한 자리를 항상 불편해 하는 시인 홍윤숙, 끝없이 귀향을 꿈꾸면서 타관의 객수를 다스리는 시인 홍윤숙, 열세 권에 담긴 그의 시들은 대부분의 여성시인들이 취하는 색채와 사뭇 다

르다. 다시말해서 그의 시들은 연애적 정서를 읊지도 않았으며 단순 일변도의 감미로운 정감을 운용하지도 않았다는 것이다. 아니, 그의 시들은 오히려 무겁고 어둡고 심각한 토운으로 인생에 대한 염려와 근심을 떠안고 있다고 하겠다.

그는 결코 요행을 바라거나 기적을 원하지 않는다. 아름다운 내일을 믿지만 그것은 기다림의 결과로 나타날, 혹은 오랜 노고 끝의 표창장처럼 나타날 결실로서의 내일인 것이다. 그는 그 내일을 희망이라고 부른다. 그는 희망이라는 말을 사랑한다. 그리고 희망은 특정한 누구에게만 있는 것이 아니라, 인간의 보편적인 삶의 과정에 놓여 있어야 함을 힘주어 말하고 싶어한다. 그는 희망이 인간 개개의 내부에 살아 있는 인간다움과 자존이라 여기면서 사람과 자연, 사람과 하나님의 관계에서 가능한 것이라고 생각하고 있다.

> 아무도 흘러온 물의 근원을 생각하지 않듯이
> 오늘 저 노성한 은행의 역사도 우리는 모른다
> 다만 견디고 다져온 인고의 노고
> 뿌리고 자라
> 봄이면 눈마다 싹이 트고 새순 돋는
> 먼 여로 끝에 당도할 희망 있으니
> 오늘도 우리는 후회 없이 이 길을 걷는다
>   － <동숭동의 봄> 중에서

홍윤숙은 '희망'이라는 말을 순리와 은총의 메타포어로 쓰고 있다. 억지없는 목숨의 순환 가운데서 '봄이면 눈마다 싹이 트고 새순 돋'듯이 예정된 시간처럼 '먼 여로 끝'으로부터 우리 앞에 당도하는 희망, 유구한 물의 근원처럼 시작하여서 오랜 인고와 노역 끝에 오는 희망, 그래서 희망은 우리에게 신뢰를 준다. 홍윤숙이 그 희망을 '녹기'(녹색깃발)의 이미지로 그리고 있는 것은 그만의 독특한 감각적 표현이라고 할 수 있을 것이다.

일반적으로 '푸른 희망'이니, '푸른 꿈'이니 하여 '희망'은 청색 이미지로 나타내는 게 보통이다. 홍윤숙의 희망은 '녹색'에 '깃발'이라는 사물을 결합함으로써 보다 확연하게 구체화되고 있다.

> 어쩌다 마음에
> 푸른 녹기 하나 펄럭이는 날이 있다
> 그런 날 가슴은 축일처럼 설렌다
> 이마에 손을 얹고 바라보는 하늘엔
> 여기저기 축포처럼 터지는 빛의 분수
> 분수처럼 쏟아지는 양지쪽 담 밑에서
> 진달래 개나리도 마음 놓고 몸을 푼다
> 동목 가지마다 부산히 지친 그늘 털어내고 있다
> 야윈 두 팔에 받쳐든 대바구니 하나 가득
> 꽃이랑 과일이랑 희망이랑 희. 망. 이. 랑
> 그 술렁이는 속삭임들 천지에 울리는 음악이 되고
> [···후략···]
>
>   — <평화> 중에서

홍윤숙은 '녹색'을 다시 '푸른'으로 한정하고 있는데 '푸른 녹색'이란 푸른색을 띠는 초록색이라는 의미가 아니다. '푸른'은 녹색의 투명성과 강도를 표현하기 위한 것으로 색도가 아니라, 명도라고 할 수 있다.

그는 유난히 가슴이 설레는 날, 그의 표현을 빌어 푸른 녹기 하나 내걸린 축일 같은 날에는 '꽃이랑 과일이랑 희망'을 야윈 두 팔에 받쳐들고 싶어한다. 그리고 '풍금 소리 잔잔한 노사제관'의 '기도하는 소녀들의 성모상에도' 프리지어 꽃다발을 바치고 싶어한다. 이것이 이 시인이 느끼는 진정한 평화인 것이다. 시인은 '희망'이라는 말 아래 언더라인이라도 치고 싶은 듯 '희·망·이·랑'으로 표기하여 강조하고 있다. 아직도 우리에게 희망이란 게 남아 있다는 사실이 얼마나 놀라운 일인가 그는 감격하여 누구에겐가 큰 소리로 묻고 싶은 것이다.

이 시인의 마지막 희망은 평화이다. 평화로운 귀향, 평화로운 자백, 그리고 평화로운 회상이 그의 희망이다.

'하늘 아래 장승처럼 서서 목 터지게 불러볼 이름 하나 있으면 좋겠다'고 하는 소망, '하늘 아래 어디선가 살아서 내 이름 부르며 먼 바다 파도를 가르며 원항선 돌아오듯 그렇게 가물가물 돌아오는 사람 하나 있으면 좋겠다'(<봄이 오니>)는 기다림이 있는 시인, 그가 안고 있는 근심과 외로움이 아무리 클지라도 아름다운 그 기다림을 버리지 않는 한 그는 '쓸모 없는 폐기물 양은그릇'도 아니고 '벼랑 끝에 서 있는 나이'도 아닐 것이다. 홍윤숙은 아직도 사랑할 날이 많을 것이며, 그래서 오래오래 건재할 것이다.

『문학비평』 2호 2000. 9.

작은 것들의 동네, 그리고 어떤 자유

"이병훈 선생님은 잘 계시는가요?"

군산에 갈 때마다 이병훈 시인의 안부를 묻곤 하였다. 군산 문인들이 모이는 자리에서도 이병훈 시인을 만나기가 어려웠기 때문이다. 이병훈 시인에게 쏠리는 특별한 의미는 필자가 군산에서 성장했으며, 이병훈 시인이 그 군산의 원로 시인이라는 사실과 무관하지 않다.

필자는 스무 살까지의 성장기를 군산에서 보냈다. 연령의 차이가 있기는 하지만 같은 지역에서 동일한 시대를 살고 있으면서도 이병훈 시인과 필자는 청소년기도 장년기도 한참이나 흘러가 버린 다음에야 만나게 되었다.

이병훈 시인이 굳건하게 향토를 지키는 동안 필자는 서울로, 전주로, 거기서 다시 서울로, 광주로 삶의 터전을 자꾸 옮겨가며 지냈기 때문이다.

군산 문학의 큰 나무처럼 시종 뿌리를 한 곳에 내리고 고향의 풍광을 지키면서 한결같은 시심의 탑을 쌓아올리는 시인 이병훈, 필자는 언제부터인가 그에게 빚을 지고 있다는 생각을 가지게 되었다. 그에게 느끼는 미안한 마음, 그것은 필자가 군산이라는 지명에서 느끼는 특수한 감정과 비슷할까? 아마 그럴 것이다.

오늘 그의 열 여덟 번째 시집에 감히 몇 마디 언급할 수 있는 기회를 얻게 된 것은 결코 우연이 아니라고 생각한다. 130여 편의 시 원고를 여러 번 읽으면서 확인할 수 있었던 것은 그가 보편적인 생활감정을 일상적이고 기초적인 언어로 표현하였다는 점이다. 그리고 될 수 있으면 수식어를 배제하고 실상에 가깝게 표현하려고 하였다는 점이다. 아마 그래서 그럴 것이다. 그가 선택한 시의 소재가 무엇이든지 간에, 그 결과로서의 시는 자연산 농작물처럼 질박하고 소탈하다.

특히 이번 시집에서만 강조한 사항이 아니고 이병훈의 한결같은 관심사로 이어온 것이지만 삼라만상의 미물에 이르기까지 약자에 대한 남다른 관심과 애정이 유독 솟아 보였다. 또한 내세에 대한 달관과 무욕의 시선, 담담한 관망의 태도가 조용하게 드러나 있다는 점도 간과할 수 없는 특색이라고 할 수 있다.

1. 달과 풀의 시학

이병훈의 관심 영역은 넓다. 역사의식과 휴머니즘이 그렇고, 현실생활에 대한 애정과 자유 의지가 그렇다. 이병훈 시인이 현실을 인식하는 방법은 객관적이다. 객관적 태도에는 필연적으로 비판의 시각이 뒤따르게 된다. 그의 비판은 크게 고함을 지르거나 메스를 휘두르지 않는, 일변은 접고 일변은 체념하는 목소리를 낸다. 그는 가난하고 소외받는 사람들의 탄식에 청각을 세우고, 부당한 힘과 압제, 부의 불균형과 편중, 버림받은 계층의 고충과 부조리한 생활상에 관심을 가진다. 그의 시를 읽으면서 독자는 우리의 삶이 대체로 버림받고 찌들어온 삶이었음을 새삼스럽게 깨닫게 되었다.

이병훈이 약자, 혹은 민초의 객관적 상관물로 내세운 것이 '달'과 '풀'이다. 이병훈의 시에는 눈부시고 찬란한 태양광선의 출현이 거의 없는 대신 달의 유입이 빈번하며, 꽃이나 나무보다 이름없는 풀이 더 강하게 얼굴을 내민다. 천상의 '달'과 지상의 '풀'은 그 입지가 다르지만 그들이 현대 문명의 그늘에 가리어 외면당하고 있다는 점에서 공통점을 갖는다.

달은 반사된 광선이라는 점에서 간접적이며 소극적이다. 달은 최전방으로부터 제 이선에 물러나 있는, 주역이 아닌 조역으로서의 존재이며, 그에게서 적극적 의욕이나 정열을 발견하기는 어렵다. 그러나 이병훈의 달은 밤의 배후에서 침묵의 저력으로 떠오르고 한결같은 천성으로 떠오르며, 삶의 법도처럼 떠오른다. 이병훈의 달은 특별히 동양적이고 조선적(이병훈은 한국이라고 하지 않고 조선이라고 함으로써 전통과 뿌리 의식을 강조하고 있다)이다.

이병훈은 달의 속성인 은둔과 겸허의 미덕을 존중한다. 달은 이 시인에게 있어서 때로는 민족 정령이고 때로는 친근한 동무이기도 하지만, 보다 근원적으로 시인은 달을 시인 자신으로 동일시하여 파악하고 있다. 독자들은 이병훈의 시를 읽으면서 이 시인이 바로 달이라는 것을, 아니면 최소한 달처럼 살기를 희망하는 사람이라는 것을 알게 된다.

‘풀’은, 현대시에서 공통적으로 적용하고 있는 이미지가 그렇듯이 이병훈의 시에서도 억압과 고통 속에 허덕이는 낮은 계층을 상징한다. ‘풀’은 거시적으로 내우외환으로 끊임없이 시달려 온 우리 민족이며 미시적으로는, 우리 민족의 기층을 이루고 있는 민초이다.

돌보거나 가꾸지 않아도 스스로의 끈질긴 생명력으로 살고, 짓밟히면 짓밟힐수록 더 일어나서 번성하는 속성을 가진 풀. 풀은 겉으로 약하지만 끈기로 지속한다는 의미에서 달과 동일하다고 하겠다. 이병훈의 자연관, 그것의 두 축을 형성하는 ‘달’과 ‘풀’은 상호 보족하여 그의 시에 독특한 분위기는 환기한다.

‘달’과 ‘풀’이 실제의 작품에서 어떻게 표현되고 있는지 그의 작품을 읽어보자.

> 시들어 가는 달에게
> 물을 주어라
> 말라드는 달의 풀밭에
> 물을 주어라

         그것은
         쫓겨갈 때
         한쪽씩 안고 가
         이역 간도나 하와이 땅에
         심어 기른 조선의 달이 아니더냐
         마음을 풀어
         만삭의 보름달로 길러서
         두둥실 띄워라
         늘 휘영청 밝은 달마당
         도래 멍석으로 뜬
         조선의 마당을 마련하라

         꽃도 맺기 전에
         시들어 비실거리는 달에게

                            ─ <달 경작> 전문

　　시인은 끊임없는 외세의 침탈로 시달림을 받아 온 우리 민족을 달에 연결하고 있다.

　　1연의 '말라가는 달의 풀밭'에서 달과 풀의 만남은 먼 거리의 두 물체를 끌어당긴 듯이 낯설다. 그러나 의미망을 좁혀 들어갈수록 이질적이던 것이 유관하게 연결되어 있다는 것을 이해하게 된다.

　　시인이 말하고자 하는 것은 달빛이 있는 풀밭이며, 달이 사랑하는 풀밭인 동시에 달과 만나는 풀밭인 것이다. '시들어 가는 달에게 물을 주'라고, 그래서 만삭의 '보름달로 길러서' '조선의 마당을 마련하라'고 힘주어 제안하는 시인의 목소리는 단호하다. 달을 경작하는 일은 민족을 경작하고 나라를 경작하는 일이며, 얼과 혼을 경작하고 삶을 가다듬는 일이라고 이 시인은 파악하고 있는 것이다.

　　이병훈은 문명에 대해서 서툰 몸짓을 짓고 비평의 시선을 보내지만 자

연에 대해서는 친숙하게 손을 내민다. 그가 자연을 대하는 태도는 사랑함
이 넘쳐 경외하는 지경에 이르렀다고 해야 할 것이다. 이 시인은 달과 풀
외에도 바람과 안개와 무지개, 새와 이슬과 벌레, 하찮은 모기에 이르기까
지 그 존재의 의미를 옹호한다. 그리고 자연이 내리는 모든 시혜를 두 팔
벌려 안아 들이듯 소중히 다룬다.

다 비워두고
달만 떠 있을 때
개는 쿵쿵 짖어댄다
속살이 훤히 드러난
달을 보고 짖어댄다

“달아 달아
천성이 고운 달아
조선 항아리 같은 달아
오랑캐에 물릴라
고운 살점 물릴라
물려 반이 되기 전에
반의 반이 되기 전에
여기 여기 내려와 살자”
한다
“마당에 멍석 깔고
여기 여기서 살자”
한다
개는 이승 한 밤
뜬눈으로 지새며 짖는다

　　　　　　　　　　　　　　　　— <개와 달> 전문

시인이 천상의 달에게서 발견한 이미지는 조선 항아리 같은 포용성, 조선 민족이 지향하는 수더분함과 너그러움이며 고운 천성이다. 그리고 지상에는 그 달을 보면서 위로를 받고 그 달을 보면서 한숨쉬고 눈물짓기도 하는 우리 민족이 있다. 시인은 그 달이 오랑캐에게 살점이 물리기라도 할까 봐 염려하면서 방책을 강구한다.

'여기 내려와 나랑 같이 살자' 자꾸자꾸 작아지기 전에 마당에 멍석 깔고 여기서 살자고 밤새도록 뜬눈으로 지새며 화자 대신 개를 짖게 하는 것이다. '달을 보고 짖는 개'는 우리 선인들의 민화에서 쉽게 접할 수 있는 평화로운 풍경이다. 이 시에서 '이승의 한 밤 뜬눈으로 지새며 짖는' 개는 달을 향해 애정을 고백하는 시인 자신이라고 보아야 할 것이다.

시인은 꿈과 이상을 달의 높이에 두고 그것을 지향하는 자신의 넋을 한낱 지상의 '개'로 비하시켰다. 그 둘 사이의 공간은 '달'과 '개' 사이의 공허한 공간인 동시에 '이상'과 '현실' 사이의 어려운 공간이기도 하다.

> 풀이 바람을 안고 운다.
> 부둥켜 안고 운다.
> "네가 다 했지"
> "네가 다 시켰지"
> "뭘요"
> "봉화를 올리고 이 마을 저 마을에
> 전단을 뿌렸잖아"
> "아니오"
> "이 자식, 이 자식 봐"
> 쇠좆매가 머리 위에 떨어진다
> 등을 휘어감아 내리친다
> 처음엔 그저 멍멍한 것
> "이 자식 맛이 어떠냐"
> "……"
> "이 자식 보통이 아니네. 너 오늘 죽어봐라"

쇠좆매가 한참 동안 사방에
분별없이 내리치더니 이번엔
의자에 반 뉘어 매달아 놓고는
주전자 물을 입 코 가리지 않고
내리붓는다
고춧가루를 탄 물이다
"네가 다 했지"
대답을 가다리지 않고
손가락에 전깃줄을 감더니
그냥 돌린다
몸은 뛸 듯이 솟구친다
비명이 쏟아진다

그가 맷독으로 간 지도 사십 년 넘은 오늘
그가 걷던 길과 들엔 풀이 돋아나 있었다
무성하게 돋아나 있었다

풀이 바람을 안고 운다
부둥켜 안고 뒹굴며 운다.

— <풀이 바람을 안고 운다> 전문

위와 같은 시는 불안정한 정치 체제 하에서는 발표하기 어렵다. 오래 유보하였다가 '그가 맷독으로 간 지도 사십 년 넘은 오늘'에야 발표하는 것은 그때문일 것이다.

정치 체제에 항거를 했거나 속칭 민주화 운동을 했다는 혐의로 붙잡힌 사람들이 고문 당하는 현장을 여러 행에 거쳐 그려내었다. '이런 소재, 이런 형식으로도 시를 쓸 수 있구나' 놀라움을 주는 시이다.

그러나 이 시인이 위의 시에서 제일 강조해서 드러내고 싶은 것은 고문의 현장이 아니라 '풀'에 대한 새로운 발견이다. 그렇게 처참한 지경에 있던 그 사람은 맞아서 죽고 '그가 걷던 길과 들엔 풀이 돋아나 있었다'고

하는 사실을 이병훈은 확신을 가지고 증언하려고 하였다. 시인의 증언을
통해서 독자들은 풀이 예사롭지 않은 존재임을 새로 인식하게 된다. 그러
나 '풀'은 그가 겪었던 억울한 일들의 전말을 마음놓고 호소하고 통사정할
적절한 대상조차 없어서, 겨우 떠도는 방랑자인 바람이나 안고 운다. 그것
만도 다행이라고 여기면서 반갑게 '부등켜 안고 딩굴며 운다'.

　이병훈의 현실파악이 아주 비관적이라고 할 수는 없다. 그러나 그렇다
고 낙관적이라고 할 수는 더욱 없다. 그가 낙관적 사유를 할 수 없는 것은
시의 소재를 실제의 생활에서 끌어왔다는 것과 깊은 관련을 가진다.

　　벌레 소리 앞에서
　　한참 동안 나는 풀이 된다
　　소리의 푸섶 속 한 풀이 된다

　　고엽제의 약물공세에서
　　가까스로 벗어난
　　나의 마당 가
　　어딘가 날아들어 자리잡은
　　풀동네
　　벌레소리 동네
　　그 작은 것들의 집단
　　어떤 자유

　　죽어서는
　　거추장스러운 몸둥어리
　　날려 보내고
　　혼백이 날개에
　　씨를 달고
　　날아다니는 풀이 된다

　　　　　　　　　　　　　　　－ <풀마당> 전문

　시인은 살아서도 벌레 소리 앞에서 풀이 되고, 죽어서도 '혼백이 날개에

씨를 달고 날아다니는 풀이' 되기를 바라고 있다. 그는 크고 높고 엄청난
것을 희구하지 않는다. '작은 것들의 집단'에 속해서 풀 동네의 '어떤 자유'
를 희구하고 있을 뿐이다. 이 시인에게는 몸둥이만 거추장스러운 것이 아
니라, 사회적인 명예도 지위도 어떤 형식도 거추장스러운 구속일 뿐이다.

> 사람 가고
> 풀은 남아서 사람이 묻힌 땅에
> 봄을 마련하다.
> 엉겅퀴 민들레 쑥 미나리들이
> 밭두렁 논두렁을 쌓는다
> 잎을 들고 일어서서
> 꽃을 열고
> 아침 낮 저녁을 가리지 않고
> 하루를 백년같이 써서
> 빛을 끌어 들여
> 씨앗에 날개를 달고 날아다닌다.
> 머문 자리에서 다시
> 땅을 갈아
> 마을을 세우고 들을 연다
> 산을 세우고 물길을 연다
>
> — <家系 2> 전문

　이병훈에게 있어서 풀은 영원히 불사하는 생명이다. 사람은 죽어도 풀
은 죽지 않고 사람이 묻힌 땅에 봄을 마련하다. 풀은 지상을 꽃으로 혹은
잎으로 열고 밭두렁 논두렁을 쌓기도 한다. 엉겅퀴 민들레 쑥 미나리 같은
풀의 시간들, 풀은 하루를 백년처럼 아침 낮 저녁을 가리지 않는다. 빛을
끌어들여 다시 씨앗을 낳고 씨앗에 날개를 달아주는 풀. 마을이 서고 들(나
라)이 열리는 것도 풀이 있기 때문이며, 산이 서고 물길이 열리는 것도 풀
이 있기 때문이라는 인식, 이 시인은 풀을 대대손손 이어나가는 종족인 동

시에 혈맥이라고 해석하고 있다.

이병훈이 언급하는 풀들은 날개를 달고 자유를 구가한다는 공통점을 가지고 있다. 그것은 곧 시인이 구가하는 최대의 이념이 자유임을 표방하는 것이다.

2. 뿌리의식과 내세에의 관망

이병훈은, 뒤로는 뿌리를 돌아다보고 앞으로는 내세를 바라다보는 시인이다.

그의 시에는 과거와 전통, 죽음과 내세에 대한 깊은 관심이 나타나 있다. 이는 전생과 현생 그리고 후생으로 이어지는 일직선상의 통일된 관념이라고 말해도 좋을 것이다. 과거와 전통을 바라보는 시각은 곧 현생의 철학이 될 수 있으며 현생의 철학이 내세에 대한 해석을 낳을 수 있다는 것이다.

죽음을 어떻게 바라보느냐 하는 것은 곧 삶을 어떻게 바라보는냐를 방증해 주는 중요한 가늠자가 될 수 있다. '어떻게 죽을 것인가'라는 물음에 대한 대답이 바로 '어떻게 살 것인가'를 역설적으로 설명하는 중요한 단서가 되기 때문이다.

이병훈의 과거와 전통에 대응하는 정서는 그리움이다.

> 물긷는 소리
> 그렇게 맑은 소리는
> 가까운 어디서든 들을 수가 없다
> 두레박 찬물 퍼붓는 소리
> 물방울 떨어지는 소리
>
> 달을 퍼올리는 소리
> 물동이 안에서
> 달이 출렁거리는 소리
> 분신하는 소리

그렇게 편한 세상이
멀고 가까운 어디에도 없다
달덩어리의 새각시
새각시처럼 맑은 얼굴은
어디에도 없다

　　　　　　　　　－ <물긷기> 전문

이 시인의 청각은 매우 예민하다. 그는 사물의 내면에 잠재된 역사의 소리를 이끌어 내어 그 사물의 본질을 파악하려고 한다. 예민한 청각을 기르기 위해서는 우선적으로 청각의 주체가 침묵하지 않으면 안 될 것이다.

<소리>라는 큰 제목으로 문학 잡지에 연재한 이병훈의 시는 65 편에 이른다. 이 시인이 파악하는 사물의 소리들은 바로 그 사물의 넋인 동시에 연속되는 시간과 사물의 공간을 이어주는 의미의 맥락이라고 할 수 있을 것이다.

이병훈은 '다듬이 소리'를 들으면서 '조선의 창'문에 어리는 선녀들을 발견하고(<창문>), 달이 뜨면 '한 마당 가득히' 개구리 소리를 소출로 거둬들일 줄 알며(<개구리 달밤>), 보름달이 보름달로 떠오를 때까지 억누르고 있던 말이 무엇인지(<쟁반같이 둥근 달>) 알고 있다.

시인이 그리워하는 것은 예전처럼 맑고 깨끗한 영혼, 곧 소리의 세상이다. 풀이 돋아날 듯 빛이 돋아날 듯 맑은 징소리(<징>), 제각기 다른 소리를 내면서도 대열을 지어 날아가는 기러기 소리(<기러기 행열>), 우물에서 두레박으로 찬물을 길어 올리는 소리, 물동이 안에서 출렁거리는 달의 소리(<물긷기>)등이 곧 그런 소리다.

그러나 나무들도 '옛 같은 녹색의 잔치를 마련할 수' 없으며(<문밖에 나서니>), '풍장을 앞세우고 두둥실 춤을' 추면서 제비 황새 뜸북새와 더불어 흥겹게 김을 매던 예전, 농사를 천하의 근본으로 알던 때(<농사의

노래>)는 가고 없다.

이병훈은 과거보다 죽음과 사후(死後)의 세계에 보다 적극적인 관심을 나타내고 있다. <혼백 1>, <혼백 2>, <임종 1>, <임종 2>, <消印>, <적삼>, <떠나가는 길>, <상여>, <풀마당>, <굿>, <혼백 날아감>, <하늘의 안내장>, <굴뚝새> 등이 이 계열의 시들이다.

이병훈이 죽음이나 사후를 바라보는 시선은 담담하다. 두렵다고 거부하지도 슬프다고 회피하지도 않는다. 살아서 이루지 못했던 소망을 사후의 세계에서 성취하려고 다짐하지도 않으며 부활이나 환생의 꿈도 꾸지 않는다. 이병훈이 즐겨 인정하는 혼백의 세계는 백지와 같은 공간이다. 그의 혼백이 부유하는 공간에는 극락도 천당도 없고 연옥도 지옥도 없으며, 혼백은 무엇을 지향하거나 도모하지 않는다. 그는 '죽음'이나 '혼백'을 내걸고 아무 것도 요구하지 않음으로써 모든 구속으로부터 자유롭다.

> 단 한 줄의 시라도 전할까 하며
> 먼저 간 병권 형에게
> 띄운 편지가
> 되돌아왔다
> 날짜와 시간이 지워져 있었다
> 사연마저 고스란히 지워져
> 백지로 돌아왔다
> 저승은 그저
> 비어있는 곳인가 보다
>
> — <消印> 전문

죽은 사람에게 편지를 띄우는 일은 애초부터 불가능하다는 것을 알면서도 독자들은 아무 저항 없이 통과시킨다. 뿐만 아니라 저승으로 띄운 편지가 '되돌아왔다'고 하는 당연한 귀결도 당연한 일이라고 여기지 않는다. 독자는 시인이 조성하는 분위기에 이끌리어 어린애처럼 섭섭해하고 애석해 하는 시늉을 한다. 이 시의 서두에 해당되는 전반부는 다음 단계의 말을 꺼내기 위한 장치에 불과하다는 묵계가 시인과 독자 사이에 이미 체결되어 있는 것이다.

저승은 날짜도 시간도 없다는 말, 이승에서 전달하고자 하는 어떤 사연도 저승에 전달할 수 없다는 말, 어떤 소식도 불통한다는 말, 그곳은 비어 있는 곳이며 백지와 같은 곳이라는 말, 시인이 하고 싶은 말은 이 말인 것이다.

'저승은 그저 비어 있는 곳인가 보다'

이는 이병훈 시인이 중량을 담아서 '저승은 이런 곳이다'라고 정의한 말인 동시에 그의 내세관을 담고 있는 말이다. 시인 이병훈이 감지하는 저승의 '비어 있음'은 허무나 무상, 혹은 공허로 대치될 수가 없다. '비어 있음'은 말 그대로의 '비어 있음'일 뿐이다. 그것은 순백이며 태초와 같은 정적이다. 시인은 그럴 것을 예측이라도 한 듯 태연할 뿐, 비어 있음에 절망하거나 슬퍼하지 않는다. 그는 현세에 미진했던 희망을 내세에까지 유예하지 않는다.

현세의 희망을 내세에까지 이끌어가지 않는 시인 이병훈은 현세적 삶 역시 욕망에 사로잡혀 아등바등 집착하면서 살지 않았을 것이라고 판단하게 한다. 만일 욕망의 진흙수렁에서 투쟁하듯 긴장하면서 영일을 모르고 살고 있다면 못 이룬 이승의 꿈을 사후의 세계에 미루어서라도 기어코 정복하고 성취하려고 했을 것이니까.

혼백이 무성하게 활동하는 그의 시구 어느 구석에서도 집착하는 모습은 발견되지 않는다. 욕망과 집착에서 떠나 있는 이병훈의 혼백은 원도 한도 가지지 않음이 확실한 것이다.

우리 문학작품을 관류하는 정서의 특성을 恨이라고 하는 학설은 상당한 설득력을 가지는데, 집요하고 통열한 이 '한'은 '완전 연소되지 않은 욕망의 누적된 잔사(殘渣)'라고 말할 수 있다. 그는 죽은 친구에게 편지를 써서 사후의 세계를 알아보는 일을 그만 두고 자신의 혼백을 직접 불러보는 체험을 하기도 한다.

1
무지개가 선다
벌레처럼 꿈틀거린다
얼마동안 몸부림치더니
나비가 태어났다
무지개는 바야흐로
나비의 집단으로 펄럭이면서 있다

2
내가 죽는다
혼백은 시체 속에서 꿈틀거린다
벌레로 태어나 꿈틀거린다
배고픈 새가 날아간다
벌레를 쪼아먹고
작아지면서
멀리멀리 사라져 간다
다시 무지개가 설지는 모른다

— <紀行> 전문

시인은 미리 사후의 세계를 기행한다. 위의 시는 사후에 일어날 수 있는 일들—혼백의 동향과 활동, 그 다음에 일어날 일들—에 대한 시인의 호기심과 상상을 적고 있다. 시인은 무지개로부터 벌레의 꿈틀거리는 몸짓을 보았으며 무수한 나비떼의 탄생을 본다. 무지개는 곧 나비의 집단으로 펄럭이는 혼백들인 것이다.

과학적으로는 대기 중의 물방울에 광선이 굴절 반사되는 현상이라고 해석하지만, 무지개는 아름다운 꿈이요 희구하는 세계다. 하늘을 날던 '배고픈 새'가 자신의 혼백인 '벌레를 쪼아먹고' 작아지고 작아져서 '멀리 멀리 사라'질 것을 바라고 있는 시인은, 혼백이 벌레처럼 꿈틀거리지만 말고 무지개가 되어 서기를, 그러다가 새가 되어 날기를 바라고 있다. 그러나 다만 바랄 뿐이다. 이병훈은 '다시 무지개가 설지는 모른다'고 확신이 없는 태도를 보인다.

각자의 정신에 기거하는 양면성, 부정적인 성향과 긍정적인 성향을 이 시인은 '벌레'와 '새'로 상정하고 있다고 보아도 될까. 이병훈의 시에서 새를 지향하는 정신의 편모들이 많이 발견된다.

> 참말 혼백이 있다면
> 어디론가 떠나가는 새일 것이다
> 천평선 지평선 사이를 떠도는 새일 것이다.
> 더러는
> 먼 마을 깜박거리는
> 불빛이거나
> 밤하늘 한 모퉁이에서 깜박거리는
> 별빛일 것이다
> 그러나 나는
> 혼백이 어느 쪽으로 떨어지는지
> 아직도 모른다
>
> — <혼백 2> 전문

아주 여러 번, 그리고 강력하게 혼백과 저승세계에 대해 생각하면서도 이 시인은 혼백이란 것이 있는가 없는가 잘 모르겠다면서, 있더라도 그 '혼백이 어디로 떨어지는지 아직도 모른다'고 말한다.

아는 것은 아는 만큼 안다고 하지만 모르는 것은 그냥 모른다고 말하는 것이 이병훈의 태도다. 그는 일체의 미사여구를 거부한다. 그의 시에는 어떤 과장된 수식도 없고 엄살도 없다.

그의 언어들은 애매하거나 몽롱한 유희를 거부하고 다소 건조할지라도 담담한 토운의 정확한 리얼리즘의 언어를 채용한다. 이병훈의 시적 태도는 도저하고 당당하여서 다소 불친절한데 이는 역으로 독자를 지배하는 힘을 가지게 된다.

위의 시에서도 '참말 혼백이 있다면 어디론지 떠나가는 새일 것이다'라는 말은 분명히 추측이다. '새일 것이다'라는 말이 추측임에도 불구하고 이 추측이 추측 이상의 확신과 단정으로 다가오는 이유는 무엇인가. '혼백이—새일 것이다'라는 말 속에는 어지간해서 허튼 소리를 하지 않을 것 같은, 과묵한 시인의 추측과 함께 '새'가 되기를 바라는 시인의 소망이 담겨 있다는 것을 독자들이 감지했기 때문이 아닐까.

> 마지막 농투상일지 모르는
> 나의 친구
> 그가 죽은 것은
> 고향의 마지막 모습이자
> 마지막 기억이었다.
> 그의 집 지붕에
> 적삼 하나 누워 있었다
> 허옇게 야윈 혼백
> 나는 가끔
> 백로가 멈칫 멈칫
> 산 넘어가는 것을 본다.
>
> — <적삼> 전문

사자의 지붕 위에 올려 놓는 적삼은 떠나는 혼백을 불러들이려는 의식의 적삼이다. 위의 시에서도 시인은 역시 새(백로)가 된 혼백을 본다. 혼백인 백로는 이승을 떠나면서 멈칫 멈칫 돌아다보면서 산을 넘어가고 있다.

혼백이 이 세상에 더 오래 머물러 살고 싶어 애를 쓰는 것도 아니고, 그렇다고 홀가분하게 도망치듯 떠나는 것도 아닌 '멈칫 멈칫'하며 산을 넘어가는 이 몸짓에는 시인 이병훈의 현세에 대한 태도가 나타나 있다. 멈칫 멈칫하는 것은 혼백을 부르는 소리가 슬퍼서 차마 발이 떨어지지 않기 때문일 것이다. 저승이 있다면 없는 것보다 낫고 극락이나 천당에 갈 수 있다면 연옥이나 지옥에 가는 것보다야 다행이라고 생각하지만 그것을 위해 특별히 노력할 것 같지 않은 시인 이병훈. 그가 시를 대하는 태도 역시 내세를 바라보는 태도와 크게 다르지 않다.

독자에게 우호의 눈길을 보낸다거나, 어느 특정한 주의 주장이나 이념에 묶이어 거기 열정을 쏟아 붙지도 않는 시인. 그는 타고난 천성인 듯 시를 쓰면서 날마다 시를 생활하는 시인이다. 그는 시에 대하여 이렇게 말한다.

> 나는 시가 특수한 층의 소산물이 아니라고 말해 왔다. 어느 곳에도 속하지 않아야 한다고도 했고 기존의 이론이나 철학, 종교 그 어느 것에도 속하지 않는 오로지 시로서의 소산이라고 말해 왔다. 그러므로 '어느 정신의 내포' '철학적'이네 '종교적'이네 심지어는 민중적 민족적 서정적이라는 이름을 달아주는 것은 잘못이라는 말이다.
>
> 시는 걸어가다가도 쓴다. 물처럼 흘러가다가도 쓰고 억장이 막히도록 억울할 때도 시는 솟아 나온다. 그렇다고 그것 자체가 시의 전부는 아니다. 시도 살아 있어야 하니까 생명의 모든 요소를 차근차근 담고 간직돼야 하는 것이다. 시의 생리가 구체적으로 조성 활성돼야 한다는 말이다.

시는 시의 독자성을 가지고 있음을 강조하는 말이다.

시론 이전에 시가 있고 문법 이전에 언어가 있는 것처럼, 시는 어느 분야에도 종속되지 않고 시 자체로서 존재하고 있음을 강조하는 내용이라고 할 수 있다.

내용보다 형식이 중시되고 실제보다 이론이 비대해 지는 것에 대한 반발인 것이다.

'시는 걸어가다가도 쓴다'고, 물처럼 흘러가다가도 쓰고 억장이 막히도록 억울할 때'도 쓴다고 하는 시인의 말을 통해서 우리는 시가 곧 이 시인의 호흡이요, 일상 생활임을 알 수 있다. 그러나 시인은 다시 솟아나오는 '그것 자체가 시의 전부는 아니'라고, 시는 살아 있는 '생명의 모든 요소를 담고 간직'해야 하는 것이라고 말함으로써 아무렇게나 뽑아내는 것이 바로 시가 될 수 없음을 강조한다. 시는 시의 생리적 결을 따라 구체적으로 조성되고 활성 되어야 한다는 시인의 주장을 통해 시를 대하는 그의 엄정한 태도를 알 수 있다.

이병훈은 우리가 잊어버리고 살 뻔했던 소중한 기억과 감각의 언어들, '지시락물이 떨어지는 뜨락'과 '개땅쇠 해감내'와 '해질녘 굴뚝 쇠죽냄새'를 기억하고 있으며, 안뜸 들뜸의 논배미와 광목 당목에 떨어지는 다듬이 방망이 소리와, 부지갱이 도깨비에 얽힌 얘기를 알고 있다.

이병훈은 언어 구사가 자유로운 시인이다. 그는 인위적이 아닌 자연적인 언어로 직핍(直逼)한다. 이병훈의 깃발은 '찢어져 새끼를 치고 갈기갈기 찢어져서 소리소리 새끼'를 치는 깃발(<깃발 번식>)이며, 그가 사는 지상은 전폭기 한 두 대가 '날벼락'같이 스쳐가고 나면 '곧바로 빗물이' 새는(<물이 새는 지상>) 민감한 지상이다. 이병훈은 언어를 미화하기 위하여 포장하지 않는 대신 언어가 가지고 있는 고유의 맛을 최대로 살린다. '텐트 밖에서 똥을 누면' 별들이 더 가까이 오는 것 같고 '엉덩이가 시원하고 편하다'(<야영>)고 말하는 시인, 별똥은 '대리석 지붕 위에서 박살'이 나면서 떨어지고, '겨우겨우 강남을 넘어선 박살난 별똥'의 깨진 파편을 자동차가 차고 달리(<유성파편>)는 그 순간을 포착하여 감지하는 시인이다.

> 백로 이후
> 지상에 내려쪼이는 햇빛은
> 고스란히 들로 모여
> 이삭이 되었지
> 아침 다르고 저녁 다르게 익어가는
> 밤을 뜬눈으로 밝혀가며

익어가는 이삭이 되었지
토실토실 익은 이삭들의 들
세상다운 세상이던가
살맛이 나는 세상이던가
바람은 덩달아 좋아
들녘을 달렸지
그런 들에서는
바람도 이삭도 소리도
죽은 적이 없었지
죽었다가 살아나곤 했지

— <이삭> 전문

필자는 끝으로 이병훈 시인의 편안한 마음을 담은 시 한 편을 읊어본다. 편안하지만 늘어지지 않고, 힘이 솟아도 억세지 않은 시이다. '죽은 적이 없었지 죽었다가 살아나곤 했지' 바람이나 들녘의 이삭이나 그들이 익어가는 소리도 영원한 불사의 넋이라는 것을 이 시인은 큰 소리내지 않고 조용하게 전해 준다.

2001. 12.

서정적 거리와 표현의 진실성

1. 절약의 미학

이원철 시인의 작품 70여 편을 한꺼번에 접하고 난 후, 맨 처음 떠오르는 어휘는 '단정함'이었다. 이 '단정함'은 그의 사람됨의 단정함인 동시에 청신하고 간결한 시의 단정함일 것이다.

필자가 이원철 시인의 시에서 특별한 진실성과 진지성을 느낀 것도, 바로 그 사람됨의 단정함 때문이며, 단정한 사람의 열정의 표현이기 때문일 것이라고 필자는 스스로 풀이하고 싶다.

맨 위에 철해진 작품, <나비는 뒷날>에서부터 하나하나 차례로 읽어가면서 필자는 이 시인에 대한 새로운 발견으로 긴장이 되었다.

예술의 어느 분야, 문학의 어느 장르도 작자의 모습을 그려내지 않는 것은 없을 것이다 .그러나 시처럼 투명하게 작자를 설명하는 장르도 드물 것이다.

필자는 이 시인의 원고 끝장을 덮으면서, 결이 고운 사람, 무섭게 자상한 감각을 가진 사람, 그러면서도 대하기가 까다롭지 않고 편안한, 어떤 사람과의 대화를 마무리하고 아쉽게 자리에서 일어날 때에나 느낄 수 있을 것 같은 그런 감정에 젖어 들었다. 그리고 속으로 중얼거렸다.

"그 동안 나는 어디서 무엇을 하였는가. 무엇을 하느라고 이 시인이 지니고 있는 독특하도록 정결한 시의 세계에 대해 여태까지 모르고 지냈는가."라고.

필자는 감탄하면서도 그 감탄의 깊이에 정비례하는 부러움을 느끼지 않을 수 없었음을 솔직히 고백한다.

'아, 큰일났구나.'하는 경각심이 필자의 내부에서 일어나고 있었던 것이다. 그 경각심은 일종의 질투심인지도 모른다. 같은 시인으로서, 그리고 거의 비슷한 연배의 시인으로서 느끼게 되는 라이벌 의식, 그러나 그것은 배가 아프거나 속이 뒤틀리지 않는, 참신하고도 상쾌한 자극을 가진 깨우침이었다.

아무튼 필자는 이원철의 시로 인한 새로운 발견과 감동, 필자 자신에 대한 자성을 번갈아 하면서 그의 시들을 독파하였다. 그것은 필자에게 있어서 근래에 드물게 화려하고 풍성한 시간이었다. 좋은 시는 진실로 이 세상을 겸허하게 살아가도록 가르치나보다. 좋은 시는 진실로 이 세상을 아름답고 고요하게 살도록 진무하나보다.

좋은 시를 읽고 나면 갑자기 세상이 얘기 속의 마을처럼 작고 쉽고 편안해 보인다. 이원철의 시를 읽고 나서의 느낌이 그러했다. 시가 있는 이 세상이 아직은 충분히 살아갈 이유가 있으며 우리도 거기 동행하여 무엇인가 때깔이 나는 그림자를 보탤 수 있을 것 같다는 생각, 필자는 이원철의 시를 읽고 나서 그런 생각을 하였던 것이다.

언젠가 사석에서 그는 자신이 다작할 수 없는 체질임을 걱정한 적이 있다. 그러나 해마다 몇 권씩 책을 내는 시인이 있다 해도 그것이 무슨 의미가 있겠는가.

우리는 단 한 마디의 적중하는 말이 떠오르지 않을 때, 된소리 안 된소리로 중언부언하게 된다. 중언부언하다가 결국은 자신도 간추릴 수 없게 말이 길어지게 된다. 그러나 아무리 말이 길어지더라도 그것으로 작은 핵심 하나를 건드릴 수 없다면 아무 소용이 없다. 아무런 의미도 전달하지 못하고 중언부언하면 중언부언한 만큼 자꾸 어둡고 외로워질 뿐이다.

　강가의 모래밭에서 금가루를 일어내듯 키 높이 밀려오는 언어의 해일 속에서도 시인은 언제나 언어의 가난함에 시달린다. 시인이 꿈꾸는 세계는 단 몇 음절의 어휘, 단 몇 행의 어구, 끊어진 쉼표 속에 담겨 있는 그 무엇이다. 수백 편의 시들 가운데 심금을 울리는 단 한 편의 시를 찾기가 어렵다. 그것은 바로 적절한 어휘의 선정이 용이하지 않기 때문이며, 어휘의 선정이 용이하지 않은 것은 어사의 빈곤도 빈곤이지만 그 선택한 어휘들을 어떻게 엮어 내느냐 하는 조직력이 뒷받침되어야 하기 때문이다.

　이원철 시인의 시 세계에 구체적으로 접근하기 위하여 우선 시인이 맨 위에 얹어둔 작품 <나비는 뒷날>을 한 번 읽어보자.

> 濟州道에는
> 바다가 하나 더 있다.
>
> 유채꽃
> 유채밭
>
> 그 노오란 파도 알게 모르게
> 날개가 젖어
> 어느 新婚夫婦의 손에
> 순순히 붙잡힌 나비
>
> 나비는 뒷날
> 꽃이 되었다.
>
> 우리 집에는 시방
> 못 보던 꽃 한 송이 피어 있다.
> 못 보던 바다 하나 출렁거리고 있다.

　시를 산문과 비교하는 가장 중요한 요건은 압축된 언어와 절약에서 발생하는 아름다움이라고 할 수 있다. 그리고 '압축된 언어의 아름다움', 그것은 압축 홀로 독립하여 존재하는 것이 아니라, 비유, 리듬 이미지 등 제 요소와 연합하여 나타난다. 언어의 압축에만 급급하다보면 이미지를 제대로 그려낼 수가 없다. 때로는 의미가 단절된 어휘들이 모래알처럼 나뒹굴 수도 있으며 혹은 지나치게 비약시킨 나머지 시가 해체되거나 난해하게 될 수도 있다.

그런데 이원철의 시는 이러한 위험을 극복하고 있으며, 충분한 서정성까지도 견지하고 있다는 점에서 우선 성공했다고 할 수 있다. 언어의 압축, 이미지의 유연한 이동이 주는 아름다움에 대한 추구는 시인들이 꿈꾸는 이상이기도 하다.

위의 시는 바다-유채밭-나비- 꽃으로 피사체가 이동을 계속하는 동안, 카메라의 렌즈가 원경으로 멀리 바라다보다가 가깝게 클로즈업하다가 다시 멀어지면서 피사체를 객관화시키고 있다. '바다', '꽃', '나비', 이것은 렌즈의 이동방식에 따라 각각 표현이 달리 된 것일 뿐, 모두 하나의 물체를 지적하고 있다. 제주에 떠 있는 바다, '못보던 바다 하나', '어느 신혼부부의 손에 순순히 붙잡힌 나비', 그리고 '뒷날 꽃이 된' 나비, 이들은 모두 흐드러진 유채꽃밭을 표상하고 있으면서 베일 속에 가리어진 듯 그 정체를 드러내지 않고 있다. 시인이 붙잡고 있는 중심적 이미지가 명확할 때, 그 시에서의 엠비귀티(ambiguity)는 표현의 아름다움을 상승시킨다.

그의 유채꽃밭은 거시적으로 보면 제주도에 떠 있는 바다, 아니 제주도를 감싸안고 있는 바다처럼 광활하고, 미시적으로 보면 '어느 신혼부부의 손에 순순히 붙잡힌 나비'처럼 작고 가냘프다. 위의 시에 그려진 이원철의 유채꽃밭 이미지는 충분한 시간 이 시인이 품고 소화하였으며 뜸들이고 발효시킨 결과로 나타났다.

유채꽃밭과 시인이 혼연일체를 이루고 있는 것은 대상을 바라보는 이 시인의 시점이 계속 서정적 거리를 유지하고 있기 때문일 것이다. 우리는 여기서 시가 사물에 대한 시인의 애정을 담아내는 그릇임을 재확인하게

된다. 동시에 이원철의 여러 편의 시에서 시적 대상과 완전동화를 이루고
있는 그의 모습을 발견하게 된다.

> 겨울 바다는
> 춥더라
> 바람 불고
> 파도 치고
> 침몰하는 짧은 해가
> 너무 붉어서
> 너랑, 어디로 가는 새랑
> 울고 싶더라
> 아, 格浦 섣달

— <格浦 섣달> 전문

위의 시 역시 <나비는 뒷날>처럼 언어의 압축으로 표현의 묘를 살린
시라고 할 수 있다. 그 압축은 자연스럽고 유연하여 깔끔한 인상을 준다.
엉뚱하거나 돌발적인 비약을 시도하지 않았는데도 자연스러운 가운데 참
신한 느낌을 갖게 하는 것이 특이한 점이라고 하겠다.

'겨울 바다는 춥더라'라고 하는 지극히 평이하고 상식적인 발언으로 이
시는 시작된다. 그러나 '침몰하는 짧은 해가 너무 붉어서 너랑, 어디로 가
는 새랑 울고 싶더라'에 이르면 이것은 이미 상식이 아니다. '너랑, 어디로
가는 새랑' 내가 함께 울고 싶은 격포 섣달. 시행으로 표현된 것보다 시행
으로 표현되지 않은 것이 훨씬 많다는 것을 알게 하고, 드디어 '아, 격포
섣달 바다는 밤낮이 따로 없더라'에 이르러서는 깊은 의미를 아는 사람들
끼리 주고받는 눈짓처럼 암시적인 것이 되고 만다.

아무런 단서도 없이 문득 나타난 '너'란 누구인가? '어디로 가는 새'와도
같은 존재, 그리고 함께 울고 싶어하는 '나'와 관련된 존재인 너. 여기서의
'너'는 단 한 음절의 언어지만 진한 자극성을 가지고 돌출한 서정의 핵이

라고 할 수 있다.

언어를 이만큼 절약하여 어떤 겨울 바다의 아름다움을 이만큼 성공적으로 나타낼 수 있다는 것은 분명히 재주다.

2. 반복의 에너지

그러나 이 시인은 또 언어의 압축에 못지 않게 부연적 반복법을 잘 운용하고 있다. 흔히 반복은 의미의 강조와 더불어 리듬의 생성에 기여한다. 다음에 예시하는 시를 보자.

> 아무것도 보이지 않고
> 아무것도 보이지 않는
> 얼떨떨한 나를 데리고
> 정신없이 내빼는 것 또한
> 정신없는 어둠을 헐떡거릴 뿐,
> 아무것도 보지 못하고
> 아무것도 보지 못하는
> 시속 일백 킬로 그 창밖이 멀리
> 홍얼거리는 일군의 불빛이
> 여러 외로운 눈을 뜨자마자
> 문득 저것이 도시인가보다
> 저것이 도시일거라는
> 아마 저것이 도시인가보다
> — <저것이 도시인가보다> 전문

위의 시는 몇 개 되지 않은 키워드로 조직되어 있다. 그리고 비슷한 어귀의 반복으로 도회를 바라보는 얼떨떨한 시인의 당혹과 홍분을 강조하고 있으며, 반복함으로써 '저것이 도시'일 거라고 당황하고 놀라는 시인의 정신적 위축을 남김없이 드러내고 있다.

'저것이 도시인가보다' — '문득 저것이 도시일거라는' — '아마 저것이 도
시인가보다'

'아무것도 보이지 않고' — '아무것도 보이지 않는'

'아무것도 보지 못하고' — '아무것도 보지 못하는'

'정신없이 내빼는 것 또한' — '정신없는 어둠을 헐떡거릴 뿐'

위에서 보인 것처럼 비슷한 시행들이 모여 몇 개의 패턴을 형성하고 이
패턴을 반복하는 형식으로 시는 이루어진다. 위의 시행 외에 4행이 더 첨
가되어 완성되나 그것은 말하자면 접착제의 역할을 하고 있다고 하겠다.

이원철은 시적 대상을 바라볼 때 개인의 고착된 주관을 주장하기보다는
만인이 공감할 수 있는 최대공약수를 찾아내려고 노력한다. 위에서도 언
급한 바와 같이 그는 하나의 대상에 자기 자신을 완전히 몰입시키기도 하
지만, 때로는 자신 속에 그 대상을 품어서 완전한 생명으로 동화시키는 태
도를 보여주기도 한다.

그가 즐겨 사용하고 있는 반복법은 시인 자신과 대상이 주객일체가 되
게 하는 주술적이고도 환상적인 에너지를 발휘한다. 그리고 반복하는 과
정에서 독자를 시와 함께 흐르도록 유도하는 독특하고도 매력 있는 리듬
을 창조해 낸다.

반복의 아름다움을 시도한 작품으로 다음과 같은 시도 있다.

바다는 매일
어디를 다녀온다.

혼자 가지 않고
모두 가지 않고
갈 만큼만 갔다가

혼자 오지 않고
모두 오지 않고

　　올 만큼만 돌아온다

　　이러한 바다의 행보를
　　밀물이라 하든
　　썰물이라 하든

　　남을 만한 바다는
　　남을 만큼 남아서
　　꼬박꼬박 어디를 다녀온다.
　　　　　　　　　　　　　　－ <바다의 行步> 전문

위의 시에 배열된 반복적 대구법을 해체하면 아래와 같다.

　　혼자 가지 않고－혼자 오지 않고
　　모두 가지 않고－모두 오지 않고
　　갈 만큼만 갔다가－올 만큼만 돌아온다
　　밀물이라 하든－썰물이라 하든
　　남을 만한 바다는－남을 만큼 남아서
　　바다는 매일 어디를 다녀온다－꼬박꼬박 어디를 다녀온다

그리고 이들 대구를 제외하면 '이러한 바다의 행보를'이라고 하는 교량과 해설의 구실을 하는 어구밖에 남지 않는다. 위의 대비들은 독자로 하여금 밀물과 썰물의 지속적 움직임을 감지하게 한다. 독자는 이 시를 익으면서 마치 밀었다 썰었다하는 큰 조수 위에 떠 있는 것과 같은 멀미 증세를 느끼는 것이다. 독자의 감각을 지배하는 시의 에너지는 어디서 오는 것일까? 그것은 시인의 허심탄회하고 타산이 없는 마음의 상태, 리쳐즈(I. A. Richards)의 이론을 빌면 분리, 초연, 자기멸각의 상태라고 할 수 있을 것이다.

리쳐즈가 지적한 분리, 초연, 혹은 자기멸각이란 말을 필자는 '집착하지 않음', '마음을 비우고 자유로워짐', '자신의 존재를 극소화하고 상대의 존

재를 극대화함'이라는 말로 각각 바꾸어 보았다. 그런 다음 아래의 시를
읽어보았다. 이러한 과정은 이 시인이 지닌 사랑의 일면을 이해하는 데에
큰 도움이 되었다.

> 여자가 온다.
> 미친 여자가 온다
> 눈빛도 그만하면 아슴한 것을
> 흩어진 머리 쥐어뜯으며
> 흐득흐득 궂은 날 저녁을 운다
> 미치면 세상이 우습다는데
> 입 한 번 비스듬히 비틀지 못하고
> 모퉁이 모퉁이 울고 가는 여자
> 슬픔이 남아 있는 저 여자는
> 아직 설미쳤나보다.
>
> — <울고 가는 여자> 전문

　지극히 작은 존재, 거리를 떠도는 여자, 관심 밖으로 외면당한 버림받은
여자, 미친 여자가 울고 있다. 시인은 미친 여자의 모습을 '흐득흐득 궂은
날 저녁'을 울고 있는 여자, 아직은 눈빛도 아슴한 여자, 모퉁이 모퉁이
울고 가는 여자, 세상을 슬퍼할 줄 아는 여자, 그러나 마음놓고 입 한번
비틀지 못하고 속으로 우는 여자로 그려내고 있다. 그는 미친 여자의 미친
모습을 외양뿐 아니라 내면의 심리에 이르기까지 묘사하고 있는 것이다.
그는 미친 여자를 이해하고 미칠 수밖에 없는 정황을 이해한다.

　이 세상에 진실이 결여된 애정이 없듯이 대상에 기울이는 뜨거운 관심
이 없이 대강대강 엮어내는 시가 있을 수 없다. 만일 그렇게 보이는 시가
있다면 그것은 시인에게 시를 다듬고 정렬할 정성이 없기 때문일 것이다.
아니, 애초의 능력이 부족하기 때문인지도 모른다. 시의 대상에 대한 애정
이 없는 시는 없다. 더구나 섬세하고 민감한 시인인 이원철 시인이 간과해

도 좋은 사물이나 인간사는 없을 것이다.

시인이 시적 대상을 허술하게 보아 넘기지 않고 가까운 거리에서 성심으로 바라보아 줄 때, 이미 미친 여자로 이름이 나 있는 여자까지도, 아주 완전히 미치지는 않고 소생의 가능성이 있는 한 사람의 정상적인 여자로 돌아올 수가 있을 것이다.

'아직 설미쳤나보다'라고 하는 단정 가운데에는 미침의 상태란 어떤 것인가에 이미 통달해 있는 듯한 시인의 안목이 들어 있다. 이 시인은 미친 여자로 낙인이 찍힌 한 여자 앞에서 진정으로 미친 사람은 누구이며 정상적인 인간은 어떤 모습인가, 우리는 정말 정상적인 사람인가를 회의하고 있는지도 모른다.

비오는 날은
하늘 가리는 게 일,
앞자락 가득, 손바닥 가득
가리는 게 일,
이로써 한 세상 슬픈 行實은 비에 젖고
이승의 모든 비로 다시 젖어서
남김없이 깊고 가는 눈가림 아래
雨日보다 눅눅한 知天의 사내
그 사람 군데군데 맨살은 비다
우산으로 못 가릴 때 없는 비다.

— <우산 頌> 전문

우리가 행하고 있는 일들의 어리석음, 우리가 행하고 있는 일들의 구슬픔, 그리고 우리가 행하고 있는 일들의 속절없음에 대하여 시인은 명석하게 알고 있다. 그는 다름 아닌, 세상사에 대하여 어느 정도는 분별하게 된 '雨日보다 눅눅한 知天의 사내'인 것이다.

'앞자락 가득, 손바닥 가득' 비를 가려도 그것은 일시의 '눈가림'일 뿐 결국은 이승의 슬픈 비로 다시 젖는다는 것을, 가려도 '군데군데 맨살은 비'가 된다는 것을 그는 훤히 알고 있다.

참말이지 알 것을 대강 알고 있는 슬픔은 아무 것도 모르고 있을 때의 슬픔보다 크다. 격정으로 바장이지 않고 초조한 욕망으로 자신을 들볶지 않는 시인 이원철. 그는 1970년에 첫시집『공원』을 낸 후 1981년 둘째 시집『앞바다』를 내었으며, 지금 1995년『바다의 行步』는 제 3시집이 된다. 약 십 년 주기의 출간으로 시끌짝하게 떠들어도 괜찮으련만, 이 시인은 전혀 그렇지가 않다 이런 경우 흥분을 내색하거나 부산을 떨지 않는 그의 투명한 자존심이 부럽다.

'북향 유리창에 핀 성애꽃으로 여러 겨울을 感知하고(<대한 무렵>), ' 지난 겨울은 무사했다. 눈길 빙판길에도 넘어지지 않고 엉덩방아도 찧지 않았다'고 하찮은 일에도 감사하면서 긴 겨울 뜬눈으로 '동백꽃 같고 눈보라 같은' 꿈을 꾸는 (<지난 겨울은 무사했다>) 시인.

더듬더듬 겨울을 건너듯 '허무보다는 느리고 서서히 걷히는 중년의 안개보다야 몇 걸음 더 자주 디디는' (<어머니 부르스를 아시나요>) 그런 발걸음으로 살아가는 이원철.

이 시인의 빛나는 문학 전정을 확실하게 내다보면서 필자도 함께 동백꽃 같고 눈보라 같은 동행의 꿈길을 찬란하게 걸어보고 싶다.

1995.

열정(熱情)과 자제(自制)의 이중주

1. 침전과 응결

최봉희는 일찍이 1958년 『자유문학』지의 추천을 받아 문단에 데뷔하였다. 그 후 어언 30년, 그 동안 써온 작품들을 묶어 비로소 오늘 『지금 나의 창에는』이라는 이름으로 시집을 출판하게 되었으니, 평소 최 여사와 도타운 교분이 있는 사람으로서, 그리고 같은 길을 걷고 있는 문인으로서 축하하고 또 축하할 일이다.

나는 시집의 원고를 교정쇄로 읽으면서 그 한 편 한 편을 소중함과 조심스러움으로 대하지 않을 수 없었다. 그것은 그의 작품 하나하나에 시인 최봉희의 경건한 정신의 자세가 농축되어 있었기 때문이다. 시를 대하는 그의 자세는 삶의 흥취나 여기(餘技)로서가 아님은 물론이거니와 의무나 부채로서도 아니며 보다 더 근원적이요 본질적인 생명의 욕구와 연결되어 있다.

최봉희의 시는 준열하고도 엄정한 자기 응시와 겸허한 자기 존재 부정을 그 출발점으로 삼고 있다고 할 수 있다. 그는 충일한 자기 정서를 밖으로 드러내지 않으려고 애쓴다. 노출하지 않는 대신 되도록 안으로 다스려 침전시키고 이를 화석처럼 응고시킨다. 그는 그 응결된 정서로 자신이 상처를 입고 출혈하면서 그것이 치유될 때까지의 길고도 아득한 기다림의 과정을 인내로써 감당한다.

최봉희의 시는 침전과 응결과 상처와 치유의 긴 기다림의 과정을 읊고 있다. 일체의 인위적인 가속을 몰아내고 순리로 익은 열매가 제 무게를 견디지 못하여 떨어질 때까지 그는 참고 견디며 기다리는 시인이다.

오늘 30년을 기다려 시집 한 권을 내 놓으면서도 못내 자신의 미흡함을 책망하고 망설이는 시인 최봉희, 그는 시를 신성하고 절대적인 위치에 항성처럼 올려두고 싶어 한다. 이러한 그의 모습은 무서운 줄도 모르고 토해내는 오늘날의 시인들(필자를 포함하여)의 다산(多產)을 잠시 반성하게 하기도 한다.

어떤 촉진제도 쓰지 않고 완전 자연분만으로 생산된 최봉희의 시집『지금 나의 창에는』, 이는 비닐하우스에서 속성으로 재배한 채소와 카바이트로 익힌 수박과 방부제를 섞은 우유…… 등 갖은 수단과 방법이 횡행난무하는 와중에서, 산간에 절로 익은 무공해 식품을 대하는 듯한 신선한 감격을 안겨다 준다.

실제 작품을 들어 하나씩 음미해 보도록 하자.

2. 근원과 뿌리에 대한 성찰

옛날에 옛날에
오늘을 사는 일이 아주 옛날이 되어버린
동화 속의 한 아이처럼
내일은 오늘보다 더 나으리라 기대하며 살아가는
한 여자가 있었습니다

먼 하늘 우러러 슬픈 새끼 사슴처럼
한 평생 고단한 가로수처럼
묵묵히 그 여자는 살았습니다
비 내리고 하늘에 걸린 무지개가 스러진 뒤
소롯이 재가 되어
삭아서 재가 되는 육신을 부벼

소식 없는 바다 물결 뒤집어쓰고
내일은 내일은 오늘 같지 않으리라 기대하며 살아가는
무심한 그 여자는 살았더랍니다.
　　　　　　　　　　　　　　　　　　　－ <망각> 전문

　우리는 위의 작품을 통하여 최봉희가 그려낸 자신의 모습을 보게 된다.
'슬픈 새끼사슴' 혹은 '한평생 고단한 가로수'로 자신을 환치하여서 그것
이 얼마나 외롭고 어려운 삶인가를 말하고 싶어한다. 자신이 '동화 속의
한 아이처럼' 비현실적임을 통감하면서도 '삭아서 재가 되는 육신을 부벼',
응답이 없는 '바다 물결 뒤집어 쓰'면서까지도 '내일은 오늘 같지 않으리
라 기다리며 살아'갈 수밖에 없었음을 천명하고 있는 것이다.
　최봉희 시인의 작품에는 유년 시절의 풍속도가 많은 비중을 차지하고
있다. 특히　제2부 <향을 피우며>에서는 육친에 대한 그리움과 <지신
밟기>, <더위 팔기>, <노래기날>, <영등맞이>등 전통적 민속에 대한
그리움과 애정을 표명하였다.
　이들 작품은 이 시인의 근원과 뿌리에 대한 태도가 얼마나 진지한 것인
가를 엿보게 하거니와 정신적 구심점으로 끊임없이 회귀하고 있는 그녀의
발걸음을 설명해 준다. 그의 시적 공간 역시 아버지 어머니, 백부님과 백모
님이 계시던 고향의 산천과 마을, 진둥이가 짖고 있던 내 집과 나의 애인을
반경으로 하고 있다. 그러나 이러한 개인적이고 일상적인 소재가 협소하
게 느껴지거나 이기적인 공간으로 파악되지 않고 오히려 참담한 공명의
광장으로 확대되어 다가서는 것은, 사물의 본질을 파악하는 시인의 시선
이 그만큼 정직한 해체의 메스를 가지고 있기 때문이 아닌가 한다.

　　우리는 열 두 살의 어린 나이로 동네 공마당에 모여
　　그늘진 땅 위에 둥글게 원을 그리고
　　조그만 땅덩이 밖으로 물러앉았다.

전쟁을 음모하는
어른들의 혈안(血眼)이 되어
침 바른 엄지손가락을 가는 땅 금 위에 점찍어 누르고
남은 네 개의 손가락으로 반원을 그려가며
호시탐탐 대륙을 발견해내면서
얼마큼의 나의 왕국을 만들어 갔다.

지구 꼭대기에 매어 달린 씨줄을 잡고
중심 잃은 지축을 잡아 흔들었다.

작은 비상(飛翔)이
나의 크낙한 우주로 펼쳐지면서
우리들의 유순한 눈물을 감추게 했다.
나의 세력은 팽팽했지만 어이없게도 짓밟히고 있었다.

그만 집으로 돌아갈까

세계는 한 덩어리로 뭉쳐있었다.

땅 금이 지워져
아무도 정복하지 않은 땅덩이가
하나에로 합쳐져서
어둠 속의 둥근 원으로 남아 있었다.

－ <땅따먹기> 전문

　　시인은 단순히 유년의 놀이인 땅따먹기에서 어른들의 대륙정복의 야욕
과 전쟁을 경험하고 결국은 '세계는 한 덩이로 뭉쳐 있었다'고 술회하고
있다. 손가락을 있는 대로 다 펼쳤지만 '어이없게도 짓밟히고 있'는 땅따
먹기 놀이를 하면서 '지구 꼭대기에 매어 달린 씨줄을 잡고 중심 잃은 지
축을 잡아 혼'드는 행동을 연상한 것은 이 시인의 상상력의 한계를 짐작하
기 어렵게 한다.

시인은 어이없게 짓밟힌 다음 '그만 집으로 돌아갈까' 생각해본다. 막무가내로 대들고 싸우기를 싫어하며 억지부리지 않고 살기를 희망하는 시인의 태도를 엿볼 수 있는 대목이라 하겠다. 이렇게 아름다운 삶의 태도 앞에는 언제나 '세계는 하나로 뭉쳐져' 나타나는 응답이 있기 마련인가? 지금까지 혈안이 되어 엉키었던 맹목적 근시안적 투쟁이 하나로 통일하는 화해의 시간을 그는 만난다.

이 밖에도 '골목 끝 집 소년이 동물원 그림책을 내게 주던 날' 드넓어 보이던 <유년>의 하늘에 대한 기억은 아름답고 청결하다. 그리고 '여섯 마리의 말'이 끄는 마차를 타고 어린 왕자가 달려오는 환상을 그린 <말을 탄 아이>는 '부끄러운 여자의 수틀 속' '영롱한 오색실에 꿰어'진 소녀의 꿈과 더불어 이 시인의 정신 세계를 풍요롭게 하는 에너지원이 되고 있다.

3. 순리로 기다리다

그러나 최봉희의 특징은 놀라울 만큼 뜨거운 정열의 소유자이면서도 이내 그것을 엄격한 제약으로 무화시키려고 노력하는 점에 있다고 하겠다. 뜨거운 정열의 분출과 엄격한 제약의 교직은 그를 거듭거듭 후회하게 하면서 전형적인 동양의 미덕으로 머물러 있도록 그를 순치시키려고 한다. 이를 좀더 자세히 살펴보기 위해서는 그의 <해바라기>와 <가을 밤>을 비교해 보는 것이 좋을 듯하다.

> 그리움으로 까맣게 타리라
>
> 씨가 박히는 날, 그 날 처음으로 고개를 들어
> 비로소 당신이었음을
> 내 몸을 싸고도는 계절
> 어느 땐가 모두는 슬픔이 되고

이제금 한 소나기로 우주를 감으시는
당신의 하늘가에 열려
함께 힘든 머리를 드리우고
마음 위에 둥글게 타서
담뿍 이고 서는 사랑의 덩어리
죽으면 남아서
목숨 바르는 황홀한 향수여

이제 원광에 바치는
당신의 약속 위에
내 몸으로 고운 날 누리려니
땀에 재운
노한 여름날의 우수는

그리움으로 까맣게 타리라.

― <해바라기> 전문

그는 그리움의 열정으로 상대방을 점령하고 연소시키려는 의지를 발현하려고 하지 않고 자기 자신을 연소하여 소멸시키려고 한다. 자기 소멸을 결심하기에 앞서 그는 여러 차례의 억제와 체념과 자해의 아픈 과정을 겪어야 했을 것이다. 그리고 결론으로 얻은 것은 축소될 대로 축소되어 비참해진 자신의 모습이었다. 그리하여 그는 다시 이렇게 노래한다.

풀 섶에서 울던 귀뚜라미 섬돌에서 울다가
후미진 내 방에 들어와 웁니다.

울어서 울어서도 어둠은 뱉지 못하고
이 밤도 밝히지 못합니다

한 칸 벽을 헐고 숨어 우는 귀뚜라미
내 귓전 헐어 백골 가르고 내 가슴 핏줄 타고 웁니다.

```
잠들려 잠들려해도 아픔은 일어
이 마음 잠재우지 못합니다.
```

— <가을 밤> 전문

'후미진 내 방에' 까지 들어와 우는 귀뚜라미 울음을 통해 시인은 울고 있다. 벽을 헐고 귓전을 헐고 백골을 헐고 핏줄 속까지 스며드는 울음은 깨어있는 영혼의 울음이라고 할 수 있을 것이다.

그러나 시인은 그 울음으로도 뱉어 내지 못할 '어둠'과 밝히지 못할 '밤'을 견디면서 슬퍼하고 있는 것이다. 최봉희는 이러한 절망의 상황을 여러 편의 시에서 제시하고 있으나 그 해답은 끝내 얻어내지 못한 상태에 있다. 그러나 그러면서도 그가 아직 완전히 절망하지 않았음을 역설하는 근거는 무엇인가.

최봉희는 다 잊어버리고 '잠들려 잠들려' 노력하는 순응의 의지와 끝내 '잠재우지 못'하고 아픔을 깨달아야만 하는 각성의 의지 사이에서 괴로워한다. 이 두 의지는 팽팽하게 맞서고 있어, 전자가 시인을 현실로 끌어당겨 다소곳한 여인으로 길들인다면 후자는 기권할 수 없는 정직한 생명의 소리를 끊임없이 시인의 양심에 일깨우고 있다고 하겠다.

시인 최봉희는 잠들지 못하는 마음으로 시를 쓰며 세상을 극복할 힘을 얻는다. <해바라기>에서의 자기 소멸의 희열은 <가을 밤>에서의 잠들지 못하는 영혼의 울음과 대립하는 듯하면서도 미묘한 조화를 이룬다. 필자가 앞에서 최봉희 시인의 특징을 뜨거운 정열과 엄격한 자기 제약의 교직이라 말했던 것은 바로 이러한 대립과 조화를 지적한 것이다. 다시 다음과 같은 시 한 편을 더 읽어보자.

```
한 그루의  나무가 뿌리를 깊숙이 내리고 있었다.
거꾸로 흐르는 진한 수액을 지키며

이 땅 위
```

어디에서나 원목이 되기 위한
그의 끈끈한 영토는 은혜로왔다.

어쩌다 하느님이 잘못 빚은 사람의 손에
몇천 년 은혜로운 그의 영토는
산 그림자를 걷으며
영겁에의 꿈을 불사른다.

활활 애욕의 불꽃 튀기는 온 누리의
잔혹한 허허로움이여

마침내 그의 광증은
인간의 치욕의 심실에로 옮겨 붙고 있었다.
- <산불> 전문

　　최봉희가 확보하려고 하는 것은 일시적 영달이나 현실적 이해 타산과는 거리가 먼 것이다. '어디에서나 원목이 되기 위한' 그의 희망은 세속적인 의미를 훨씬 능가하고 있다. 그러므로 희망 성취의 시효는 '영겁'이다. 그는 생명의 가치를 열성적으로 쏟아내는 집념과 동일시하고 있다.

　　'영겁에의 꿈'이 무너질 때의 역설적 희열, 타오르는 애욕의 불꽃을 연상하면서 온 누리에 확산되는 잔혹한 허허로움을 향락하는 시인의 모습은 억류당했던 그의 리비도를 발산하고 있는 모습인지도 모른다. 그는 많은 시에서 수량을 제시하고 있는데 이 수량들은 외면상으로 표현된 사전적 수가 아님은 물론이다. 즉, 그가 말하는 '천'은 무수와 무량의 뜻을 내포하며, 무수와 무량의 뜻으로 '만'이나 '억'을 쓰지 않고 '천'을 즐겨 쓰고 있는 것은 과장이 없는 소박 진솔한 그의 모습과도 연관이 있는 것이다.

수천 밤을 꽃 피우려 기다리던 봄날이었네　　　　　　- <낙화>

천장 기암 습한 물 한 방울로 타는 목을 축이고 십 년의 세월을 천년
도 살아 남아   － <관음도>

학이런 듯 날개 접어 고이 묻은 그리움
장롱 속에 내 옷 한 벌 천년은 자애롭네   － <내 새악씨>

　　최봉희 시인의 '천년'은 무한이요 영겁이요 영원의 기다림이다. '기다림
은 기다림 속에 기다림의 해를 거듭 풀어' (<이별 그 후>) 시인 최봉희를
결코 지루하지 않은 가운데 기다리게 할 것이다. 그리고 그는 조금도 과장
이 없는 천년의 영원을 맞이할 수 있을 것이다.

　　　　　　　　　　　　　　　　　　　　　　　　　　　　　1986.

꽃과 사랑, 끝없는 환생에 대하여

1. 꽃, 最善이며 最後의 언어

　김정강의 시에는 사계절의 꽃이 만발해 있다. 혹은 시의 제재로, 혹은 비유적 언어로, 아니면 일상적 생활 공간의 친근한 벗으로 그는 망설이지 않고 '꽃'을 선택한다.

　김정강은 그만큼 꽃과 친하다.

　세상에 범람하는 모든 언어를 압축하고 다시 압축하면 최후에는 '꽃'이라는 한 음절의 어휘로 남을지도 모른다. 꽃은 이 시인에게 있어서 최선인 동시에 최종의 언어이며 최고의 언어라고 할 수 있다.

　시집 『들녘에는 쑥부쟁이』에 수록된 70편의 시 가운데는, 독립된 하나의 어휘로서건 아니면 접미사로서건 '꽃'이라는 음절이 71회나 출현하며, '꽃'이라는 접미사가 붙지 않은, 이를테면 부용화·살비아·장미 같은 꽃 이름이 26회로 이를 합하면 모두 97회나 된다.

　그들은 우리 주변 어디서나 흔히 볼 수 있는 소박한 꽃들이다.

　꽃이 환기하는 이미지는 다양하다.

　김정강은 많은 꽃과 풀의 이름을 알고 있으며, 그들이 피어나는 절기를 알고 있다. 그리고 그 절기에 얽힌 남다른 추억을 간직하고 있다. 어떤 사물의 이름을 알고 있다는 것은 그 사물에 대한 관심과 사랑이 지극하다는 것을 의미한다.

국어 사전에서 '꽃'이라는 항목을 살펴보면, '식물의 생식기관'이라는 생물학적인 해석으로부터 '젊고 아름다운 여자', '홍역 마마 따위를 앓을 때 살갗이 붉게 돋아나는 것'이라는 설명에 이르기까지 그 의미의 폭이 넓다.

일반적으로 꽃은 생명의 절정이며, 사랑의 은유적 언어이다. 그리고 가치와 보람의 대명사이며, 정제되고 응축된 미의 징표로 인식되고 있다.

김정강의 꽃은 이와 같은 기존의 의미망에서 벗어나지 않으며, 특별히 이들 중 어느 하나에 쏠려 있지도 않다. 그는 꽃이 있는 공간의 분위기와 풍경, 그 꽃이 환기하는 인생을 표현한다. 그의 꽃은 삶인 동시에 죽음이며 이상인 동시에 현실이다.

덜 여문 감자를 구어 먹던 날
복남이는 물에 빠져 죽었다.

귀에는 마른 쑥 비벼 넣고
추워 가지빛이 된 입술
달구어진 강변에 앉아 먹는
감자는 달디 달았다

강물에 횃불로 참빗질을 하던
마을 장정들
울음 섞인 어둠은 숨막히게 하더니
거적대기 덮인 복남이는
풀벼개도 없이 누워 있었다

저승 가서는 배고프지 말라고
퉁퉁 불은 싸늘한 입에
버드나무 순가락으로 쌀을 떠 넣고
허연 밥을 강물에 던지던 복남 엄니
삼대독자 외아들을 강물에 띄우고
설핏 해질녘이면 사립문 밖에 나와

'밥 먹어라' 아들 부르는 그녀를
동네 사람들은 미쳤다고 했다

그 때 강물에 던진 밥이 꽃으로 피었는지
휘늘어진 가지에
덕지덕지 매달린 밥태기
허연 밥태기

- <조팝꽃> 전문

늘 배가 고파 허덕이던 복남이는 그날도 덜 여문 감자를 구워 먹었다.
화자는 밥풀 같은 형상을 한 '조팝꽃'을 보면서 오래 전 물에 빠져 죽은
'복남이'를 생각하고 삼대독자 외아들을 잃고 미쳐서 울부짖는 복남이 어
머니를 생각한다.

그는 복남이 어머니가 아들 복남이를 위해, '저승에 가서는 배고프지 말
라고' 강물에 밥을 던지는 것을 보았다. 그리고 '그때 강물에 던진 밥이
꽃으로 피었는지 / 휘늘어진 가지에 / 덕지덕지 매달린 밥태기 / 허연 밥태
기'라고 '조팝꽃'으로부터 연상되는 유년의 풍경을 재생해 내었다.

김정강은 꽃으로부터 한국의 전통적 설화를 곧잘 유추해 낸다. 위의 <
조팝꽃>에서 뿐만 아니라 그의 다른 작품에서도 유사한 설화적 모티프들
을 쉽게 발견할 수 있다. 설화를 관류하는 중요한 모티프는 '고향 마을',
'유년 시절', '가난한 살림', '조건 없는 사랑', '비극적 상황'과 정신적 마찰
로 생겨난 '미친 사람' 그리고 '죽음'이다.

김정강의 시에서 꽃은 선한 영혼의 환생이다. 조팝꽃의 생김새에서 연
상되는 '밥태기'는 늘 배가 고파서 허덕이는 복남이가 추구하던 선하고
아름다운 가치였다.

다음의 <망초꽃으로 피는지> 역시 위의 <조팝꽃>과 동일한 구조를
가지고 있다.

고향 뒷마을 외딴 곳에
작은 오두막 한 채가 있었다.
동네 허드렛일을 도맡아 하던 삼식이 아저씨는
아이들의 친구가 되어
늘 헤 하니 웃고 다녔다
곱상하던 아내가 엿장수를 따라 떠나버리자
미친 듯 헤매다니다가 그는
목매달아 죽었다
비바람치는 밤이면
'복네야-복네야이-'하고
애절하게 아내를 부르는
삼식이의 목소리가 들리는 것 같아
잠가 건 문고리에 수저까지 끼우곤 했다
그리고 두려움과 연민으로
귀를 세우곤 했었다
얼마나 많은 햇수가 지났을까
흉가라고 꺼리던 그 집 앞을 지난 적이 있다
숨막힐 듯 햇살이 가득한 마당에
키를 돋우고 서 있던 망초, 망초꽃들-
무너진 흙담과 깨어진 기왓장 사이엔
쥐들이 들락거리고
마당 가득 적막한 햇살은
슬픔의 우물처럼 빛나는데
발 묶인 삼식의 혼백은 여전히 그 오두막에 남아
해마다 망초꽃으로만 피고 있는지.
- <망초꽃으로 피는지>

이 시인이 꽃을 즐겨 언급하는 것은 그가 만나는 사람, 사랑하는 사람, 그리고 그가 겪는 세상의 좋은 일들을 모두 꽃으로 보기 때문이다.

그는 암담하던 시절의 그리운 사람들을 기억으로 불러내어 그들과 가장 근사한 모습의, 가장 가까운 거리의 꽃으로 형상화하고 싶어한다. 다시 말해서 그가 꽃을 수시로 불러내는 것은 단순히 꽃을 부르고 싶어서가 아니라, 사람에 대한 사랑을 극대화하고 싶어서인 것이다.

<조팝꽃>에서 복남이는 구운 감자를 달게 먹다가 죽었으며, 죽은 아들 복남이 때문에 그의 어머니는 미쳐버렸다. 조팝꽃은 복남이에게 마지막으로 먹여 보내고 싶던 '허연 밥'의 다른 이름이다. 이에 대하여 <망초꽃으로 피는지>의 삼식이는 '곱상하던 아내가 엿장수를 따라 떠나버리자' 목매달아 죽었다. 시인은 망초꽃이 사랑과 목숨을 한꺼번에 잃은 삼식이의 환생일 것이라고 믿고 있는 것이다.

동네 사람들은 모두 흉가라고 비켜가지만, 화자는 '두려움과 연민으로 귀를 세우고' 지나가면서 그 집 안을 들여다본다. '숨막힐 듯 햇살이 가득한 마당에' 키큰 망초꽃들이 무더기로 피어 있는 것을 보고, 화자는 그게 바로 삼식이의 넋이라는 것을 의심하지 않는다. '마당 가득 적막한 햇살'까지도 삼식이의 못다 푼 슬픔이 우물처럼 고여 빛나는 것이라고 믿고 있는 것이다.

시인은 또 부용화에서 수더분한, 그러나 첫날밤 소박을 맞았다는 큰어머니를 떠올린다. 삼년 또 삼년 긴긴 밤 서러움의 물레로 등촉을 끄지 못하더니 어느 날 타박승이 되어 산으로 갔다는 큰어머니인 것이다.(<부용화>) 또 대마도에 피어 있는 백도화를 보고, 일본에 볼모로 잡혀 그 섬에서 생애를 마친 비운의 왕녀 덕혜옹주를 만난 듯 애도하기도 한다.(<대마도의 백도화>)

김정강이 특정인을 꽃으로 투사할 때, 그것은 곧 그 특정인에 대한 시인의 사랑과 그리움이 어느 절정에 가 있는가를 보여주는 행위라고 할 수 있겠다.

옛 동네에 들어서자 가슴이 두근거렸다
탱자꽃 향기 날리던 유년의 자리엔

늙은 감나무만 그대로 서 있구나

우리는 골목에서 한 옥타브 높은 소리로
'열려라 참깨' 마법의 주문을 외웠었지
동생을 업고 고무줄 놀이하던 순임이,
잃어버린 고무신 한 짝을 찾던 점례
그들은 길을 잃었나
마법의 주문을 외워도
아무도 오지 않는다

지금도 골목에 들어서니 한약 냄새가 난다
그 시절 어머니는
시들어가는 보라 빛 수국 꽃보다 애처럽게
늘 앓았고 햇살이 달인 장독에는
하늘이 먼저 와 놀았다

나 이제야 돌아와 골목 끝에 선다
돌아오지 않는 사람은 전설처럼 남겨두고
휘장처럼 펄럭이는 그리움은 봉해야지
추억이라는 말에 묻어나는 마른풀 냄새
'열려라 참깨, 열려라 참깨'
색동옷 입은 이들은 길을 잃었나
아무도 오지 않는다
아무도

— <마법의 주문>

　화자는 유년의 거리에 그리움으로 섰다. 그는 그 그리움을 '옛 동네에 들어서자 가슴이 두근거렸다'고 대뜸 한 문장으로 정리한다. 그러나 이 짧고 평범한 말은 그 뒤에 이어지는 여러 시행의 세부적 묘사보다 더 명료하고 구체적이다. '가슴이 두근거렸다'라는 말이 화자의 고조된 정서와 촉발된 감정을 그만큼 잘 압축하여, 특별한 기교를 부리지 않고 보여주었기 때문일 것이다.

‘열려라 참깨, 열려라 참깨’ ‘탱자꽃 향기 날리던 유년의 자리’에 돌아와 옛날처럼 마법의 주문을 외워도 아무도 나오지 않는다. 동네 어귀에서는 지금도 한약 냄새가 나는 것 같고, 늘 몸이 약해서 ‘시들어 가는 보라빛 수국꽃보다’ 애처로웠던 어머니를 다시 그리움으로 돌아다본다.

추억의 골목에서 맡을 수 있는 ‘탱자꽃’ 향기와 늘 앓는 어머니에게서 느꼈던 ‘보라빛 수국꽃’의 이미지는 확연히 구별된다. 전자를 추억의 향기로움이라고 한다면 후자는 우수의 아름다움이라고 할 수 있을 것이다. 꽃은 그 생태와 외모, 색채에 따라서 이미지가 각기 다른 그림을 품고 있다. 그것은 밥풀을 연상시키는 조팝꽃과, 슬픔의 혼백으로 남아 해마다 피는 망초꽃의 이미지가 구별되는 것과 같다.

2. 耽美的 사랑

꽃과 더불어 김정강의 시를 떠받치고 있는 또 하나의 기둥은 사랑이다. 그러나 좀더 엄밀히 들여다보면 김정강은 사랑을 구가하기 위하여 꽃을 운용하였다고 할 수 있다. 그리고 그가 ‘꽃’보다 ‘사랑’에 더 비중을 둔 현상은, 자연보다 인간을 훨씬 더 가깝게 여겼기 때문이라고 해석할 수 있을 것이다.

보편적으로 꽃의 코노테이션은 사랑이라고 할 수 있다.

그러나 김정강의 경우 꽃은 열정적인 사랑의 표현에서만 유용한 것이 아니다. 물론 그는 ‘화염을 문 듯 뜨겁게’, ‘지글지글 끓는 가슴’(<장미 화염>)을 꽃으로 비유하기도 하고, 지독한 인연과 相思의 병(<상사화>)을 꽃에 은유하기도 한다. 그러나 그의 꽃들은 70 편의 시 어느 곳에나 흔하게 피어 있기 때문에 절대적 ‘사랑’의 징표로서는 오히려 표현의 깊이와 밀도를 약화시킬 수도 있다.

그의 꽃들은 특별히 준비한 메뉴가 아니라 날마다 먹는 밥처럼 담담하며 익숙하다. 전혀 특별하지 않다. 때로는 휴식과 이완이며, 때로는 위로와 평화가 되기도 하는 꽃, 때로는 추억이고, 때로는 무심히 순환하는 삶의 배경, 있는 그대로의 자연이기도 한 꽃이다.

시간의 강물 저편
우리 집 마당엔
오동나무 하나 있었다
그 큰 나무엔 울 엄니 저고리
보라빛 오동꽃
흐드러지게 걸렸고
까치밥이 익을 때면
또아리 같은 오동이
연등처럼 걸렸었다

옆집 사내아이
방아깨비마냥 뛰어내리며
'가시내는 못한다. 가시내는 겁쟁이'
오! 나는 파르르 목청이 돋아
전신주 참새보다 높이 올랐다

하늘은 도라지꽃처럼 푸르고
땅은 눈물처럼 흔들려도
강물에 뛰어들듯 몸 던졌는데
연꽃으로 피지 못한 나는
오래도록 희디흰 붕대를 끌고 다녔지

아직도 나는 수렁을 헤매고
계단을 헛디디며
햇살이 열매를 익히듯
인생은 깊은 맛이 배일거라
여유를 보이지만
가슴은 청동의 녹
목숨의 줄기는

시래기처럼 마르고 있다.
　　　　－ <시래기처럼 마르고 있다>

　사랑을 읊은 김정강의 시는 주로 에로스적인 戀詩들이지만 위의 시는 인생에 대한 포괄적인 성찰과 애정을 담은 것으로 색다른 느낌을 준다.

　화자의 기억 속 유년의 집은 '오동나무'로 축약되어 있다. '우리 집 마당'에 서 있는 오동나무와, '울 엄니 저고리'를 닮은 보라빛 오동꽃, 그리고 연등처럼 걸려 있는 '또아리 같은' 오동 열매 등, 그는 한 그루 오동나무에서 파생된 연쇄적 이미지를 그려내고 있다.

　그러나 그는 다시 '하늘은 도라지꽃처럼 푸르고', '연꽃으로 피지 못한 나는'에서 '도라지꽃'과 더불어 '연꽃'을 끌어들인다. 한 편의 시에 세 종류의 꽃이 피어 있는 것이다.

　이 시인이 단지 꽃을 말하기 위하여 꽃 이름을 끌어들이지 않았음은 위에서 말한 것과 같다. 김정강의 꽃은 인생을 수식하는 배경으로서의 꽃인 동시에, 추구해야 할 이상으로서의 꽃이다.

　꽃은 이루고 싶은 꿈의 모습으로 피어 있지만, 시인의 현실은 아직 '수렁을 헤매고 계단을 헛디디며' 사는 미숙한 발걸음에 머물러 있다고 그는 고백한다. 그러나 가슴에는 청동의 녹이 슬고 있을지라도 목숨의 줄기만은 햇살에 열매를 익히듯이 익히고 있는 중이라고, 지금 인생의 깊은 맛을 들이기 위해 '시래기처럼 마르고 있'는 중이라고 가능성과 희망을 강하게 시사한다.

　'꽃과 시래기'의 대비는 당돌하고 참신하다. 또 인생을 통찰하는 시인의 시선이 무조건 이상만을 지향하지 않음을 보여주는 대비라고 볼 수도 있을 것이다.

　戀詩를 통해서 분석한 김정강의 사랑은 탐미적이다. 열정이 있고 황홀한 행복이 있는, 전율이 있고 기다림이 있으며 눈물이 있는, 그러나 그 눈물이 과히 아프지 않으며, 아픔 속에는 감미로운 비애가 담긴 그런 사랑이다. 불가능한 사랑에 도전하여 상처를 입거나 고칠 수 없는 골병으로 심화되지 않는 사랑, 그는 그 고통을 즐긴다.

> 가을은
> 작별하기 좋은 때
> 그대 잡은 손 놓아도
> 애통치 않고
> 내 안에 부는 바람
> 잠재워 손을 흔들 때
> 가슴 밭에 질러 놓은 불
> 그 격정의 단풍빛도
> 개울 속 조약돌로 눌러두리니
> 넘치는 보고지움
> 가을 나무
> 빈 가지에 걸어 놓고
> 지금은
> 돌아보지 않아도 좋은 때
> 손 흔들지 않아도 좋은 때
>
>   — <작별하기 좋은 때>

　시인이 이 시를 통하여 독자에게 드러내고 싶어하는 것은 '사랑' 혹은 '이별'인가, 아니면 가을이라고 하는 특수한 계절에 대한 애착인가 생각하게 한다. 시적 화자는 가을을, '단풍빛', '개울 속 조약돌', '잎이 진 가을 나무'로 요약하고 있다. 그는 사랑하던 사람과의 이별도 주체인 자신을 상하게 하지 않으며, 그것은 계절이 아름답기 때문이라고 말하고 싶어한다.

　주체못할 만큼 넘치는 그리움도 잠시 빈 나뭇가지에 걸어 놓고, 상대방인 그가 굳이 나를 '돌아보지 않아도 좋은 때', 이별하는 슬픔과 고통으로 '손 흔들지 않아도 좋은 때'라고 하는 것이 그것이다.

그러나 사랑하는 사람과 작별하기 좋은 때란 과연 어느 때이며 있기는 있는 것인가?

일년 열 두 달, 이별하기 좋은 때란 없을 것인데도 화자는 한사코 '가을은 작별하기 좋은 때'라고 한다. '그대 잡은 손 놓아도 애통치 않고' 이별로 인해 화자의 가슴을 뒤흔드는 감정의 격랑이 있을지라도 '내 안에 부는 바람 잠재워 손을 흔들 때'라고 떠나는 사람을 오히려 설득하고 위로하는 것이다.

화자의 본심을 흔드는 것은 '애통'이고 걷잡을 수 없이 '내 안에 부는 바람'이며, 그가 '가슴 밭에 질러놓은 불'일 것이다. 그러나 이런 것들은 모두 이별의 아픔을 덮고도 남을 만큼 서러운 가을, 아름다운 가을의 기류에 덮여 무화되어 버린다. 김정강은 사랑으로 인한 이별과 이별로 인한 아픔을 견딜만한 이별, 견딜만한 아픔으로 남겨둔다. 김정강에게 있어서는 사랑 자체가 예술처럼 아름다워야 하기 때문이다.

> 문밖의 석유 한 통
> 웅크리고 있다
> 그가 또
> 잉걸불을 두고 갔구나
>
> 싸리문 밖에
> 나무 한 짐 부려
> 말 못한 속내를 덮였던
> 나무꾼의 정이 아직 남아있는가
>
> 엄동설한
> 화로 속에 다독다독 묻어둔
> 불씨 보다
> 유황 먹은 가슴이 더
> 위험하다

금석문의 글자가 흔적 없이 지워지고
직녀가 삼천 필의 비단을 짜면
식을까
불 속의 영혼이

사랑은
불씨를 품은 죄조차
아름다울까
아름다울까

— <불씨를 품은 죄>

<불씨를 품은 죄>에 표현된 사랑은 예사로운 것이 아님에도 불구하고 비애나 고뇌로부터 잘 벗어나 있다. 사랑이 고뇌를 동반하지 않았으므로, 사랑의 깊이를 부정하거나 의혹을 제기할 수 있다는 말은 아니다.

그는 사랑의 고통과 상처, 아픔이 미미한 상태에서 많은 수식어를 동원하여 그 사랑과 이별을 장식하고 있다. 김정강이 꽃의 이름을 과도하다고 할 만큼 인용하면서 사랑을 구가하는 것도 그의 탐미적인 성향과 무관하지 않은 징후인 것이다.

위의 시 <불씨를 품은 죄>에서 화자는 사랑의 냉각을 거의 불가능한 것으로 보고 있다. '금석문의 글자가 흔적 없이 지워지고 직녀가 삼천 필의 비단을 짜면' 혹시 불 속의 영혼이 식을지 모른다고 한 것이 그것이다. 이러한 진술은 고려 시대 어느 충신이 연군의 마음을 담아낸 <鄭石歌>를 연상하게 한다. <鄭石歌>는 절대 불가능의 조건을 제시하여 불행한 상황에 도전하려는 태도를 보인다.

즉 <鄭石歌>에서는 구운 밤 다섯 되를 모래밭에 심어 그 밤이 싹을 틔웠을 때, 무쇠로 옷을 지어 그 옷이 다 헤어졌을 때, 옥으로 조각한 연꽃이 무더기로 번식을 하였을 때 등 여러 가지 불가능한 조건을 내세워, 그런 조건이 충족되었을 때 비로소 임금님과의 이별을 인정하겠다는 요지를 담고 있다.

김정강은 낭만적 사랑의 예찬자이다. 그것은 꽃의 예찬자인 것과 괘를 같이 한다. 김정강에게 있어서 사랑은 꽃보다도 불로 나타나는 빈도가 더 크다. 그의 사랑은 불씨, 잉걸불, 봉화불, 호롱불, 등불 등 다양한 불의 모습을 띠고 있다.

가슈똥 바슐라르와 멀치아 엘리아데의 '불'에 대한 정신분석학적 고찰, 은유와 상징성에 대한 폭넓은 연구보고는, 문학은 물론 주변의 여러 학문에도 큰 영향을 끼쳤다.

불은 첫째 그 열기와 빛으로 행복감과 도취라는 정신적인 감동을 준다. 그리고 그 걷잡을 수 없는 위세는 눈먼 열정과 폭력을 연상하게 하고 태워서 없애버리는 의미는 정화를 연상하게 한다.

김정강은 사랑을 느끼는 가슴을 인화성의 '유황을 먹은' 위험한 가슴에 빗대었으며, 사랑을 품는 행위는 애초부터 불씨를 품는 일이라고 말한다. 그러나 '사랑은 불씨를 품은 죄조차 아름다울까, 아름다울까'라고 하여 부정과 긍정의 모순적 구조를 드러내고 있다. 즉 사랑은 불씨를 품는 일로서 화의 근원이 된다는 부정과, 그 화근으로 인한 죄까지도 아름답다고 하는 긍정인 것이다.

그러나 아름답다고 했을 뿐, 싸리문 밖에 잉걸불을 두고 간, '말못할 속내를 덥혔던 나무꾼의 정'에 대한 배려는 없다. 다시말해서 불씨의 위험함, '불 속의 영혼이' 식기까지 겪어야 될 아픔에는 접근하지 않은 것이다. 그는 처음부터 그것을 인정하고 싶지 않았을는지도 모른다.

> 나는
> 한 낮에 불씨를 들고 가는
> 어눌한 사람
>
> 나날이

가을 풀꽃같이 시들어도
이 끝과 저 끝의 아득한 거리에서
우리가 다가서는 길은
가슴의 불씨를 모아
한 줄기로 태우는 일입니다

가슴에 봉화불을 지피는 것은
절절한 기도의 봉헌
표백된 마음으로 드리는
고해성사입니다

                - <아득한 거리에서>

칼융은 '불은 정신과 사랑의 원형적 심상이다. 그것은 열을 주고 빛을 주는 그 자체가 탐욕적이고 위험스런 심적 에너지의 커다란 상징들 중의 하나이다.(「자기영혼을 발견한 자로서의 인간」)'라고 하였다.

시적 화자인 '나'의 어눌함은 사랑의 능력과 가능성 여부에서 생겨난 어눌함일 것이다. 그러나 그 여부에 대한 추산은 정확하게 들어맞지 않을 수 있다.

사랑의 말에 어눌한 것은 사랑에 기울이는 성심이 지극하고 크기 때문이며 그 열의가 경건에 가깝기 때문이다. 그리하여 그는 '한낮에도 불씨를 들고' 조심스럽게 다가간다. 설령 '가을 풀꽃같이 시들어'간다 해도 불씨가 있음으로 광명이 있다고 생각하는 것이다.

화자는 위의 시에서 '나'라고 하지 않고 '우리'라고 하였다. '나'가 아닌 '우리'의 문제로 가슴의 불씨를 서로 모아 한 줄기 빛과 열을 발산하도록 도모하고 있다. 그는 제단에 봉헌하듯, 고해성사 하듯 사랑의 봉화불을 자청하여 바치려고 한다. 여기서 불이 융의 그것처럼 욕망이나 열정으로 나타나지 않고, 격하거나 위험스러운 에너지로 다가서지 않는 것은 '표백된 마음으로 드리는' 기도이기 때문일 것이다. 이 시에서의 불은 가능성인 동시에 신성한 희망이며, 목적이라고 할 수 있다.

김정강의 연시들은 '가슴 밭에 질러 놓은 불'(<작별하기 좋은 때>), '유황 먹은 가슴'(<불씨를 품은 죄>), '가슴에 봉화불을 지피는 것은'(<아득한 거리에서>) 등의 표현에서 볼 수 있듯이 대부분 가슴에 타오르는 불길이다.

또 격정적인 감정으로 '불치의 병으로 죽음에 이르는 사랑을 아는가'(<낮달>)고 울부짖듯 토로하면서 '속도는 속도를 불러 눈먼 사연(邪戀)처럼 내달리고 부서져 산화할지라도 가속 패달을 놓을 수 없다'(<과속>)고 제어할 수 없는 사랑을 고백하기도 한다.

그러나 온유한 빛으로 번져나기도 한다. 시인의 가슴이 느끼고 생각하는 램프가 되어 피어오르기도 하고, 호롱불이 되어 '나 떠난 후 그대 더없이 추울 때 눈물 같은 위안의 불빛이면 족하리'라 생각하기도 하며(<호롱불 연가>), '사랑한다는 것은 이 세상에 등 하나를 밝히는 일'(<등불을 켜는>)이라 여기기도 한다. 또 '남김없이 무너지고 싶은 마음'으로 '촛불 켜 두 손 모으게 하고 기쁨으로 낮아지게 하는 이여'(<세상의 사다리>)라고 사랑의 전도사처럼 읊조리기도 한다.

3. 인생을 위한 자연

김정강의 시에는 봄부터 겨울에 이르는 계절의 이름이 많이 나와 있다. 그는 사랑을 구가하기 위하여 자연물인 꽃을 도구로 운용한 것처럼, 꽃을 찾아내기 위하여 꽃을 피워낸 계절의 속성을 읊는다.

시간은 흐르고, 흐르는 시간에 얹혀서 자연이 변화하며 인간의 삶도 모습을 바꾼다. 계절의 변화는 끝없는 반복과 리듬이며, 인간의 생활을 주도하는 시간과 공간이라는 배경이 된다. 그리고 순환하고 반복하는 동안 인간 삶에 친근하고 자연스러운 생활조건이 된다.

일년 사계는 우리에게 각각 다른 은유와 상징의 의미를 가진다. 예컨대

계절과 방위. 계절과 생명은 자연스러운 연상으로 우리와 익숙해졌다. 봄은 동쪽의 이미지, 가을은 서쪽, 여름은 남쪽, 겨울은 북쪽의 이미지에 공감하는 것이 그것이다. 또 봄은 부활과 소생, 여름은 왕성한 출산, 가을은 자기 결산과 반성, 겨울은 은둔과 휴식 혹은 죽음 등의 의미가 일반화되어 있다는 것도 그렇다.

김정강의 계절에 대한 관심과 사랑은 단순히 계절에 대한 것이 아니며, 생명 사랑의 구체적인 표현으로 나타난다. 만일 그가 봄을 노래하고 싶어 한다면 산수유, 진달래, 쑥 쇠별꽃, 냉이, 엉겅퀴, 개여뀌를 긍정하고 찬양하고 싶어서다. 그는 봄마다 풀잎이 되고 싶고 떡잎을 밀어 올리는 씨앗이 되고 싶으며 연두빛 바람이 되고 싶어 한다.(<3월이면 풀잎이>)

그가 여름을 읊는 것은 여름 강둑의 샛노랗던 풀꽃이 그립기 때문이며, ‘그해 여름 지루한 장마처럼’ 습하고 어둡던 마음을, ‘오늘은 그리움의 불빛으로’ 말리고 싶기 때문이다.(<그 여름 강둑에는>) 그가 가을을 기다리는 것은 그리운 이름과 그리운 얼굴들이 ‘구절초, 마타리, 쑥부쟁이꽃으로 피었기 때문’(<가을이 아름다운 건>)이다. 그는 그리운 얼굴이나 이름이 가을 열매로 익기도 하지만 더러는 낙엽으로 떨어지고 있음을 안타까워한다.

‘계절은 시방 五十嶺 고개를 막 들어선 아낙 같다’고 하면서 ‘처서 입동 지나서도 봄을 꿈꾸는 철없음이여‘ 자책하다가도 ‘그러나 어쩌랴 이런 치기 어린 꿈마저 없다면’이라고 자신을 변호하기도 한다.(<풍경을 지운다>)

그는 계절의 아름다움을 발견하면서 거기서 울려오는 교훈의 소리를 크게 듣는다. 그것은 그가 단순하고 맹목적인 감상자가 아니라, 요리 전문가가 음식의 맛을 감별하듯이 계절을 음미하고 분별한다는 것을 의미한다.

지리산 농평에 살리
하늘 밑 가파른 산마을
이마 한 뼘쯤 위 하늘 올려다보고
그날그날의 일기나 짐작하며

까치소리, 허연 삐비꽃 동무 삼아
낮에는 바지런한 그이와 논밭에서 일하고
저녁엔 호롱불 밑에서 글을 읽으리
때때로 문풍지 흔들고 가는
바람 소리 고적한 밤에도
마당 가득 달빛 멍석을 깔고
손에 닿을 듯 내려온 별을 세다 잠들리
내가 잠이 들면
푸른 별은 늙은 당산나무와 도란거리리

눈부신 것은 바라지 않는다
산나물 캐고 콩대나 두들기며
지천으로 수런거리는 바람 속에
휘파람 부는 들풀로 살리
해묵은 가슴앓이야
휘어이 산마루에서 놓아버리면
모두는 날아가 붉은 꽃이 되겠지

한 뼘 땅에 싹 틔우는 일이
기도의 탑을 쌓는 일임을 알리라
때때로 힘겹게 오르는 산등성이
이따금씩 내리는 골짜기
그 산골에 살리라
지리산 농평에 살리라
칡뿌리처럼 질긴 명줄에 두 손 모으고
아, 꽃이 눕듯 눈을 감는 날
바람의 목소리로 말하리라
그대 옆에 있으므로 편안했다고

- <나 이렇게 살리>

<나 이렇게 살리> 시의 표제부터가 선언적인 공표로 들린다. 마치 김
정강의 종합적인 인생관을 듣고 있는 것 같다.

'까치소리'와 '허연 삐비꽃 동무 삼아'서 '낮에는 바지런한 그이와 논밭에서 일하고 저녁엔 호롱불 밑에서 글을 읽'는 생활, '바람 소리 고적한 밤에도 마당 가득 달빛 멍석을 깔고 손에 닿을 듯 내려온 별을 세다 잠들'겠다는 소망. '산나물 캐고 콩대나 두들기며' 들풀처럼 살겠다는 의지들은 모두 아름답다.

그가 거주하고 싶은 곳은 지리산 자락, 눈부신 것은 애초부터 바라지 않으며, 해묵은 그리움이야 '훠어이 산마루에 놓아버리면' 붉은 꽃이 될 것이라고. 씨를 뿌려 싹을 틔우는 일이 종교적인 과업처럼 힘드는 일임을 알지만, 삶이란 원래 산등성이를 오르듯 쉽지 않은 것이 아니겠느냐고 반문하면서 '꽃이 눕듯 눈을 감는 날' 사랑하는 이와 함께 살다가 가는 세상은 편안했다고 말하겠노라고 힘 주어 말하고 있다.

그는 태초의 원시적 순수하고 소박한 삶을 지향하고 있는 듯이 보인다. 그러나 지나치게 아름답기 때문에 현실과는 동떨어진 것이 될 수밖에 없다. 다만 위의 시에서 완전한 평화를 의심하게 하는 구절, '해묵은 가슴앓이'와 '칡뿌리처럼 질긴 명줄'만 아니라면 하늘에서 금방 내려온 듯 깨끗하고 근면한 신화 속의 두 남녀를 상상하게 될 것이다.

김정강은 이런 점에서 볼 때, 꿈꾸는 시인이다.

> 못 박는 것도 기술인가
> 예전엔 유순하던 벽들도
> 견고한 아집으로
> 서투른 망치질엔
> 상흔만 남기고 도리질한다
>
> 우리는 저마다
> 크고 작은 못을
> 가슴에 박고 사는 건 아닐까
> 내밀한 벽 속에 아픔을 묻고 살아도

세월 속에 어김없이 자라난 녹을 보듯이
신음의 날들은 남아 있었다

하나의 못이
뚜렷한 목표로 박히듯
나는
무엇을 확신으로 두들겼는가
내 삶의 두루마리엔
자잘한 희비만 촘촘하여도
나는 꿈꾸었지
나날이 서정시처럼 살 수 있기를

살아온 날이
서늘히 부끄러운 오늘
정월의 창가에 머문 햇살 한 줌
순은의 확신으로
쾅 쾅 못을 박는다.

- <못 박기>

'꽃'과 '사랑'의 몽롱한 안개에 갇혀 있다가 <못박기>를 읽으면서 다소 색다른 느낌을 가지게 된다. 김정강의 시 70편 거의 모든 시에 '꽃'이나, 꽃의 명칭, 혹은 '사랑'이 들어 있으나 이 <못박기>는 예외이기 때문이다.

우리들의 명징한 현실은 '저마다 크고 작은 못을 가슴에 박고' 사는 일이라고 이 시인은 말한다. 이 시의 화자는 '내밀한 벽 속에 아픔을 묻고' 하나의 못을 뚜렷한 목표로 삼아 확신으로 두드리면서, '나날이 서정시처럼 살려고 노력한다고 말한다.

'견고한 아집'으로 버티는 못에 서투른 망치질로 도전하는 시인, 살아온 날들을 뒤돌아보며 '서늘히 부끄러운 오늘'을 바라보는 시인, 그러나 다시 '순은의 확신으로 쾅쾅 못을 박는' 시인을 생각하면서 필자는 이상스러운 안도감을 느끼게 된다.

그 안도감이란 김정강이 무엇을 노래하든지—꽃을 노래하든, 사랑을 노래하든, 계절을 노래하든—그가 가장 우선으로 여기는 명제는 건실한 삶이라고 결론을 내릴 수 있는 데서 오는 안도감이다. 그가 대책 없이 화사하거나 철없는 환상에 들떠 있지 않다는 것, 진솔하고 느긋하게 삶을 바라볼 줄 아는 현실적 생활인임을 발견한 데서 오는 반가움인 것이다.

> 연한 풀물이
> 몸을 푼 찻잔 가득
> 가을 하늘이 내려와 있다
> 창가에 서니
> 빈들을 홀로 가는 사람이 보인다
>
> 영원한 떠남이란
> 어둡고 푸른 강물
> 찻잔에 비치는 구름 같은 것
> 나는 기침하는 나무되어
> 사념의 비늘을 떨구는데
> 이 가을엔
> 그리운 이의 외로움을
> 나눠 갖고 싶다
>
> — <차를 마시며>

차를 마시는 시간은 누구에게나 휴식의 시간이다.

분망에서 벗어나 마음을 쉬는 시간, 김정강은 차를 마시는 것이 아니라 찻잔에 뜬 가을 하늘을 마시고 있다. 그는 찻잔을 들고 창가에 서서 빈 들을 홀로 가는 사람을 보고 거기서 영원의 결별을 연상하면서 인생을 생각한다.

그리하여 그 자신도 한 그루 가을 나무로 동화되기를 바란다. 기침을 하든지, 무엇을 하든지 살아 있다는 기적을 하면서 그는 그리운 어느 누구의 외로움과 슬픔을 공유하고 싶어한다. 그러나 이런 모든 생각들은 알맞게 유유하고 적절하게 평화롭다. 그는 어디까지나 탐미주의자인 것이다.

2003. 2.

열기(熱氣)와 해갈(解渴)에 대하여

1. 詩人 白秋子

詩를 논하기가 용이하지 않다면, 그것은 詩가 정신적 작업의 소산이기에 앞서 한 작가의 독특하고 창조적인 예술성을 구현한 것이기 때문이다. 예술은 분석이나 논평의 대상으로보다는 공명과 화해, 그리고 동화(同化)의 대상으로 존재한다고 볼 수 있다. 그것은 직관적인 가치의 표현으로 미적인 형식을 취한다.

詩人이 다른 詩人의 작품을 평가 해설할 경우, 평론가가 시인의 작품을 평가할 때보다 더 혼미하고 복잡할 수가 있다. 평가의 기준과 방법이 타당한가, 객관성은 충분한가 하는 문제는 차치하고, 해설을 맡은 시인이 가장 이상으로 삼고 있는 시적 진실을 타인의 시에서 강요할 수 있기 때문이다. 그리고 자신이 수없이 시도해 왔던, 그리하여 부지불식중 고식화된 어떤 틀에 얽매어 그릇 재단할 수 있기 때문이다.

그럼에도 불구하고 필자는 시인으로서 白秋子의 두 번째 詩集 『통곡하는 돌』의 해설을 맡아 쓰는 일이 주착없이 기쁘다. 제법 근사치에 가까운 언급을 할 수 있을 것도 같다는 생각으로 덤비는 일이 기쁘다. 이러한 필자의 만용은, 白秋子 詩人에게 쏠리고 있는 필자의 우정의 무게를 설명해 주는 것 외에 아무것도 아니다.

지금까지 필자가 알고 있는 人間 白秋子는 情에 사정없이 무르고 숫자나 타산에는 어둡고 무관심하며 조직과 체제가 주는 구속에 민감하게 반응하는 성미를 가지고 있다. 그에게는 무중력상태에서 부유하고 있는 듯한 자유로운 정신의 공간이 있으며 그것은 그를 때로 지극히 비현실적인 사람으로 보이게 한다. 필자는 그를 보며 가끔 이런 생각을 했었다.

'白秋子는 천상 詩人이다. 그가 詩人이 되지 않았다면 歌客이 되었을 것이다……歌客도 詩人도 아닌 白秋子는 생각할 수가 없다'고…

첫 詩集을 발간한지 8년만에 두 번째 詩集인 이『통곡하는 돌』을 펴내면서, 망설이고 절망했다가 다시 결심하는 백추자의 모습을 필자는 여러 번 보았다. 어느 자리에 내세운다 하여도 실팍하고 활달한 편인 그가 유달리 詩 앞에서 유아처럼 천진하고 겸허한 것은, 그의 詩에 기울이는 진실이 어떤 것인가를 엿보게 하는 중요한 일면이라 하겠다. 그리고 이러한 면은 詩 앞에서 최대로 당당하게 자신을 펼럭여 보이고 싶은 그의 소망을 설명하는 것이라고 하겠다.

2. 몇가지 특성

필자는『통곡하는 돌』을 통독하고 나서 白秋子의 시세계에 다음과 같은 몇 가지 유형이 병존하고 있음을 발견하였다. 즉 '자기응시와 해체', '포용과 극복', 그리고 '종교적인 증류'가 그것이다.

이러한 분류는 흔히 한 詩人의 시적 편력을 통시적으로 파악하고자 할 때 시도하며, 그 내용 역시 詩的 변천 과정으로서 시간의 간격을 두고 순차적으로 나타나는 것이 보통이다. 그러나 白秋子의 경우는 위와 같이 서로 다른 성격이 동시에 병존, 대립하고 있다. 대립적인 요소를 병존시키고 있다는 것은 그만큼 이 詩人이 안고 있는 갈등의 광폭이 크다는 것을 의미하기도 한다.

첫째, 자기 응시와 해체의 행위는 백추자의 진지한 생명 굴착 작업으로

진행되고 있다. 이 詩人은 자신을 절제하고 냉각시키면서 부단히 규정된
어느 형태로부터 탈피하는 동작을 반복하면서 살고 있다. 실제로 작품을
통하여 살펴보도록 하자.

목이 마름이라 하였던가
살빛 나이는 풀어지고
거세게 부딪치며 깨어지는 바닷가

찢어발기는 북풍
서녘으로 트인 겨울에, 그 맨살에
덮치며 쓸어할퀴며
魂을 부르고

목숨의 물결이라 하였던가,
목마른 바다의 겨울

끼─룩, 끼─룩
쇠사슬 끌리는 소리로
갈매기 추운 높음
잿빛 하늘의 이랑

목이 마름이라
타는 목이 마름이라
살빛 나이는 풀어지고
밀려오고 부딪치고
깨어지는 바닷가

목이 마름이라 하였던가
정녕 타는 목이 마름이라 하였던가
　　　　　　　　　－ <해열의 겨울> 전문

　위의 작품에서 話者는 '타는 목마름'의 상태에 있으며 목마름의 원인은
그가 처해 있는 상황의 절박성에서 온다고 할 수 있다. 즉, '덮치며 쓸어할

퀴며', '찢어발기는 북풍'으로 은유할 수 있는 상황인 것이다. 詩人은 그러한 상황 속에서 자신이 이끌어 가고 있는 빛나는 삶의 시간인 '살빛 나이'가 소모되어 풀어지고 있음을 본다. 그리고 '쇠사슬 끌리는 소리로' 울고 있는 갈매기와 같은 자신의 존재를 인식한다.

갈매기는 비상의 높이만큼 그 영혼이 고독해지고(<추운 높음>), 그는 그를 둘러싸고 있는 불가피한 환경의 조건인 '잿빛 하늘의 이랑'에서도 격절감을 느낀다. (<타는 목마름>)

그러나 이 詩人은 자기 응시와 해체를 통하여 '밀려오고 부딪치고 깨어지는 겨울 바닷가'인 불가항력의 현실에 대한 이해의 폭을 넓히고 '목숨의 물결'이라고 상황을 긍정적으로 터득하는 지혜를 보인다. '해열의 겨울'이라고 하는 착상도 詩人이 겨울의 냉혹함을 탓하지 않고 오히려 자신의 내부에 이글거리는 열기를 책망하고 짐스러워하는 마음가짐을 가졌기 때문에 있을 수 있는 것이다.

이 시인이 견디는 현실은 '타는 목마름'의 현실이며 詩人은 목마름을 벗어나기 위하여 스스로 해결책을 강구하기에 이른다.

> 땅을 파고,
> 땅을 파고,
> 땅을 파고,
>
> 눈물 한줌
> 갈망의 덩이를 파고
> [⋯중략⋯]
> 깊이 꽂히는 삽날
> 떨리는 퍼런 핏줄
> 안에 도사린 팽팽한
> 긴장의 각을 짚으며
>
> 땅을

굳은 땅을 판다
오늘의 험한 깊이
파고, 파고, 또
파야만 한다.

— <샘파기> 중에서

‘땅을 파고, 땅을 파고, 땅을 파’는 것은 중단할 수 없는 엄숙한 생활의 규범인 동시에 부채이다. 詩人은 목마름의 현실과 흘러 넘치는 물줄기라는 모순적 환상 속에서 ‘오늘의 험한 깊이’로 인식되는 생활을 수행해 낸다.

굳은 땅을 파는 성실성으로 ‘떨리는 퍼런 핏줄’을 겨냥하듯 생명의 굴착 작업에 몰두하고 있는 詩人의 모습은 성실하고 진실하며 경건하여서 아름답다.

그러나 詩人은 삶이 가시적인 기동성으로만 진행되지 않음을 토로하고 싶어한다. 겉으로 드러난 것은 오히려 하나의 대수롭지 않은 편린일 뿐, 보이지 않는 깊은 내부에는 그보다 몇 배나 더 큰 동공이 있음을 詩의 도처에서 보여주고 있다. 여기에 그의 詩 두 번째 특징이라고 지적할 수 있는 ‘포용과 극복’의 공간이 마련되는 것이다.

거미줄에 걸린
뻐꾸기 울음
떨어질까 봐 떨어질까 봐
조바심 난다

쇠로 만든 종이
육중한 소리
핏물 든 둠벙에서
젖어 번지고

우두둑, 우두둑 부서지는
아픔의 속뼈

가마솥에 곰국으로 우러나온다.
— <流配地에서·3> 전문

'뻐꾸기 울음', '핏물 든 둠벙', '아픔의 속뼈', '가마솥에 곰국'으로 이어지는 일련의 이미지들은 이 詩人이 얼마나 철저하게 인생이라고 하는 거대한 암벽 앞에 대처하고 있으며, 또 얼마나 가혹하게 그 고통을 극소화하여 대수롭지 않은 것처럼 수용해 들이려 하고 있는지 보여준다.

詩人은 '우두둑 우두둑 부서지는 / 아픔의 속뼈 / 가마솥에 곰국으로' 우려내어 절박한 현실의 갈증을 미봉하고 있다. 뻐꾸기 울음은 자기 존재의 투사이며, 핏물 얼룩진 무쇠 종소리는 처절한 자각의 울음소리라고 해야 할 것이다. 그 울음소리는 시인 자신에 대한 강렬한 연민의 정을 일깨워준다. 그리고 자기 연민은 놀라운 반동력으로 시인을 분발하게 하며 좌절하지 않게 일으키는 힘이 되어 돌아온다. 이 詩集의 표제인 <통곡하는 돌>이란 작품에서는

통곡하는 돌이 있다. 울음이 있다.
깨어나는 돌이 있다. 울음이 있다.
쏟아지는 한밤의 벽 밑에 앉아
굴러가는 돌멩이에 미끄러지는
칠흑의 이 낙하를 어이할거나

어이할거나
이 슬픈 세상의 구석에서
벽이라도 긁으며
살아야 할 것인가
냉수라도 마시며 견딜 것인가

기다림은 꿈
궁글어 앉은 돌처럼
대답없는 차가운 벽

> 아, 황새처럼 목을 빼고
> 어둠의 벽을 핥으며
> 기다리는 나는
> 어떤 정이어도 깨어지지 않는
> 돌이었던가, 벽이었던가.

라고 절규하고 있다.

'칠흑의 이 낙하를 어이할거나', '벽이라도 긁으며 살아야 할 것인가', '냉수라도 마시며 견딜 것인가'라고 스스로의 질문은 단순한 물음으로 끝나지 않고 물음보다 훨씬 우렁찬 답변을 이미 준비해 두고 있다. 이 詩人은 '어둠의 벽을 핥'는 기다림으로 그 어떤 힘에도 굴하지 않는 돌이요 벽으로 견딜 것임을 소리치고 싶은 것이다. 그러므로 그는,

> 피처럼 맑은 빠알간 애통
> 떨어지는 뻐꾸기 울음 소리
> 앞들 하늘 높이
> 봉숭아물 빛으로 스미어 갈 때
> 가야할 길은 있고
> 가야할 길은 있고
>
> ―나의 道伴은 삶이었었다
>
>   － <道伴> 중에서

라고 연마다 '나의 道伴은 삶'이었음을 후렴처럼 반복하여 선언하고 있으며,

> 설움도 곱게 때가 묻으면
> 아픔도 빼어나게 화려하구나
>
>   － <뱀사골> 중에서

라고, 너무나도 일찍 터득해버린 삶의 철학을 토로하기에 이른다. '욱하고 치미는' '견디기 어려운 아픔'이 있어도 그 아픔이 다시 '등불이 되는 줄을 알기에' '이젠 아파도 가만 놔'두고 (<등불>) 기다리며, '외로워야 한다 외로워야 한다. 조금으로도 말고 적당히로도 말고 외로울 것 외로워'야 할 것 모두 불러서 자신의 품에서 길들이는 (<세상에선>) 세상살이를 살아내야 한다고 백추자는 부르짖듯이 토로한다.

白秋子의 이러한 포용과 극복의 자세는 궁극적으로 종교를 구심점으로 하여 심화되고 있으며 드디어는 인간의 평범한 욕망까지도 여과하고 증류하기에 이른다. 그리고 우리는 여기에서 이 詩人이 찾고 있는 청징하고도 평화스러운 정신적 구원의 세계에 대하여 생각하게 된다.

먼지털이 끝에
털리는 먼지이듯이
그것이 목숨이라도
이젠 괜찮다.

날리는 먼지
시나브로 떨어지는
먼지이듯이
나의 시간이여
이젠 괜찮다.

흘러야 할 강을 찾아서
물처럼 가거라 가거라
하늘빛처럼 비워지는 나도
스러지면서 채워볼란다
우리의 나날, 그 밑 없는 항아리에
담기는 꿈을

그러하니 시간이여
슬퍼하지 말고 가거라

　　괜찮다 이젠 괜찮다.

－ <安心> 전문

　　이 詩는 어떤 기교도 수식도 첨가하지 않은 표현이어서 간곡하고 진솔하게 전달된다. 그리고 그가 어떤 슬픔도 노출하지 않았다는 점이 오히려 아름다운 비애의 정서를 일으켜 준다. 다 놓아보내면서 '이젠 괜찮다' '괜찮다'고 허락하는 詩人의 심사는 가을 물처럼 서늘하고 깨끗하다. 이러한 경지에서는 곤란스러울 것이 아무것도 없으며 고통스러울 것 또한 있을 수 없다. 세상만사는 커다란 순리와 법도 아래에서 순환하는 것이라고, 삶이란 다만 흐르는 것이며 기다리는 것이라고, 詩人은 현자처럼 고요하게 읊조리고 있다.

　　　　여기서 일어나면
　　　　저기서는 무너진다

　　　　저기서 무너지면
　　　　여기서는 일어난다

　　　　그렇게 세상사가 다가와 뵈는
　　　　나도 어연간히 울었나보다

－ <世間에서> 전문

　　이 詩人은 자신이 견뎌온 生의 업고가 통상적 경우보다 크다고 생각한다. 그리고 거기서 길러낸 면역성 또한 큰 것으로 나타나 있다. 그의 면역성은 체념 혹은 달관의 형태로 표현된다. '여기서 일어나면 저기서는 무너지고 / 저기서 무너지면 여기서는 일어'나는, 일어서고 무너짐이 무상하다고 하는 세계의 인식이 바로 그것이다. '나도 어연간히 울었나보다'라는 아픈 회고도 이 詩人의 운명을 바라보는 허심하고 표백된 시각을 설명해 준다.

　이러한 시각은 白秋子 詩人의 열기를 때로는 종교적인 증류와 여과로 집약하여서 또 하나의 새로운 지평을 열게 해준다.

　　　　창호지에 배인
　　　　정결한 출혈
　　　　가을산 여저기에
　　　　단풍이 타고
　　　　타오르는 것을 보며
　　　　타오르면서
　　　　새로이 타오르는
　　　　서늘한 고요
　　　　　　－ <入禪中이니 올라오지 마십시오> 중에서

　'서늘한 고요'는 이 詩人으로 하여금 자신의 열기와 갈증을 가라앉혀 처리할 수 있게 한다. 그리고 훌륭한 절제의 모습으로 자신을 분산시키는 종교적 경지를 느끼게 해 준다. '새로이 타오르는' 이 詩人의 관심사는 어제까지의 타오름이 무가치하고 속절없었음에 대하여 웃게 하고 '서늘한 고요'의 불변하는 가치를 깨닫게 한다. 그리고 새로운 열기와 새로운 해열의 방법에 대하여 일깨워 준다. 다음의 시는 이를 더 구체적으로 보여주고 있다.

　　　　山茶마시고
　　　　크게 웃고
　　　　일어나 떠나온 山寺

　　　　달맞이꽃
　　　　맑은 봉오리
　　　　저녁달에 눈맞추어
　　　　피어났었다.
　　　　　　－ <佛日庵> 중에서

山寺의 茶香과 크게 터져 나온 웃음소리는 묘한 대조를 이룬다. 靜과 動, 寂과 騷라고 할까. 그러나 이들의 조화는 '일어나 떠나온'이란 여운의 절충적 역할에 있다. 여기서 이 詩人의 구김살 없는 양질의 웃음소리와 저녁달을 바라보는 수연한 눈길은 우리를 그대로 침잠시킬 듯한 힘을 발휘한다.

白秋子의 시 세계는 자기 응시와 해체의 아픔, 포용과 극복의 슬기, 그리고 종교적으로 증류된 체관의 세계가 동시병렬로 진행되고 있다고 필자는 앞에서도 말했다.

어느 날 그는 드디어 이들 성격이 적절히 혼합되고 조화를 이룬 어떤 세계를 우리들 앞에 새롭게 제시하게 되는지, 아니면 이들 가운데 어느 한 세계에 경도하여 더욱 첨예한 경지에 입신하게 되는지 주목하게 된다.

그러나 필자가 예측하기로는, 뜨겁고 적극적인 詩人인 그는 그 불칼 같은 눈으로 자해하듯 자신을 들여다보면서 회의를 느끼고 갈등을 계속하면서 다시 치유하기를 계속하지 않겠는가 하는 것이다. 그것은 결국 이 詩人의 詩의 광채와 사유의 명징성을 더욱 찬란한 경지로까지 이끌어 올리는 결과를 가져올 것이다.

그러나 필자의 예측이 빗나간다 하여도 어떠랴, 白秋子 詩人이 가진 섬세한 언어감각이라든가, 이미지 형성의 독특한 기법, 그리고 윤택한 정감은 천상 詩人으로 태어나야 했던 그의 詩的 생애를 봄날의 아지랑이 같은 기류로 일렁이게 할 것임에 틀림이 없을 것이다.

1987.

아이러니와 진실의 관계

1. 진지한 同伴

먼저 金正의 첫 번째 詩集 『햇빛 부신 날』의 출간을 진심으로 축하한다.

金正은 1987년 제 2회 『表現』誌의 新人賞을 받아 문단에 데뷔한 詩人이다.

『表現』은 1980년 全北 全州에서 창간되었으며 지금까지 여러 호를 간행해 오는 동안 국내 유수의 문학지로 성장하여 많은 문학인들의 관심과 기대를 받고 있는 부정기 간행물이다

金正 詩人, 이 이름은 데뷔 후 첫시집을 내게 된 그녀에게 알맞고도 당연한 이름이 될 것이다. 그러면서도 金正 詩人 그녀를, 최대로 기쁘게 할 수 있는 이름이 될 것이다.

그녀는 한 가정의 주부로서, 아내로서, 그리고 세 자녀의 어머니로서 가장 여성다운 삶을 모범적으로 살아왔다. 그러면서도 도저히 포기할 수 없는 문학에의 열정을 그 정신의 상석에 두고 수십 년씩 곰삭여 왔다. 응답이 없어도 오랜 세월 한결같이 지속하는 짝사랑과도 같이 그녀의 문학 사랑은 진실하다.

요즈음 문단 주변에는 어떻게 되었든 한번 등단하기만 하면 그것이 곧 문학인으로서의 완성이라도 되는 듯 너무 일찍 설치며 휘젓고 다니는 사람도 있다. 마치 이제 막 면허증을 교부 받은 운전자가 그 경험이나 연륜의

일천함은 생각하지도 않고, 갈 곳 못갈 곳 아무 장소나 가리지 않고 함부로 질주하는 듯한 모습을 연상하게 한다.

그러나 金正이 문학을 대하는 태도는 데뷔 전이나 지금이나 한결같이 조심스럽기만 하다. 그는 아마 '金正 詩人'이라는 호칭에 대해서도 손을 내저으며 사양하려고 할 것이다. 金正 詩人이 문단에 데뷔하기 전부터 그녀와 예사롭지 않은 교분을 이어온 필자는 이런 경우 그녀의 마음씀이나 표정에 대해서도 대강은 사실에 가깝게 짐작할 수 있다.

문학 앞에서의 겸손함, 문학 앞에서의 순진함, 문학 앞에서의 두려워함, 그리고 좋은 詩를 쓰는 일만을 최선이라고 생각하면서 거기에 아름다운 영혼을 쏟아내고 있는 모습…이런 것들은 비단 金正 詩人에게만이 아니라 우리들 문학인 모두가 끝끝내 지니고 살아야 할 모습이라고 생각한다. 문학을 사랑한다고 겉으로 떠들면서 정작 사랑하는 대상인 문학 앞에서 아무런 떨림도 신중함도 없이 방자하다면 그것은 가짜다.

金正은 YWCA에서 설치 운영하는 문예 창작교실 「架橋」의 창립 멤버이며 지금도 열의와 기쁨으로 공부하고 있는 성실한 詩人이다. 필자는 金正을 옆에서 지켜보면서 그녀야말로 평생토록 문학을 짊어지고 문학과 대결해 나갈 사람이라는 것을 확신한다.

2. 의도적 의미와 아이러니

金正의 詩를 통독하고 나서 필자가 맨 먼저 대면하게 된 것은 분명하고 또렷한 톤으로 부상하고 있는 詩의 의미였다. 만일 신명으로 노래부르고 싶어서 쓰는 詩와 전하고 싶은 말이 있어서 쓰는 詩와의 분류가 가능하다면 金正의 詩는 후자에 속할 것이다.

詩가 언어의 미감을 중시하는 예술임은 누구나 아는 사실이다. 詩에 내용이나 사상이 없는 것은 아니지만 그것은 사과의 영양소처럼 맛 가운데 스며 있어야 하며 엘리어트는 이를 '思想의 情緒的 等價物'리하고 하였다.

이 이론에 의거한다면, 의미가 우세하여 형식미를 압도하는 詩가 좋은 詩일 수 없다. 그러나 과연 詩의 의미가 강조될 때 詩의 美的 構造는 손상되는가. 만일 손상된다면 그것을 불사하면서 그런 詩를 쓰는 詩人의 바램은 어떤 것인가.

필자는 모처럼 그리고 새삼스럽게 이러한 문제에 대하여 생각해 보았다.

그것은 金正 詩人의 작품이 의도적 의미(Intentional Meaning)를 강하게 품고 있는 詩이면서도 그러한 詩들이 빠질 수 있는 결점을 극복하고 있기 때문이다. 즉 그녀의 詩는 압축된 운율과 수사적 비유에도 성공하고 있어 散文性을 내보이지 않는다.

詩가 '표현하고자 하는 의미'를 떠난다면 어떠한 형식적 요소도 존재할 수 없다고 강조한 사람이 리챠즈이다. 그는 형식은 내용가운데 용해되는 것이며 내용에 종속되는 것이라고 주장하여 내용의 우위성에 역점을 두었다.

또 한편 크로체는 내용이 어떤 형식을 선택하느냐에 따라 비로소 어떤 표현이 가능해진다고 하여 형식의 비중을 강조하였다. 그러면서도 그는 다시 '詩의 형식은 바로 내용이다'라고 말하기도 하였다. 이 말은 곧 詩에서 형식이니 내용이니 가르는 일의 부질없음을 지적한 말일 것이다. 사실 '형식'이니 '내용'이니 하는 것은 이해의 편의를 도모하기 위한 용어적 방편에 불과하다.

이와 같이 사물의 表와 裏처럼 일체화되어 분류할 수 없는 것이 詩의 내용과 형식인데도 필자가 金正 詩人의 詩에서 특히 부상되는 의미의 강렬함을 느꼈다면 그 이유는 무엇인지. 필자는 그 이유를 金正 詩에 나타난 의미의 특수성 때문이라 보고 그 특수성이 어떤 것인지 분석해 보고자 한다.

　　케언테리어라는
　　개 한 마리를 사서

황구라고 이름 지었다.
눈 밑으로 쳐진
흰 털 위에
꽃핀을 찔러
데리고 나가면
내가 아무리
멋을 부려 봤자
개만 예쁘다고 한다.
어느 날 목욕을 시키면서
된장국은 안 먹고
고기국만 좋아한다고
나무랐더니
개만도 못한 사람들이
세상을 판친다는
불평을 남기고
그만 집을 나가버렸다.
― <황구 케언테리어> 전문

남들보다 몇십 배의
재산을 쌓아 둔 친척 박씨는
꼭두새벽부터 밤중까지
돈버는 재미에
시간을 다 허비한다.
우리에게 주어진
최소한의 햇빛도 쬐지 못하고
신이 베푼 미소 같은 것은
더 남의 것이며
요즘은 자기 집 앞을 지나는
바람을 틀어잡고
통행세를 홍정한다고 한다.
― <친척 박씨> 전문

위의 두 편 詩에서 공통으로 발견할 수 있는 것은 아이러니이다.

<황구 케언테리어>에서 '개만도 못한 사람들이 세상을 판친다는 불평을 남기고 그만 집을 나가 버렸'을 때 詩人이 느끼는 감정은 만물의 영장인 인간으로서의 모욕감이나 불쾌감이 아니다. 오히려 케언테리어의 행위에 대한 동조적 공감이며 황구를 통해 자신의 욕망을 성취해 낸 쾌감인 것이다. 詩人은 집을 뛰쳐나가는 순간의 황구에게서 잠재적 자아를 발견한다. 그것은 구태적 반복과 습관적 안착으로부터 자유와 탈피를 구가하는 자아이다. 시인의 이러한 잠재의식은 일상적 궤도에 비판 없이 순종하면서 말없이 순행하는 우리들이 지니고 사는 보편적 의식에 대한 반발일 것이다.

<친척 박씨>에서는 '우리에게 주어진 최소한의 햇빛도 쬐지 못하'는 친척 박씨에 대한 詩人의 시각이 표면적으로 첨예하게 드러나 있다. 독자는 '자기 집 앞을 지나는 바람을 틀어잡고 통행세를 흥정'하는 친척 박씨에 대한 詩人의 시각이 멸시가 아닌 연민으로 살아 있음을 발견할 수 있으며, 이 때문에 작품의 스케일이 긍정적으로 확대된다. 친척 박씨가 친척 박씨로 머물러 있지 않고 우리의 이웃, 현실적 세태, 비뚤어지는 민심을 대변하는 상징성을 띠게 되며 작가의 친척 박씨에 대한 연민이 隣人愛로 발전하게 되는 것이다.

아이러니는 詩人의 知的 世界와 詩人이 살아가는 人生, 사랑, 죽음, 神에 대한 詩人의 태도로부터 생겨난다. 아이러니는 詩人 자신과 그의 주변에서 통용되는 진실을 옹호하려고 할 때도 사용하지만 다수의 사고를 우습게 여기거나 공박하기 위해서도 사용한다. 앞의 경우 우리는 그 詩人을 시대의 사고 방식에 공감하는 아이러니스트라고 하며 뒤의 경우 시대에 동조하지 않는 아이러니스트라고 한다.

그러나 진실을 옹호하기 위한 것이든 공박하기 위한 것이든 아이러니스트는 자신이 관련되어 있는 현실을 예민하게 감지하며, 있는 그대로의 외양과 외양 속에 은둔해 있는 실상을 구분하는 일에 관심을 기울인다. 아이러니스트가 한 가지 일을 그와 반대되는 다른 것과 관련시켜 정의를 내리는 것은 그 때문이다.

위의 두 작품 중 <황구 케언테리어>의 아이러니는 가출한 개를 공박하는 데에 있는 것이 아니라 '개만도 못한 사람들'이 모여 사는 세상을 공박하는 데에 있다. 또 <친척 박씨>에서의 아이러니는 친척 박씨의 인색함과 탐욕을 고발하고 개탄하기보다 '우리에게 주어진 최소한의 햇빛'과 '신이 베푼 미소'의 진실을 옹호하기 위해서 사용되고 있다.

개와 人間, 자연의 축복과 축복을 외면한 人間 간의 대비는 평이하고 단순하여서, 독자는 이 작품의 아이러니를 이해하는 데에 복잡한 유추의 과정을 거치지 않고도 명료한 이해에 도달할 수 있을 것이다.

이와 같은 종류의 작품은 이밖에도 많아서 金正의 詩에서 차지하는 아이러니의 비중을 결코 소홀히 할 수 없게 한다. 이 詩人은 '지우고 싶은 것일수록 숨을 쉬며 살아'나고 '감추고 싶은 것일수록 얼굴을 내'미는 부적합한 상황에서(<하루의 끝>), 내가 '천길 낭떠러지 위에 매달려 있'음을 확인하고 '내가 가야 할 길을 비구름 속에 던져져 있'음을(<바람>) 깨달으면서 살아간다. 이러한 깨달음은 때로 자신을 비하시키기도 하지만 거기서 안정과 위로를 받으려는 현실적 태도를 습득하기도 한다.

'가장 높은 곳을 보려거든 더 낮게 더 낮게 내려가야 된다고 (<높은 곳을 보려거든>) 자신에게 타이르는 모습이라든지 '채이고 밟히다가 몇 십 번 실신'하면서도 '있는 듯 없는 듯' 흐르려고 다짐하는 (<구름처럼 흐르다가>) 모습이 그것이다.

金正의 아이러니는 결국 세계에 대한 체념의 태도를 생산하게 된다. 金正은 자신을 둘러싸고 있는 외부 상황과의 관련에서 야기되는 아이러니를 구사하면서도 그 원인을 남에게 (외부적 상황) 핑계대거나, 어떤 책임으로부터 도피하려고 하지 않기 때문이다.

3. 自己卑下 내지 解體

필자는 여기서 金正 詩의 두 번째 특징을 자기비하 내지 자기 해체라고
말하고 싶다. 그러한 점을 확인하기 위하여 다시 다음과 같은 작품들을 살
펴보사.

나는 무덤 위에
핀 한 송이 나리꽃
주근깨 투성이 얼굴에
미안수를 바르고
한 방울의 이슬을
강이라 부르고
덤불 속을
꽃밭이라 우기며 산다.
　　　　- <나리꽃> 전문

푸짐히 마련된
일상 중에
날개를 접고
새장에서 하늘을 보는
저는 무엇입니까
한 장의 꽃잎으로
책갈피에 끼어
생피 말리는 구절을 읽는 저는 무엇입니까
차라리 하늘에 누워
꾸역꾸역 각혈을 하는
석양 노을이고 싶습니다.
입 다물고 눈감아 침묵으로 굳는 바위이고자 합니다.
밭고랑에 아무렇게나 버려져
봄을 여는 보리씨이고자 합니다.
　　　　- <우울한 날 I> 전문

가슴
밖에서
짐승처럼
울며
소란을
떨고 있는
비여
더 쏟아져
실낱 같은
촛불마저
아주 꺼버려라
            － ＜유서＞ 전문

　우선 ＜나리꽃＞에서 이 詩人은 자신의 거처를 무덤에 두고 있다. 남들이 기피하는 주검의 장소 무덤 위에 죽었던 생명의 부활체인 듯 피어난 한 송이 나리꽃. 그러나 詩人은 자신의 거처가 무덤인 것으로 자기비하를 끝내지 않고 '주근 깨투성이 얼굴'로까지 확장하고 있다. 이 詩人에게서는 여간해서 과장된 표현이나 자기도취를 발견하기 힘든다. 독자가 아픔을 느낄 만큼 솔직하다. 오히려 학대에 가까우리만큼 자신을 해부하고 분석한다.

　얼굴에 '미안수를 바르고' '한 방울의 이슬을 강이라'고 하면서 '덤불 속을 꽃밭이라'고 우기는 것은 그렇게 알고 있기 때문에 그런 것이 아니라, 그렇게 우기고 있을 뿐이다. 그렇지 않다는 사실을 누구보다도 시인 자신이 잘 알고 있으며 그렇다는 것을 독자가 알고 있다. 그리고 이것은 독자의 마음에 쓸쓸한 감동으로 다가온다.

　＜우울한 날 I＞에서는 詩人이 절규하는 음성의 톤이 매우 높다. 그것은 詩人 자신이 제재를 받으며 구속당하고 있다고 생각하는 그 부자유의 크기에서 연유한다. 詩人은 새장을 열고, 책갈피를 빠져나가려는 몸짓의 에

너지로 절규하고 있는 것이다. 그것은 '생피 말리는 구절' '꾸역꾸역 각혈을 하는 저녁 노을'과 같은 강렬하고도 감각적인 표현에까지 영향을 미친다.

金正은 자신의 소망을 '각혈하는 석양 노을' '입 다물고 눈감아 침묵으로 굳는 바위' 그리고 '밭고랑에 아무렇게나 버려져 봄을 여는 보리씨'로 요약하고 있다. '석양 노을'에서 情과 낭만의 세계를, '침묵으로 굳는 바위'에서 의지와 고독을, '봄을 여는 보리씨'에서 知性이 가리키는 사명감을 각각 표현했다고 보아야 할 것이다.

그러나 詩人은 그 무엇이 되고 싶다고 하는 희망의 표현을 '차라리~이고 싶습니다'라고 하여, 그 희망이 최선의 이상이 아니라 차선의 미봉책임을 암시하고 있다. 최선의 것을 사양하고 차선의 것을 선택함은 최선의 것을 선택하는 길에 그만한 애로와 난관이 있기 때문인 것이다. 그러나 이 詩人은 이 차선의 길을 즐겨 받아들이고 거기 적응하려고 노력하는 사람이라는 것을 독자들은 의심치 않는다.

<유서>는 매우 절망적이다. 한 줄기 '실낱 같은 촛불'에 의지하고 일어서려는 의욕까지도 포기하고 있다. 그렇게 단호한 결정은 '가슴 밖에서' 소란을 떨고 있는 짐승 같은 비의 울음소리에서 연원된 것이다. 이것은 포기라기보다는 순응과 동화라고 하는 편이 더 어울릴 만큼 詩人은 쏟아지는 비를 즐기고 있다. 이런 詩는 아이러니가 자학적인 방법으로 표현된 좋은 예라 할 수 있다.

金正 詩의 두 번째 유형인 자기비하 자기해체의 詩는 이밖에도 처가살이하던 아버지를 그린 <아픈 기억>, 추억을 죽이고 꿈을 죽이고 '쇠고리에 매인 토종개처럼 살기를 종용받는 <소고>, 세상 일의 모진 것을 망각하고 '빈 강에 몸 풀고 누워'있고 싶어 하는 <빈강>, 그리고 존재의 이유에 대한 회의를 나타낸 <병든 나무> 등 다수를 들 수 있다.

그러나 金正 詩人의 작품이 아이러니와 자기비하의 시로 일관하여 상황과 자기 존재 사이의 분규나 해체만을 일삼은 것은 아니다. 그녀의 작품은 많은 부분에서 찬양과 감사에 가득한 작고 아름다운 지혜의 생활을 읊고 있으며 이것이 金正 詩의 또 하나의 중요한 성격을 형성하고 있다고 할 수 있다.

먼저 이 시집의 표제가 되고 있는 詩 <햇빛 부신 날>을 읽어 보자

> 너와 나
> 여름 하늘가
> 거닐다 돌아올 때
> 근심 모두 털어
> 구름 위에 띄워 주고
> 햇빛 감아와서
> 젖은 자리 말려 주고
> 불씨로도 써 볼까
> 햇빛 부신 날
>   − <햇빛 부신 날> 전문

색감이 화창하고 리듬이 경쾌하다. 근심을 구름에 맡기고 젖은 자리는 햇빛에 맡기고 그러고도 남은 햇빛은 불씨로 남길까 궁리하는 마음이 순진하고 밝다. '여름 하늘' '구름' '햇빛' 등 詩人이 탐하는 것들이 지상의 것이 아니요 천상의 것이라서 이 詩의 정서가 양광과 청풍에 차 있는 듯 하다.

> 빈손으로 태어난 내가
> 신선한 아침을 만났다.
> 퍼내도 퍼내도 마르지 않는
> 사랑도 얻었다.
> 생활의 기폭을 조율할 수 있는 섬세한 감정까지도
> 빈 손이던 내가
> 넘치도록 얻었으면서
> 얻어지지 않는

단 한가지가 있을 때면
얼마나 불평했던가.
별에서 얻었던 건 별에게로
꽃에서 얻었던 건 꽃에게로
바람에게 얻었던 건
바람에게 돌려 주고
홀가분해지고 싶다.
빈 손되어 맑은 영혼이고 싶다.
　　　　　　　　　　　－ <감사하면서> 전문

　　이 詩는 金正詩人의 人生觀을 보여주는 중요한 작품이라고 해야겠다.
'신선한 아침'과 '마르지 않는 사랑'과 '섬세한 감정'을 가지고 있으면 그
것이 곧 넘치는 축복이라고 생각하는 이 詩人은 이 세상에 '빈손으로 태어
난 내가' 홀가분하게 빈손이 되어, 다만 맑은 영혼으로 살아가고 싶다고
노래한다. 정결하고 투명한 음성이 우리 가슴에 잔잔한 울림을 전해 준다.
　　넘치도록 다 가지고도 못 가진 것 한 가지 때문에 불행했었다고 말한
것이 얼마나 잘못이었나를 고백하는 시인, 지금까지 얻었던 것들을 차례
로 제자리에 돌려줌으로써 행복을 회복하려는 이 시인은 이미 無所有의
철학적 경지에 도달해 있는 것일까?

엎드린 채
비어 있던
항아리가 넘쳐난다
서로 돌아선
틈서리에도
새 살이 돋아
윤기 난다
세상은 소복소복
온통 고봉이다
쌀이 아니어도 좋다

보석이 아니어도 좋다
바라보기만 해도
넉넉해지는 마음이어 좋다.
　　　　　－ <눈오는 날 I> 전문

핏발 섰던 대지
몸조리하는 날
산 포근히 강 포근히
어둠을 지우고
가난을 지우고
하늘로만 다리 놓여
천사들의 마음
하느님의 나라
　　　　　－ <눈오는 날 II>

　詩人은 모름지기 우주 삼라만상의 해설자이다. 그리고 사물을 대상으로 하는 그 해설은 해설자인 각 시인의 시각에 따라 달리 나타나며 사물의 본질과는 별개의 것이다.

　예컨데 '눈'은 물이 얼어서 된 육각형의 하얀 결정체의 집합이며 일정한 온도에서는 녹아 다시 물이 되는 성질을 가지고 있다. 그러나 詩人의 해석에 따라 때로는 하늘의 메시지나 환호성에 비유되기도 하고, 천지개벽의 새 하늘 새 땅으로 표현되기도 하며, 때로는 적막과 은둔, 단절을 연상시키기도 하는 것이다. 이것은 똑같은 조건이 사용자의 사용법에 따라 그 능률이 달라지는 사실에 비유할 수도 있다.

　金正 詩人에게 있어서 '눈'은 축복이다. 詩人은 눈의 축복 앞에서 풍요와 감사, 그리고 화해의 감정을 느낀다. '서로 돌아선 틈서리에도 새 살이' 돋게 하는 눈, '바라보기만 해도' 마음을 넉넉하게 하는 눈, 고달픈 노동의 대지를 휴식하게 하고 고난과 빈곤을 덮어 천국을 이루게 하는 눈이 金正의 눈인 것이다.

自然은 언제나 金正 詩人에게 위대한 구원의 손길을 내민다. 그녀가 아이러니의 늪에 빠져서 어이없게 웃을 때에도 자기비하의 질곡에서 자신을 아프게 매질하고 있을 때에도 그녀를 건져 올리는 구명대의 역할을 하는 것은 자연이다.

이 詩人은 자연을 매개체로 하여 자유로운 숨결을 고르고 순한 피조물로서 조물주에게 예배하는 자세를 갖춘다. 그리고 이러한 자세는 이 詩人의 토로하는 아이러니나 자학의 심정에까지도 진실성을 부여하는 소중한 요인이 되고 있다.

무엇인가 한 귀퉁이가 비어서 덜커덩거리는 우스꽝스러운 세상의 일들. 꿈의 높이에 도달하려면 아득해서 자꾸만 낮아지는 듯한 자신의 높이. 金正의 삶의 지혜는 이러한 틈바구니에서도 부단히 시를 뽑아 올리는 새벽 각시거미처럼 (<전하고 싶은 노래>) 반짝이는 씨줄과 날줄로 베틀 위에 앉아 있다.

1989.

追憶과 抒情의 관계

1. 오래된 原稿

한국 사람이 일본어로 단가를 짓고 우리말로 번역하여 그것을 시집으로 엮어 내는 일은 특별한 경우에 속할 것이다. 그리고 이 특별한 경우는 일 개인에게만 국한된 것이 아니고 우리 공동의 특별한 역사와 연관된 것이다.

일본어 속에서 성장하고 교육을 받고 일본어로 우정을 쌓고 일본어로 추억을 만든 사람들에게 일본의 단가는 아직도 '감동'면에서 충분히 유효하다. 한국에서 한국인으로서 일본의 단가를 창작하는 일이 온당한 일이냐 아니냐의 문제는 정서의 미묘한 분규를 일으킬 수 있어서 한 마디로 잘라 말하기가 어렵다.

우리의 과거 역사에 연루된 뿌리깊은 恨과 울분, 잊어서는 안 된다고 다짐하는 자괴감과, 원망을 넘어서 증오심에 가까운 우리의 공통적 감정을 극복한 다음에야 가능해질까? 그러나 일본 시가의 일종인 단가를 세계문학이라는 범주로 독립시켜 생각한다면 그렇게 어려울 것이 없게 될 것이다.

일본의 단가는 5, 7, 5, 7, 7, 음절로 구성되는 총 31음절의 시가이며, 이름 그대로의 짧은 노래다. 일본어의 특성과 한국어의 특성, 일본 정서와 한국 정서의 차별성이 확실하기 때문에 이를 창작하기도 물론 어렵겠지만 먼저 일본어로 지어서 후에 한국어로 번역하기는 더욱 어려울 것이다.

李柱完 선생님의 단가집 『架橋』에 해설을 쓰면서 필자는 지금 문득 세

월이라는 것을 생각한다. 열 일곱 살 되던 해 선생님을 처음 만났고 선생님은 필자에게 화학을 가르쳤다. 화학 원소기호나 분자식 같은 것은 지금 다 잊어버렸지만 선생님에 대한 남다른 기억 몇 가지는 아직도 생생하다.

비오는 날 두 손을 입에 대고 뻐국새 울음을 흉내내며 걷던 모습, 어딘지 슬퍼 보이던 표정, 그리고 다 털어놓지는 않았지만 이루지 못한 사랑의 이야기. 이런 것들은 사춘기의 학생들 마음을 다소 들뜨게 했었다. 선생님은 그때 어리던 우리들보다도 더 소년 같아서 비현실적이고 비타산적인 생각을 많이 하는 것처럼 보였다. 그런데 엊그제 만난 선생님은 아직도 여전히 소년 그대로였다.

내 생애 가장 암담하고 우울했던 시절, 선생님 둘레를 감싸고 있던 서정성은 내 갈급한 사춘기의 정서에 숨구멍을 터주었고 새로운 꿈의 단서를 마련해 주었다.

그 후로 내가 문학의 길로 접어들고, 교수가 되어서 지금까지 수십 년 문학을 강의해 오고 있지만, 나는 이주완 선생님이 내 문학의 가능성을 긍정해 준 최초의 힘이었다는 것을 한 번도 잊어버린 적이 없다.

나는 이주완 선생님이 본격적 문인으로 작품 발표를 하느냐 그렇지 않느냐와는 아무 상관없이 선생님을 늘 시인이라고 생각해 왔다. 오늘, 선생님 주변의 수많은 시인들 중 나를 지목하여 이 글을 쓰게 한 선생님께 감사한다. 그런데 이상하다. 왜 이렇게 자꾸 가슴이 자꾸 막히고 눈물이 나려고 하는지 모르겠다.

2. 공간과 시간의 架橋

이후로 나는 이주완 선생님이란 칭호를 잠시 접어 두고 이주완 시인이란 말로 이 글을 계속하려고 한다.

이주완 시인은 학창시절부터 일본 단가에 깊이 매료되어 많은 창작을

하였으며 최근까지도 아사히 신문을 통해 여러 작품을 계속 발표해 왔다. 그는 일본의 文學 結社(우리나라에서의 文學同人과 같음)인 「야마노베(山의 辺)」, 「류(龍)」에도 참여해 왔다.

> 타꾸보꾸(啄木) 詩
> 노래에 빠진 나를 걱정하면서
> 너도 일찍 죽을라 친구는 충고했지

　이주완 시인은 일본 명치 시절에 천재라는 칭송을 받은 短歌 詩人 이시가와 타쿠보꾸 (石川啄木)에 심취했었다. 그는 26세에 요절한 타쿠보꾸처럼 '너도 일찍 죽을라' 친구로부터 충고를 받을 만큼 短歌에 빠져 있었던 것이다.

　短歌는 일명 和歌라고도 부르는 일본의 정형시로서 5/ 7/ 5/ 7/ 7 조, 31 음절로 이루어진다.

　우리 한국인으로서 일본어로 시를 쓴다는 것은 한국인이 영어나 불어, 혹은 독어로 시를 쓰는 경우와 사정이 매우 다르다. 그것은 영어나 불어나 독어로 쓰는 것이 아니라, 바로 일본어로 쓰기 때문이다. 우리나라에서 일본어로 시를 쓴다는 것은 한국의 얼을 훼손하는 행위 이상으로 오랜동안 금기시 되어 왔다.

　차이코프스키의 피아노곡, 이태리의 칸소네, 하다못해 미국 락가수의 노래를 즐겨 들으면 음악 애호가라는 말을 들을 수 있을 것이다. 그러나 일본 음악을 즐겨 듣는 사람에게는 일단 거부감을 가지는 것이 우리들의 일반적인 정서다. 그것은 일본의 정치적 지배를 받아온 우리 민족의 본능에 가까운 저항의식인 동시에 자기방어책이라고 할 수 있을 것이다.

　한국인의 일본어 사용은 일본의 한국어 말살 정책과 더불어 치욕적인 연상을 불러올 수가 있으니, 거기에는 양국간의 어두운 과거가 추상이나 관념이 아닌 역사적 사실로 우리의 거부감을 자극하고 있기 때문이다.

외국의 말로
노래지어 부르면 매국노인가
내 잘못 억울하다 지나간 슬픈 역사

이 시인이 청년 시절부터 심취해온 短歌를 수십 년이나 미루고 묵히다가 왜 지금에야 겨우 출판하게 되었는지 알 수 있을 것 같다. 이주완 시인은 모든 선입견으로부터 벗어날 것을 촉구하면서 '내 잘못 억울하다'고, 이미 '지나간 슬픈 역사'라고, 언제까지나 거기 집착해 있어야 하느냐고 강하게 저항한다.

그의 저항은 타당한가? 만약 타당성을 인정 받을 수 있다면, 그것은 역사적 객관자로서의 일본에 대한 그의 자세와 태도가 확고하게 설정되어 있기 때문일 것이다. 이 시집에 수록된 222편의 시 가운데는 일본과 일본인에 대한 증오와 원망, 저항을 표현한 시가 40 편이 넘는다.

그러나 저항과 증오만 있는 것은 아니다. 일본인 친구에 대한 우정과 사랑, 신의와 인간애에 대한 감사의 표현도 있으며, 역사적인 사실을 왜곡하는 그들에 대한 분노도 감추지 않는다.

이 시인이 시집의 제목을 『架橋』라 정한 것은 우연적인 취향이 아니다. 과거의 역사에 억매여 한 발자욱도 전진하지 못하는 한일 관계를 안타까워하는 마음, 그래서 시인 자신이 솔선하여 架橋적 역할이라도 담당하고 싶은 뜻을 담고 있는 것이다.

1)
침략하려는
송곳니는 숨기고 평화니 뭐니
뇌까리는 일본의 우익 참 무서워라

2)
여보야-라고

멸시하고 놀리던 일본인 그애
먼저 죽어 저승 갔네 나 진작 용서했네

　이주완 시인은 이 시집이 출판되면 '침략하려는 송곳니를 숨기고' 있는 일본인 여러 친구들에게 발송하겠노라고 하였다. 단가집을 발송하려는 그의 의도는 옛날의 그들 잘못을 환기시켜 자극하려는 것이 아니며, 공격하겠다는 의미는 더욱 아니다. 그 불행한 과거는 이미 너도 알고 나도 알고 있어서 새삼 놀랄 것이 없는 지나간 역사일 뿐인 것이다. 따라서 이 시집을 받은 그의 일본인 친구 중에는 그에게 왜 이런 시를 썼느냐고 비난하거나 반발하는 사람이 아무도 없을 것임을 그는 믿고 있는 것이다.

　시 2)는 조선인을 깔보아 '여보야―'라고 한국말 흉내를 내면서 놀리던, 한 학급에서 공부하던 일본인 학생을 회상하고 있다. '먼저 죽어 저승 갔네 나 진작 용서했네'라는 말을 통하여 우리는 이 시인이 얼마나 오래도록 그 일본인을 용서하기 어려웠는가, 시의 이면에 숨어 있는 응결된 아픔을 충분히 납득할 수가 있다. '일본인 그애'는 놀림을 받던 시인이 죽기 전 '먼저 죽어 저승에' 간 것이다. 물론 시인은 '나 진작 용서했네'라고 했지만 여기에는 분명히 완전히 용서할 수 없는 감정의 잔사가 있으리라고 짐작이 된다.

　이밖에도 그는 사하린의 우리 민족을 돕기 위하여 여러 모로 애를 쓰는 일본인 친구에 대한 감사, 일본인이면서도 한국의 정서로 한국의 가요를 잘 부르는 친구에 대한 추억, 한일 간의 화해와 정상적인 국교를 촉구하고 싶은 소망 등을 읊었다.

　그가 일본의 단가를 선택한 것은 '일본'이나 '일본어' 때문이 아니다. 그 언어로 주고 받은 '추억'과 '사랑' 때문이며, 일본 문화를 배경으로 한 감수성 많은 소년기의 체험 때문일 것이다. 그는 다시 다음과 같이 노래하였다.

1)
아름다워라
내 친구 일본 사람 하나 둘 아냐
진실은 어디 있나 내 가슴 무너지네

2)
침략했다는
뻔한 사실 숨기고 거짓 꾸며서
평화만 외쳐 대면 속을 줄로 아는가

그는 한 가지 사실로 전체를 유추하여 판단하는 우를 범하지 않으려고
한다. 이 시인이 견지하고 있는 철학은 '一切, 아니면 無(All or Nothing)'가
아니다. 하나 하나 구별되는 개별적 성격이다. 그는 이 개별적 성격을 객관
적으로 선별한다.

'내 친구 일본 사람 하나 둘'이 아닐 만큼 좋은 우정으로 얽혀 있다. 그
러나 또 한 편으로는 일본이 한 얼굴만 보이지 않고 다중적 모순으로 혼돈
을 일으키게 하고 있는 것을 두려워한다. 그리하여 시인은 '진실은 어디
있나 내 가슴 무너지네'라고 한탄하기에 이른다.

그가 겪은 인생의 역정은 청년시절 '일본의 병사로' 출정했고, 해방 후
'우리나라 군인으로' 의무를 완수했으며, 분단된 나라의 실향민의 아픔도
맛보고 '조국의 재건' 역군으로서 청춘을 바치는 등, 지나간 일세기 우리
조국의 역사적 단면을 보는 것처럼 어둡고 복잡하다.

천지는 지금
푸른색 초록으로 뒤덮여 있고
나라는 번창하고 나 지금 행복하네

시인은 아름다운 자연과 번창하는 나라가 있음으로 '나 지금 행복하네'
라고 자신의 행복을 인정하고 고백할 만큼 천진하고 소박한 인생관을 가

지고 있다. 한 시인의 행복이 개인적 정서의 충족에 있지 않고 국가의 안위에 좌우됨을 직접적으로 토로하는 것은 그리 쉬운 일도 흔한 일도 아니다. 시인의 행복에 대한 이와 같은 태도는 위의 시 말고도 여러 편의 시에서 발견된다.

이주완 시인은 '봄비 내리다 잠시 개인 사이에/ 나랏일 걱정/ 자유의 외침 속에 / 안보는 탈이 없나' 돌아다보며, '세상은 온통 / 자유를 외쳐대는 / 청년 학생들 / 봄날 언덕에 누워 / 걱정스런 내 나라'를 살펴보곤 하는 시인이다. 그의 고민은 나라가 지금 겪고 있는 시련과 정비례한다.

> 나는 이대로
> 걸어서 북한까지 가겠노라고
> 통곡하며 절규한 그 노인 내 어머니

양심을 가진 시대의 지식인으로서, 민감한 정서의 시인으로서, 뜨거운 열정의 자연인 남성으로서 그의 족적은 남과 다르다. 특히 실향민이며 이산가족으로서의 그의 맺힌 슬픔과 한은 그의 잠재의식에 공고한 사상적 기반을 형성하고 있다. 그의 작품에 '평화', '나랏일 걱정', '안보', '통일'이란 단어의 빈도가 많은 것은 거기서 연유된 것이다. 그의 관심 중 많은 부분은 나라와 민족과 통일과 국제간의 문제에 쏠려 있다. 그리고 직장에서의 현실적인 문제 타결에 나서서 선후를 가리려는 열정도 직정적으로 표현하고 있다. 그러나 다음과 같은 시도 있다.

> 깊은 산골짝
> 호수의 아침 안개 희고 자욱해
> 적막을 깨뜨리는 다급한 꿩의 울음

시인은 안개로 자욱한 아침의 호수, 깊은 산골짝의 적막을 깨고 들려오는 꿩의 울음 소리를 분별할 수 있다. 새의 울음이 다급한가 그렇지 않은

가, 얼마나 다급한가를 진단할 수 있는 귀, 그것은 시인만이 가질 수 있는 커다란 축복이 아닐 수 없을 것이다.

> 아침 이슬에
> 함초롬히 젖은 국화 들여다보면
> 바라던 내 삶이야 미소짓는 한 때여

아침 뜨락에서 이슬에 젖어 있는 국화를 들여다보면서 이것이 바로 내가 바라던 삶이라고 미소짓는 시인이다. 이런 시인에게 세속적 과욕이란 것이 있을 수 없다.

독자는 이 시집을 읽으면서 시인이 얼마나 대책이 없는 순수 지향자인가 알 수 있을 것이다. 순수 지향자라함은 비타협적이며 까다롭다는 의미까지도 포함한다. 그러나 비타협적이고 까다롭다는 말은 여기서 긍정적인 찬사다. 타협은 화합과 조율을 가져오기도 하지만, 거래와 협상, 묵계와 암약을 대동할 수도 있기 때문이다. 이에 반하여 비타협에는 오히려 그 사람의 신념을 지조 있게 관철하려는 정직한 고집이 있다.

그와의 타협이 순조롭지 않은 것은 직장에서의 정의롭지 못한 상사, 떠나온 북한 땅의 공산주의 체제, 일본의 침략주의, 그리고 이해할 수 없는 세상사이다. 그런데 그와 순조롭게 어울리는 대상과 범위 역시 마찬가지다. 퇴락 일로에 빠져 있는 지금 직장의 옛날 모습, 떠나온 북한 땅의 다정한 사람들, 한국을 이해하는 일본인 친구, 그리고 아직도 살만한 가치가 충분한 아기자기한 세상사인 것이다.

3. 삶의 矛盾과 체념의 美

그가 시적 제재로 삼고 있는 것들은 거의 인생과 삶이며, 사람과 사람 사이의 일이다. 시집을 일곱 단락으로 나누었는데 1부 「그대 하얀 손가락」은 주로 사랑하는 여인과의 추억이다. 3부 「친구여 나의 노래여」 역시 친구와 단가에 얽힌 시이며 4부 「아내의 젖은 눈」은 제목이 시사하고 있는 것처럼 아내와의 관계와 더불어 직장에서의 문제 등 세상사를 다루었다. 그리고 5부 「알 수 없는 세상 일」, 6부 「아, 대한민국」, 그리고 7부 「쓸쓸한 고향」 도 모두 인간과 인생과 삶의 노래들이다.

제 2부의 「보라빛 산그늘」은 자연을 제재로 삼은 시가 30 편에 달한다. 그러나 여기서의 자연 역시 인간사를 위무하는 도구적 자연 혹은 배경으로서의 자연이 대부분이다.

이주완 시인은 무엇보다도 인간을 사랑하고 인생을 사랑하는 시인이다.

> 이렇게 쉬이
> 만날 수 있는 것을 가슴 태웠네
> 삼십 칠년 흐르고야 은방울 아래 섰네

옛날에 사랑하던 여인을 삼십 칠년이나 지난 다음 수소문하여 만난 시인, 그는 충동적인 감정으로 만나지 않고 오랜 그리움과 망설임 끝에 만났다. '은방울'이란, '일본 동경역의 여러 출구 중, 야헤스 출구 근처에 있는 장식품인데, 고양이 목에 달아주는 은방울 모양을 하고 있다'고 시인이 주석을 달아 설명하였다.

시인은 일본의 동경역으로 첫 사랑을 만나러 가기까지 감정을 다지고 눌러 재웠을 것이다. 그는 자신의 그리움과 망설임을 '이렇게 쉬이'라는 말로 압축했다. 그 동안의 번민과 아픔에 비하면 잠깐 동안의 해후는 '이렇게 쉬이'라고 할 만큼 허망할 것이다. 그는 삼십 칠년 동안이나 만날 수 있으리라는 생각은 하지 못하고 가슴만 태웠던 것이다.

삼십 칠년이나 눌러 재웠던 망설임과 그리움처럼 시인은 오늘 긴 세월의 어렵고 복잡한 조건들을 극복하고 일본어 단가집을 우리말 번역을 곁들어 출판하게 되었다. 이 출판도 '이렇게 쉬이'라고 말할 수 있을는지 모르겠다.

그러나 시집의 출판은 단순한 출판이 아니라 시인이 지금까지 걸어온 삶을 정리하여 역대기를 기록하듯이 추진해 온 일이라는 것을 알 수 있다.

　　시집이라도
　　완성한 다음에나 저승에 가자
　　걱정하는 요즘도 몸은 시원치 않네

이 단가집에 수록된 222편의 시에 흐르는 정서는 그의 한 평생 생명처럼 도도하게 그의 정신을 관통해 왔고 그를 지탱시켰다고 할 수 있다. 인생 80이 되어 한 생애의 앙금같은 노래를 정리해 발표하는 노시인이 존경스럽다. 출판은 비록 지금 하지만 실로 오래 전에 출판된 시집이라는 생각이 든다.

그러나 왜 한국 시의 형식을 빌지 않고 구태어 일본시가로 쓴 다음 우리말로 옮기는 번잡한 일을 하는가고 계속 의문을 제기하는 사람이 있을지 모른다.

그런 사람들을 위하여 나는 다음과 같이 시인을 대신하여 대답하고 싶다.

"그는 일본어로 익혔던 체험과 추억에서 자유로울 수 없었을 것이다. 지나간 것을 과거의 일이라고 정리해 버리고 새로운 것에 빨리 익숙해질 수 없는 것이 그의 성격이다. 그는 한 가지 추억을 이내 버리고 새로운 추억을 만들거나, 한 가지 체험에서 쉽게 벗어나 망각의 강에 띄우는 사람이 아니다. 그는 딱할 만큼 외곬이다. 버릴 수 없는 일 때문에 스스로 상처 받고 거기 파묻혀 앓다가 체념으로 치유하는 특성. 어찌보면 안타까울 만큼 답

답하다고도 할 수 있는 일면을 그는 가지고 있다. 그러나 바로 이런 점이 이 시인의 시인으로서의 순수성이며 아름다움이 아니겠는가.

그러나 더 중요한 것은, 그는 우선 국수주의가 아니라는 것이다. 그리고 그에게는 편견도 절대도 없다는 것이다."라고.

제대로 설명이 되지 않았으면 비슷한 답이라도 되기를 바란다.

이주완 시인은 마음이 여리고 따라서 후회도 많다. 그의 감정 표현은 애증의 구획이 확실하며 격하고 성급하다. 따라서 일견 단호하고 냉정하게 보일 수도 있다. 그러나 그 확실하고 격한 표현에 상대방이 반응을 보이기 전 시인 자신이 상대방 이상으로 상처를 입곤 한다.

> 내 신경질에
> 숨어서 울고 있는 아내를 보네
> 나도 자꾸 눈물나네 함께 우는 부부네

'신경질'을 내고 그 신경질에 우는 아내를 보고 자꾸 눈물이 나서 아내와 함께 우는 남편이 이 시인이다. 앞에서의 '신경질'과 뒤에서의 '울음'은 앞뒤가 맞지 않는 모순이며 이중성이다. 그러나 그 이중성과 모순성 속에 이 시인의 특성이 잠복해 있다.

'신경질'이라는 말과 궤를 같이 하는 표현으로 자신의 '급한 성질(성깔)'을 지적하기도 하고 '참을성 없음'을 반성하는 시인은, 상대방을 원망하다가도 '당신의 잘못인가 혹시 내 잘못은 아닌가' 되돌려 돌아보기를 잘 한다. 그리고 모두 '허무하다' '탓하면 무엇하랴'로 체념해 버린다. 이렇게 뒤가 무르고 여린 모습은 다음의 시에서도 여실히 드러난다.

> 수험생 부정
> 잡아내긴 했지만 마음 편찮아
> 어찌할까 괴로워 어색해진 시험장

시험 시간 감독하다가 부정행위자를 적발은 했지만 적발하고 나서 어떻게 처리해야 좋을지 몰라 괴로워하는 시험관이 바로 이주완 시인인 것이다. 법대로 처리할 만큼 그의 마음에 강박성이 없는 것이다.

우리나라 사람으로 일본 단가 시집을 엮어낸 작가는 거의 없다. 필자의 지식으로는 일본에서 오래 활동한 손호연씨가 펴낸 『無窮花』와 『戶姸戀歌』가 있을 뿐이다. 그러나 『架橋』의 문학성은 그 어느 단가 시인의 작품에 견주어도 높이 솟아 있다고 확신한다.

이주완 시인의 시집 출간을 진심으로 축하한다.

더 바랄 것은 앞으로 오래오래 건강하게 지내시는 일이다. 그리고 천천히 한국 시조집도 한 권 펴내셨으면 좋겠다.

끝으로 지금 가장 내 마음에 깊이 남은 시 한 편을 골라 나 혼자 속으로 읊조리면서 글을 맺으려 한다.

> 달개비 풀에
> 피어나는 쪽빛 꽃 옛날 생각나
> 그대 하얀 손가락 일러주던 꽃 이름

2003. 1.

위대한 낭만과 투쟁의 관계

1. 특별한 출발

한국이 짊어진 역사적 정치적 상황은 한국문학과 한국시인을 특수한 상황에 놓이게 하였다. 그 특수한 상황에 놓인 시인 가운데 가장 극명한 예로 林和를 들 수 있을 것이다.

그의 저서가 禁書의 고삐에서 풀린 지 15년, 이 시점에서 우리는 그 동안 어둠에 가리어 있던 것들을 풀어서 명료하게 해명해야 할 필요가 있다. 그런 의미에서 이번 한국비평가협회가 임화를 논평의 대상으로 선정한 것은 큰 공감을 얻을 수 있는 계획이다.

그러나 임화의 행동과 거취를 한국과 한국문학이라는 조건에만 의존해서 평가할 수 없으니, 임화 자신의 족적이 그것을 증명해 주고 있다.

임화는 19세 약관의 나이에 문단에 나와[1] 1947년 월북하기까지 조선 프로레타리아 예술가동맹(KAPF)의 맹원으로서 유물변증법적 역사관에 입각한 외곬의 노선을 지향한 사람이다. 월북 이후 그의 존재는 한국문단권 밖에 있었을 뿐만 아니라 납북, 월북, 재북 작가라는 특수 영역에 격리되어 있었다.

임화는 1920년대 말기에 동경에서 귀국하여 KAPF의 서기장이 되었으

---

1) 임화는 1908년 10월에 서울에서 출생하였으며, 1926년 10월 매일신보에 첫작품 「抒情小詩」를 발표하였다.

며, 일제말기 조선문인 보국회 평의원으로 친일활동을 하였고, 광복 후에
는 월북하기 전부터 조선문학가 동맹을 결성하는 등 사회주의 문학의 기
치를 확실하게 들었다. 그의 기동성과 활동성은 매우 현저하게 드러났다.
KAPF에 가담하여 활동한 작가들은 여럿이지만, 그 여럿 가운데서 임화의
비중은 가볍지가 않다.[2)]

그럼에도 불구하고 임화는 자신이 충성을 바쳤던 공산주의 북한에서 미
국의 간첩이라는 죄명을 쓰고 반당분자로 몰려 사형되었다. 아이러니칼한
일이 아닐 수 없다. 임화에 대한 평가 역시, 월북한 좌파의 시인이라는 사
실과 북쪽의 남로당 숙청의 회오리에 말려 사형을 당한 시인이라는 양극
적 사실이 이중적 선입견으로 복잡하게 병행하고 있다.

그가 공산주의 문학권에 진입한 지 20년 안팎, 의도된 침묵으로 그를
제약하기 반세기, 바야흐로 전개된 임화에 대한 논의와 분석이 상당 기간
시행착오를 겪게 될 것은 당연한 일이라 해야 할 것이다.

위에서 간단히 소개한 임화의 족적으로만 미루어 보더라도 그는 문학가
적 기질보다는 정치가적인 기질이 더 강했음을 알 수 있다. 임화는 그만큼
사색과 분별에 앞서 선언과 행동을 앞세웠으며, 단독적 탐구나 창조보다
는 조직과 구성의 핵심으로 서 있기를 좋아했던 것이다. 실제 문학에 있어
서도 시보다 평론을 더 많이 발표했으며 시에서도 명령과 선동과 주장을
발표하는 일에 주력하였다.

임화의 시를 접하면서 필자는 첫째 그가 표방했던 프로레타리아 문학이
론은 실제의 시에서 성공을 거두었는가? 둘째 그렇다면 그가 견지해 온
문학의 실상은 무엇인가 하는 두 가지 논점으로 응축하여 살펴보려고 한

---

2) 김용직. 「한국 프로문학과 林和」, 『林和文學硏究』, 1991, 새미, 13~4p 참조.
　　김용직은 임화의 이러한 성향을 문학활동을 집단적인 형태로 펼치고자 한 점, 노상
　　조직에 참여하고 조직기구를 만들어 그 구심점 내지 핵심분자가 되려고 했던 그의 특
　　성과 연관하여 설명하고 있다.

다. 첫째의 것을 규명하는 것이 곧 둘째 항목에까지 미치어 위의 두 가지 논의도 결국은 하나로 통합하게 될 것이다.

임화는 『현해탄』(동광당서점, 38. 2), 『찬가』(백양당, 47. 2), 『회상시집』(건설출판사, 47. 4) 등 세 권의 시집과, 평론집 『문학의 논리』(학예사, 40), 그밖에 다수의 수필을 발표하였다. 임화는 그의 이론 <偉大한 浪漫的 精神>에서 다음과 같이 낭만주의를 정의하면서 낭만주의 노선을 옹호하였다.

> 나는 文學上에 있어 다음과 같은 조건하에 낭만주의적인 것에 대하여 완전히 찬의를 표하는 자이다. 문학은 단지 어떠한 상태를 긍정하는 것이 아니라 항상 의욕하는 곳에서 시작되는 때문에……
>
> 그러므로 나는 如斯한 의미에 있어 '詩는 自然의 模倣이다'라는 아리스토텔레스의 命題에 반대한다. '存在하는 것은 무엇이고 合理的이며 合理的인 것은 모두가 存在한다'는 헤겔의 변증법적 합리주의를 역사적으로 수용한다.
>
> 작가는 문학에 있어 의욕하는 데 물론 자유이다. 여기에 문학이 자유스러운 창조 행위가 되는 근거가 있다. 그러나 이 자유는 存在者가 합리적인 것은 그것이 生誕에 있어 합리적이었든 것에 기인하야 그것이 자기의 대립자에 의하여 부정되는 곳에서도 합리적이라는 역사적 합리성에서 파악되어야 할 것이다.
>
> 다시 말하면 태어난 마당에 있어 합리적인 것은 死滅하는 마당에서도 합리적인 역사 과정, 즉 가능성으로서 예상된 것이 존재자로서 형성됨으로 역사 과정은 辨證法的으로 갱신된다.
>
> 문학이 일반으로 존재의 자연한 상태에 肯定者—模倣—로 끝나는 것은 愚劣한 것이다. 그리하여 문학은 인간생활에 참여하고 그것과 더불어 생활하는 대신 항상 생활의 뒤에서 과거를 기록하는 무의미한 年代記에 끄칠 것이다. 그러므로 나는 인간생활에 적극적으로 가담하고 생활이 의욕하는 바를 의욕하는 創造 文學의 찬동자이다.[3]

---

3) 임화. 『한국문학의 논리』, 「위대한 낭만적 정신」, 국학자료원. 1998, p22~5.

임화의 어조는 다소 격앙되어 있고 그의 문장은 다분히 饒舌的이다.

그는 아리스토텔레스의 模倣論에 반대하여 존재하는 것은 모두 합리적이라고 말한다.

자연·사회·사유 등의 발전을 물질의 운동과 대립되는 것으로 설명하는 헤겔의 유물적 변증법에 손을 들어 찬성하고 있는 것이다. 그것은 사회주의에 심취한 그가 당연히 추종할 만한 방향이므로 새삼스럽게 이견을 제시할 여지가 없다고 하겠다.

그러나 우리는 여기서 임화가 주장한 낭만주의가 그의 프로레타리아 문학과 어떻게 관련을 맺게 되는가 하는 의문에 대면하게 된다. 그는 위의 인용문에서 낭만주의에 찬의를 표하는 이유를 '문학은 단지 어떠한 상태를 긍정하는 것이 아니라 항상 의욕하는 곳에서 시작되는 때문에……'라고 하였다. 위의 말을 통해서 우리가 알 수 있는 것은, 임화가 낭만주의의 많은 특성 가운데 유독 행동성과 정열을 중시하고 있다는 사실이다.

우리는 다음과 같은 그의 발언을 통해서 임화가 정의하고 있는 낭만주의가 일반적인 낭만주의와 어떠한 차별성을 가지고 있는지 알 수 있다.

> 1) 나는 낭만적 정신으로 문학을 관철하는 데서 작가들이 그르치기 쉬운 많은 위험에 대하야 눈을 감을 수는 없다. 그러나 이 희생은 문학을 모방의 복사화로 끝마치는 것보다는 장래할 조선문학 우에 더 많은 것을 기여하리라고 믿는다. 물론 우리들의 현재의 환경 조건은 더 한층이 위험, 즉 부당한 과장과 불분명한 상징에로 우리의 문학을 몰아넣을 조건을 조장한다.4)

임화는 그가 혐오하는 낭만주의 징후로 '부당한 과장과 불분명한 상징'을 지적하고 있는 것이다.

---

4) 임화. 『한국문학의 논리』, 「위대한 낭만적 정신」, 국학자료원, 1998, 39p.

2. 空虛한 宣言

　주지하는 바와 같이 낭만주의는 18세기말 서구 문명에서 유입된 사조로 신고전주의의 조화와 균형, 질서와 합리성에 대한 반발로 이해할 수 있다. 그것은 한편으로 합리주의와 계몽주의 및 물질적 유물론 일반에 대한 반발이기도 했다. 낭만주의는 개성·주관·비합리성·상상력·감성과 환상·자연스러움과 초월성을 강조한다. 워즈워드는 '강렬한 감정의 자연스러운 충일'(The Spontaneous Overflow of Powerful Feelings)로 영국 낭만주의 시운동의 선언이 되게 하였고 이는 낭만주의를 꽃피우는 전낭만주의(pre－Romanticism)의 발아가 된다.

　이에 대하여 20세기 전반기 한국의 낭만주의는 전통적 도덕과 인습보다 개인의 자유와 창조의 가능성을 중시하였다. 한국의 낭만주의는 한 편 현실로부터 도피하려는 절망적 색채를 짙게 풍기기도 하고 공포와 비애·허무와 퇴폐·감상의 성격을 띠기도 하였다.

　그러나 임화는 위의 글에서 낭만의 중요한 원인인 동시에 징후인 '감정의 과잉'이나 '열정의 발산'을 부정하려 하고 있다. 감정의 충일 그 자체를 부정하고서는 낭만주의를 논의하기 어려우며, 그것이 발산된 실체가 바로 낭만주의 작품이라고 말할 수 있음에도 말이다. 임화가 말하는 '부당한 과장'이란 곧 과도하고 난만한 감정의 표현이나 수식을 일컬을 것이다. 과장은 충일한 감동에서 올 것이며 충일한 감동은 완전한 긍정에서 온다고 볼 수 있다. 따라서 낭만주의는 부정이 아니라 긍정이며, 분석이 아니라 감동, 공유인 동시에 공감이다.

　또 '불분명한 상징'이라는 말은 부적절하고 어색한 조어다. 시가 산문과 다른 특성 중 하나가 애매모호성인데 그 애매모호성은 단일하지 않고 복합적이며, 직선적 표현이 아닌 암시적 표현이다. 상징은 애매모호성을 조성하는 데에 크게 기여한다. 상징 그 자체가 불분명성을 가지고 있기 때문이다.

> 2) 그러나 문학적 정신의 현실적 구조를 일층 견고히 축조하는 것으
> 로 우리는 이 위험을 피하여야 한다. 뿐만 아니라 이 낭만주의는 가진
> 바 본래의 성질인 強固한 레알리즘에 의하야 그것은 스스로 배제될 것
> 이다. 조선문학은 이러한 낭만주의로 말미암아 의욕하고 행위하는 문
> 학이 되며 그 생명력은 전시대에 뿐 아니라 미래에까지 공감된다.5)

위의 말을 통하여 짐작할 수 있는 것은 임화가 낭만주의를 리얼리즘의
한 부분으로 여기거나 같은 맥락으로 해석하려고 한다는 것, 그리고 낭만
주의에 행동주의를 포함시키고 있다는 사실이다. 낭만주의의 주요 특성을
동경과 꿈, 이상의 추구와 감정의 충일로 여기지 않고 의욕적 행동주의와
강고한 리얼리즘의 한 줄기로 낭만주의를 파악한다는 것은 독특한 시각이
아닐 수 없다.

사실주의라고 부르는 리얼리즘은 자연과 현실을 이상화되지 않은 모습
그대로 정확하게 묘사하는 데 바탕을 둔다. 낭만주의가 주관적임에 반하
여 사실주의는 객관적이며 낭만주의가 환상과 이상을 중시함에 반하여 사
실주의는 현실과 실제를 중시한다. 낭만주의가 다정다감 흥분과 낙관을
선택한다면 사실주의는 냉철한 분석 자각과 고발을 선택한다.

그러나 이 점에서 임화가 주장하는 낭만주의는 매우 색다르다. '낭만주
의는 가진 바 본래의 성질인 강고한 레알리즘에 의하여'라고 한 임화의
말, 그 진의를 파악하기 힘들다는 것이다. 다시 이어지는 다음과 같은 말을
들어보자.

> 3) 이 낭만주의는 강하게 역사적이고 無比하게 사회적이며 근본성격
> 에 있어 레알리즘으로서 自己를 형성한다. 구체적인 현실성 우에서 가
> 장 명확한 장래로 향할 이상과 자기를 결합시키면서 창조하기 때문에

---

5) 임화, 앞의 글 40p.

　　　필연적으로 농후한 향토성(민족주의적이 아니다!)으로 자기를 調色한
　　　다.6)

　　'강하게 역사적이고 무비하게 사회적'이며 근본·성격을 따지면 '레알리
즘'인, 임화의 낭만주의는 지역주의 내지 독특한 폐쇄주의를 의미한다. 낭
만주의는 역사적인 필연성에 의해 발생한 것이며, 역사적 필연성 그것이
곧 낭만주의가 기도하는 이상이라고 임화는 말한다. 또 일시적이거나 공
리적인 도식에 의하지 않고 하나의 생물체처럼 영속성을 가지고 발생한
낭만주의는 불멸하는 문학의 내용이 된다고 그는 역설한다. 그러나 이것
이 유독 낭만주의에만 국한되는 현상이겠는가. 세계문예사조의 어떤 부분
도 역사적인 필연성과 무관하게 발생 혹은 쇠퇴하지 않았다.

　　임화가 말하는 지역주의는 사회주의다. 그는 사회주의라는 지역에서 자
신의 견고한 이념만을 폐쇄적으로 고수하려고 한다. 그는 자신의 이념과
그 존립의 정당성을 강조하기 위하여 역사적인 필연성과 당위성을 들어가
면서 무리한 논리를 전개하고 있는 것이다.

　　그러면 임화는 자신의 낭만주의 이론을 그의 시에서 어떻게 실현하고
있는가?

　　결론부터 말하자면 임화의 프로문학적 격앙된 목소리는 센티맨탈리즘
의 유약한 낭만주의에 묻혀서 목적지를 상실하고 있다. 자신이 부정하는
'부당한 과장'에 빠져 있을 뿐만 아니라 형상화되기 이전의 관념에 머물러
불분명한 상징을 실행하고 있는 것이다.

　　김동석은 임화에 대하여,

　　　'文協'의 의장인 林和氏가 정치적으로 민족해방을 위하여 얼만한 역
　　　할을 하였는지 모른다.
　　　그러나 詩集『현해탄』을 통해서 본다면 그는 詩人이면서도 詩人이

---

6) 임화, 앞의 글, 41p.

> 아니었다. [⋯중략⋯] 그러나 林和는 詩人으로 아직도 출발 전이다. 芝
> 溶처럼 단순치 않은 林和인지라 시에만 만족할 수 없으므로 그러나 詩
> 를 버리기도 아깝고 해서 8월 15일 이후 '文協'의 의장이 되어 문화정
> 책가로 발벗고(?) 나선 것이다. 허지만 林和의 관념 속엔 얼마나 굉장한
> 詩가 들었는지 모르되 작품행동으로 볼 때 아직 一家를 이룬 詩人이라
> 할 수는 없다.[7]

고 논평하였다. 즉 임화는 추상적인 이데올로기에 열중하였을 뿐, 이데
올로기를 구체적인 행동에는 미숙하였다는 것이다. 다음은 그의 대표작의
하나라고 할 수 있는 <네거리의 순이>이다. 이 시는 시집『玄海灘』의 서
두에 실려 있는 임화의 대표작으로 그의 사상적 전향을 경계짓는[8] 작품이
기도 하다. 다음에서 <네거리의 순이> 전문을 인용한다.

> 네가 지금 간다면, 어디를 간단 말이냐?
> 그러면, 내 사랑하는 젊은 동무,
> 너, 내 사랑하는 오직 하나 뿐인 누이 동생 順伊,
> 너의 사랑하는 그 귀중한 사내
> 근로하는 모든 여자의 戀人…….
> 그 靑年인 용감한 사내가 어디서 온단 말이냐?
>
> 눈바람 찬 불쌍한 都市 鐘路 복판에 順伊야!
> 너와 나는 지나간 꽃피는 봄에 사랑하는 한 어머니를
>
> 눈물나는 가난 속에서 여의었지!
> 그리하여 너는 이 믿지 못할 하얀 오빠를 염려하고,
> 오빠는 가냘핀 너를 근심하는,
> 서글프고 가난한 그 날 속에서도
> 순이야, 너는 마음을 맡길 믿음성 있는 이곳 靑年을 가졌었고,

---

7) 金東錫.「詩와 行動」,『越北作家代表文學』, 1989. 서음출판사. 334~7p.
8) 임화는『玄海灘』의 後記에서「네 거리의 順伊」로부터「세월」에 이르는 시기를 작품 경
   향 및 발전상 한 시대였다고 말하고, 그 이전을 轉向期의 작품이라고 밝혔다.

내 사랑하는 동무는…….
靑年의 戀人 근로하는 女子 너를 가졌었다.

겨울날 찬 눈보라에 유리창에 우는 아픈 그 시절,
기계 소리에 말려 흩어지는 우리들의 참새 너희들의 콧노래와
언 눈길을 걷는 발자국 소리와 더불어 가슴 속으로 스며드는
청년과 너의 따뜻한 귓속 다정한 웃음으로
우리들의 靑春은 참말로 꽃다웠고,
언 밤이 주림보다도 쓰리게
가난한 靑春을 울리는 날,
어머니가 되어 우리를 따뜻한 품속에 안아 주던 것은
오직 하나 거리에서 만나 거리에서 헤어지며,
골목 뒤에서 중얼대고 일터에서 충성되던
꺼질 줄 모르는 청춘의 정렬 그것이었다.
비할 데 없는 괴로움 가운데서도
얼마나 큰 즐거움이 우리의 머리 위에 빛났더냐?
그러나 이 가장 귀중한 너 나의 사이에서
한 청년은 대체 어디로 갔느냐?
어찌 된 일이냐?
順伊야, 이것은…….
너도 잘 알고 나도 잘 아는 멀쩡한 事實이 아니냐?
보아라! 어느 누가 참말로 도적놈이냐?
이 눈물 나는 가난한 젊은 날이 가진
불쌍한 즐거움을 노리는 마음하고,
그 조그만 참말로 風船보다 엷은 꿈을 안 깨치려는 간지런 마음하고,
말하여 보아라, 이곳에 가득 찬 고마운 젊은이들아!

순이야, 누이야!
근로하는 靑年, 용감한 사내의 戀人아!
생각해 보아라, 오늘은 네 귀중한 청년인 용감한 사내가
젊은 날을 부지런한 일에 보내던 그 여윈 손가락으로
지금은 굳은 벽돌담에다 달력을 그리겠구나!
또 이거 봐라, 어서.

이 사내도 네 커다란 오빠를…….
남은 것이라고는 때묻은 넥타이 하나뿐이 아니냐!
오오, 눈보라는 '튜럭'처럼 길거리를 휘몰아 간다.

자 좋다, 바로 종로 네거리가 예 아니냐!
어서 너와 나는 번개처럼 두 손을 잡고,
내일을 위하여 저 골목으로 들어가자
네 사내를 위하여,
또 근로하는 모든 여자의 戀人을 위하여…….

이것이 너와 나의 幸福된 靑春이 아니냐?
                    − <네거리의 순이> 전문

임화의 시들은 대부분 長詩들이다. 위의 시 <네 거리의 順伊>는 53행
으로 <주리라 네 탐내는 모든 것을>−228행이나 <나는 못믿겠노라>−
123행, <현해탄>−100행, 그리고 대부분 70−80행에 달하는 다른 시들에
비하면 짧은 시에 속한다.

이들은 행의 수만 많은 것이 아니라, 엄청난 어휘의 집합으로 그들이
밀어내는 압력 때문에 거의 숨을 가눌 겨를이 없을 정도다. 임화의 長詩들
은 敍事的 성격을 가진 것들이 대부분이지만 敍事性이 없는 보통의 장시들
도 많다. 장시란 언어의 압축이나 조탁과정을 거치지 못한 산문으로 조직
력과 형상화에 미흡한 진술이 될 수밖에 없다.

앞에 예시한 <네거리의 順伊>에는 청년과 순이라는 두 인물이 시의 전
편에 산재하여 나타나고 있다. 순이는 임화의 시에 자주 나타나는 젊은 여
자의 대명사다. <네거리의 順伊>에서도 '너'·'누이동생'·'근로하는 여
자' 등으로 표현되는 順伊는 이와 대칭을 이루는 '내 사랑하는 젊은 동
무'·귀중한 사내'·'용감한 사내'·'청년'·'사랑하는 동무'·'네 사
내'·'마음을 맡길 믿음성 있는 이곳 청년' 등으로 이름을 달리하여 대응
하고 있다.

이렇듯 여러 명칭으로 수식되고 있는 청년은 누구이며 그의 정체는 무엇인가?

청년의 모호성은 <우리 옵바와 火爐>에서도 동일하다. 청년의 모호한 주장, 청년이 환기하는 모호한 긴장, 그 인생의 모호한 목표, 표면으로 노출되지 않은 모호한 행동이 시 전반에 기본적인 틀을 이루고 있다. 내일을 위하여 '젊은 날을 부지런한 일에 보내'는 청년이라는 말에서 시인이 그를 이상적인 인물로 그리려 했음을 알 수 있다. 그러나 청년이 지향하는 목적은 무엇인가? 구체성을 띠지 않은 채 '거리에서 만나 거리에서 헤어지며 골목 뒤에서 중얼대고 일터에서 충성'하는, '꺼질 줄 모르는 청춘의 모호한 정렬'을 지닌 인물로만 표현되어 있다.

'그 여윈 손가락으로 굳은 벽돌담에다 달력을 그리'는, 종로 네거리에서 순이를 붙들고 우는, 행동하지 않는 유약한 정신의 청년. 그가 성취한 것은 무엇이며, 그가 이루고자 하는 이상세계는 무엇인가? 청년이 가지고 있는 추상적인 정열은 모든 젊은이들의 심정 저변에 공통적으로 깔려 있는 보편적 정서일 뿐이다. 다만 청년은 사회적 제 현상에 불만을 가지고 목표 없이 浮遊하는 유한자이지만 무엇인가 도모하고자 하는 막연한 뜻을 가진 청년이다. 이것 또한 특별한 그 청년만의 개성은 아니며, 젊음이 추구하는 보편적 기본적인 자세이며 정신이라고 하겠다.

시 가운데의 청년은 겉도는 열정을 절규로 분출했을 뿐, 아무런 소득도 성취도 없었다.

청년의 상대인 순이는 '눈물나는 가난 속에서 어머니를 여의'었으며 병약한 '하얀 오빠'를 염려하는 역시 '가냘핀' 여성이다. '순이'는 전통적인 한국여성으로서 수동적이며 소극적인 인간형으로 나타나 있다. 그는 시적 화자의 '오직 하나뿐인 누이동생'으로 '근로하는 여성'이다.

그러나 그가 사랑하는 청년의 존재는 불분명하다. 시적 화자는 순이가 '마음을 맡길 믿음성 있는 이곳 청년을 가졌었'음을 확인하다가도 '그 청년인 용감한 사내가 어디서 온단 말이냐?'고 청년의 존재를 근본적으로 부정한다. 그 사내는 '근로하는 모든 여자의 연인'이라고, 순이가 그 청년의 유일한 대상이 아님을 암시하면서도 '청년과 너의 따뜻한 귓속 다정한 웃음으로 우리들의 청춘은 참말로 꽃다웠'다고 지나간 일처럼 회상하기도 한다. 화자는 은연중에 순이가 청년과의 애정행각의 희생 인물인 듯이 내세우고 있다.

한편 시적 화자인 '나'는, 누이동생 순이의 오빠인 동시에 순이가 마음을 맡기는 믿음성 있는 청년의 동무인 것처럼 스스로 밝히고 있다. '이 믿지 못할 얼굴 하얀 오빠'는 청년과 순이의 사랑에 개입하여 '가냘핀' 순이를 근심하고 그의 행복을 함께 기뻐하면서 한편으로는 사랑의 평가자 내지 분석자로 임한다. 화자는 '이 가장 귀중한 너 나의 사이에서 어찌된 일이냐……? 어찌된 일이냐? 순이야, 이것은. 너도 잘 알고 나도 잘 아는 멀쩡한 사실이 아니냐? 보아라! 어느 누가 참말로 도적놈이냐?' 화자 자신도 회의하면서 분노하고 있지만 그 분노와 회의의 정체가 무엇인가 이해하기 어렵다. 다만 순이가 청년으로부터 부당한 대우를 받고 있음을 짐작할 수 있을 뿐이다. 애매하고 몽롱한 인간관계가 독자의 시야를 어둡게 한다.

3. 맺는 말

임화가 표방하고 있는 것은 사회주의였지만, 표현된 실제에 있어서는 낭만주의의 틀을 벗어나지 않았으며 병적 감상주의의 경향까지도 띠고 있다. 임화의 시는 반항의식과 파괴의식의 시, 계급적 현실을 형상화한 시, 낭만주의 시라고 평가를 받아왔다. 임화, 그는 20대의 젊은 열정과 왕성한 의욕, 그리고 극도의 이상주의를 지향하는 편향된 개성의 시인이었다.

그는 프로문학의 이론에 침잠한 시인으로 카프의 대표격이었으나 실제상에 있어서의 작품은 매우 관념적이며 공허하다. 이념시에서 흔히 발견할 수 있는 구체적인 주의주장이 없으며, 가련한 분위기를 설정하여 동정을 구하는 듯 애조를 띠는 경향이 있다.

그의 시에 빈번하게 나타나는 이미지를 양대별하면 '꿈'과 '敵'으로 나눌 수 있을 수 있다. 이루고 싶은 이상을 꿈으로 설정하였다면 그에 저해되는 현실이 곧 敵인 것이다. 꿈은 敵을 무너뜨리는 목적에 통해 있고 敵은 꿈을 이루도록 반사적으로 자극하는 상대적 존재가 아닐까 독자가 상식으로 짐작할 수 있을 뿐 이 둘 역시 추상적인 위치에 있다.

김동석은 '春園이 민족을 위해서 쓴다는 詩나 林和가 계급을 위해서 쓴다는 詩가 다 詩로서 실패한 것은 둘다 不純했기 때문이 아닐까. 자기네들 하나를 어쩌지 못하는 사람들이 민족을 위하느니 계급을 위하느니 하고 그것도 散文이 아니요 순수해야 할 詩로 떠들어댄다는 것은 병든 지식인의 자의식이 낳은 비애였다'[9]라고 잘라 말했거니와 이는 그들이 표방하고 있는 슬로건과 실제상의 활동이 일치하지 않음에서 내려진 비판인 것이다.

시는 표현을 떠나서는 존재할 수 없다. 여기서의 표현이란 형상화가 이루어져 구체성을 구비했음을 의미한다. 그렇지 않을 때, 시는 무의미한 흥분이나 절규에 머물 위험성이 크다. 시인에게 있어서는 어디까지나 시가 목표여야 하며 수단이 되어서는 안될 것이다.

『문학비평』 4호, 2002. 6.

---

9) 金東錫. 「詩와 行動」, 『越北作家代表文學』. 1989. 서음출판사. 377p.

꽃의 의미와 상징성

자연은 예로부터 문학의 중요한 소재로 채용되어 왔으며, 자연 중에서도 특히 많이 언급되어 온 것 중 하나는 꽃이라고 할 수 있다. 그러나 같은 문학이라 해도 각 장르의 특성에 따라 소재를 선택함에 있어서 제약을 받을 수가 있다.

예컨데 소설에서는 소재로 선택된 어느 특정한 사물만으로 하나의 작품이 완성될 수 없다. 소설은 플롯과 테마와 캐릭터 및 배경을 주요 요소로 하여, 인생을 탐구하고 인간성을 창조하는 특성을 가진 문학이기 때문이다. 그러나 시 혹은 수필은 소설과 달리 사물에서 받은 정서적 충격(감동)을 표현하는 문학이기 때문에 꽃이라는 하나의 소재가 곧 하나의 작품으로 완결되는 예가 많다.

우리말 사전에서 '꽃'이라는 항목을 찾아보면 '식물의 생식기관'임을 강조하여 설명해 놓았다. 이희승편『국어대사전』(민중서관)의 기록은 인용하면 다음과 같다.

> 꽃 : 명사 ① 「식」 현화식물의 유성 생식 기관. 형상과 색채가 다종다양하여 각각 그 특징을 나타냄. 구조상 긴요 기관인 꽃술과 보조기관인 화피의 두 부분으로 되었음. 꽃술은 수술과 암술이 있는데 둘다 가진 것을 양성화, 그 중 하나만 가진 것을 단성화라 함. 화피는 내부를 보호하고 또 벌레를 꾀는 것으로 ,꽃받침과 꽃부리로 구분함. 대개 화밀. 방향이 있음. 수분에 따라 풍매

화, 충매화 등이 있음. 가과.

그러나 이러한 꽃의 정의는 다시 그 밑줄에 다음과 같은 내포적인 의미를 가지고 있는 것으로 설명하고 있다.

② 꽃이 핀 나뭇가지. ③ 아름다운 계집. 미인. ④ 아름답고 화려한 일. ⑤ 번영하고 영화스러운 일. ⑥ 평판이 좋고 인기 있는 일.

우리는 문학이 무엇인지, 시가 무엇인지 그 개념조차 파악하지 못한 유년시절에도 곧잘 여성을 꽃(식물)에 남성을 새(동물)에 비유하곤 했었다. 이는 칼융이 지적한 아니마와 아니무스의 심리적 차원에서 해명할 수도 있겠으나 그것은 결국 꽃이 지니고 있는 이미지에서 연유한 것이다. 이것은 위의 ④, ⑤, ⑥의 설명과 일치하는데 이들은 모두 꽃의 외양에서 발전한 2차적인 의미인 것이다.

필자는 시에 나타난 꽃의 이미지를 원형으로서의 꽃, 문학적 배경으로서의 꽃, 그리고 자연적이며 개별적인 사물로서의 꽃으로 3분하여 고찰해 보려고 한다.

1. 원형으로서의 꽃

시에서 원형으로서의 꽃을 표현했다함은 꽃이 가지고 있는 특수하고 개별적인 특수적인 성격을 간과하는 대신 일반적이며 보편적인 꽃의 성격을 강조했다는 것을 의미한다. 다시 말해서 장미면 장미로서, 백합이며 백합으로서의 특성이 있으며 이미지와 상징이 다르지만, 장미도 아니고 백합도 아니요, 난초도 국화도 아닌 '꽃', 모든 꽃들을 한데 뭉뚱그려 지칭하는 '꽃' 그것은 새와 짐승 나무와 풀과 구별될 뿐, 다른 어떤 꽃과도 구별되지 않는 그냥 '꽃'인 것이다.

원형으로서의 꽃은 원형으로서의 새, 나무, 짐승, 바람 등의 이미지와 구별된다. 원형으로서의 새가 비상의 자유를 의미하고 원형으로서의 짐승이 원시와 야생을 의미한다면, 해의 원형적 이미지는 광명, 산은 고난, 역경 혹은 항구불변하는 믿음을 의미한다. 이에 대하여 원형으로서의 꽃은 아름다움과 사랑을 암시한다고 말할 수 있을 것이다.

> 산에는 꽃 피네
> 꽃이 피네
>
> 갈봄 여름없이
> 꽃이 피네
>
> 산에 산에 피는 꽃은
> 저만치 혼자서 피어 있네
>
> 산에 사는 작은 새요
> 꽃이 좋아
> 산에서 사노라네
>
> 산에는 꽃 지네
> 꽃이 지네
> 갈봄 여름 없이
> 꽃이 지네
> 꽃이 지네
>   — 김소월 <산유화> 전문

위의 시에서 산과 꽃과 새는 모두 원형적 산이요 원형적 새요 원형적 꽃이다. 남산이나 금강산이나 백두산이라는 특정한 산이 아니라, 그냥 강이나 들판과 구별되는 산이며 비둘기나 뻐꾸기나 꾀꼬리가 아닌 그저 새인 것이다. 산에 피는 꽃은 산나리꽃도 있고 원추리꽃도 있을 것이며 진달래도 있을 것이지만 위의 시에서의 꽃은 개별적인 꽃이 아니라 그냥 일반적이며 개념적인 꽃이라는 것이다.

산유화는 이미지가 없는 시라는 지적을 받기도 하는데 그것은 개별적인 꽃이나 산, 새의 이미지가 없음을 두고 하는 말이지, 원형적인 이미지까지 없다는 말은 아니다.

내가 그의 이름을 불러 주기 전에는
그는 다만 하나의 몸짓에 지나지 않았다

내가 그의 이름을 불러 주었을 때
그는 나에게로 와서
꽃이 되었다.

내가 그의 이름을 불러 준 것처럼
나의 이 빛깔과 향기에 알맞는
누가 나의 이름을 불러 다오
그에게로 가서 나도
그의 꽃이 되고 싶다.

우리들은 모두
무엇이 되고 싶다.
너는 나에게 나는 너에게
잊혀지지 않는 하나의 눈짓이 되고 싶다
— 김춘수 <꽃> 전문

위의 시에서 꽃은 무엇인가? 그것은 가장 가치 있는 존재로서의 꽃이며 열정을 바쳐 추구하는 이념으로서의 꽃을 의미할 것이다. 이름을 불러준다는 것은 존재의 가치를 인정한다는 것이고, 존재에 타당한 가치를 인정받았을 때, 비로소 우리는 그 앞에서 피어날 수 있다는 것을 위의 시는 암시해 주고 있다. '꽃'이 된다는 것은 완성이 된다는 것이며 영원의 존재로 기록된다는 것이다. 따라서 꽃은 최고의 이상, 꿈이라고 할 수 있다.

　　사랑하는 사람에게 꽃을 바치고 축하하는 마음을 꽃으로 표현하며 이별의 마음을 꽃으로　대변한다. 꽃이라는 것은 절정의 생명이요. 집약된 가치요, 추구해야 하는 이념인 것이다.

2. 문학적 배경으로서의 꽃

　　시인은 타고난 성격에 따라서 일정한 종류의 꽃을 시작 상에 자주 운용할 수가 있다. 그러나 꽃은 제 각각 다른 얼굴을 가지고 있기 때문에 한 시인이 시에서 특정한 꽃만을 자주 언급한다면 그것은 단순한 언급으로 머물지 않고 그의 시 전체의 성격에까지도 파급할 수 있는 영향력을 가진다.

　　우리가 꽃의 외모와 이름만 듣고도 곧잘 전통성과 외래성을 구별하고 문명의 도시 혹은 평화로운 농촌을 떠올릴 수 있다면 그것은 꽃이 가지고 있는 얼굴, 다시 말해서 이미지가 다르기 때문이다.

　　예를 들어 히야신스나 칸나, 아네모네, 데이지, 베고니아, 장미 등의 꽃 이름에서 우리는 이국적인 문화를 느끼는 대신 호박꽃이나 할미꽃, 목화꽃이나 삐비꽃을 통해서 한국적인 문화와 전통을 느낄 수가 있게 된다. 또 전자를 통해서 외국 여인의 발랄함과 세련됨을 느낄 수 있다면 후자에서는 우리 시골 마을의 처녀와 같은 질박함과 순수를 느낄 수가 있다.

　　　　카네이션이 흩어진 석벽 안에선
　　　　개를 부르는 여인의 목소리가 들린다.

　　　　동리는 발밑에 누워
　　　　먼지 낀 삽화같이 고독한 얼굴을 하고
　　　　노대가 바라다 보이는 양관의 지붕 위엔
　　　　가벼운 바람이 기폭처럼 나부낀다.

　　　　한낮이 겨운 하늘에서 성당의 낮종이 굴러나리자
　　　　붉은 노트를 긴 소녀 서넛이 새파란 꽃다발을 떠러뜨리며

햇빛이 퍼붓는 돈대 밑으로 사라지고

어디서 날라온 피아노의 졸린 여운이
고요한 물방울이 되어 푸른 하늘에 스러진다.

우유차의 방울 소리가 하얀 오후를 싣고 언덕 넘어 사라진 뒤에
수풀 저쪽 코트쪽에서
샴펜이 터지는 소리가 서너번 들려 오고
겨우 물이 오른 백양나무 가지엔
코스모스의 꽃잎같이 해맑은
흰구름이 쳐다보인다.

– 김광균 <산산정> 전문

우리는 위에 예시한 시에서 석벽, 노대, 양관, 성당, 노트, 피아노, 우유차, 코트, 샴펜 등의 외래 문물을 접하게 된다. 이는 1930년대의 상황으로는 매우 경이로운 어휘들이 아닐 수 없다. 이러한 외래 문물은 외래의 꽃 이름과 연합하는 것이 자연스럽다.

따라서 그의 시에 테니스코트, 교회당, 급행열차, 넥타이 등의 시어와 더불어 장미와 아네모네, 카네이션, 코스모스 등의 이국적인 꽃이 자주 등장하는 것은 우연한 결과가 아니다.

김광균이 선택한 외래의 꽃 이름은 외래 문물의 한 부분으로서 불가피하고 필연적이었을 것이다. 시에 끌어들인 꽃의 이름은 다만 꽃의 이름으로서 머물지 않고 전체적인 시의 구조와 특징에도 커다란 영향을 주게 된다. 다음 시에는 김광균의 시에서 보았던 꽃의 이름과 대조되는 꽃들이 나오고 있다.

국화꽃이 피었다가 사라진 자리
국화꽃 귀신이 생겨나 살고

싸리꽃이 피었다가 사라진 자린

<blockquote>

싸리꽃 귀신이 생겨나 살고
— 서정주 <古調 2>

형이 접은
닥종이의
접시꽃은
육칠월의 꼭두서니
미리 당겨 묻히어
고깔 위에 벙글고

누님이 쑨
식혜국의
엿기름 냄새 속엔
벌써 숨어 우지지는 사월

청보리밭 치솟우는 종달새.
[…중략…]
패랭이 끝 열두 발 상무
하늘 끝 대어
열 두어 번
내두르고 나는 동산 너머
내 새 연을 날리고
— 서정주 <음력 설의 영상>

</blockquote>

<古調 2>의 국화와 싸리꽃은 한국 전통 가옥의 울타리 안에서 흔히 볼 수 있는 꽃들이다. 이 꽃들은 영너머 할머니의 마을뿐만 아니라 우리 민족의 뜰에 자연스럽게 피어 우리와 관련을 맺고 있다. <음력설의 영상>에서 '접시꽃' 역시 닥종이, 고깔, 누님과 식혜. 엿기름 냄새, 청보리밭, 패랭이, 열두발 상무, 연 등과 불가분의 관계로 어우러져 일체감을 이룬다.

이밖에도 서정주는 한국적이고 향토적인 꽃의 이름과 풀 이름들을 구사하여 그의 시에 적절한 분위기를 창출하고 있다. 그의 시 <가시네>의 '바

가지꽃'이나 <풀리는 한강가에서>의 '민들레'와 할미꽃이 그중 하나다. 또 '쑥닢'도 한국적 특성을 가진 특별한 풀이다. 이와 같은 현상은 서정주 가 확실히 한국 전통에 뿌리를 둔 시인임을 긍정하게 하는 단서로서의 역 할을 한다 하겠다.

3. 자연적 개별적인 사물로서의 꽃

자연적 개별적 사물로서의 꽃이란, 꽃 그 자체를 객관적 자연의 일부, 개별적인 사물로 보는 견해다. 꽃은 춘하추동 사계절에 따라 발화 시기가 다르며 그 색채와 향기와 생물학적 특성이 다르고 느낌도 다르다. 이러한 관점에서 꽃을 바라볼 때 우리는 꽃의 모양과 함께 거기서 유발되는 이미 지, 상징 및 의미를 구별하게 된다. 꽃과 인간의 예절을 연결시키고 꽃말을 만들고 하는 일이 모두 여기에서 연유한다.

'그는 백합 같은 여자다',

'코스모스처럼 하늘거리는 몸매',

'꽃이면 뭘 해, 호박꽃인데'

이상의 말들에서 우리는 꽃이 가지고 있는 개별적인 이미지를 알 수 있 다. 예를 들어 상가에는 흰 국화를, 사랑의 고백에는 붉은 장미를, 이별을 고할 때는 노란 장미를... 하는 식으로 말이다. 물망초는 '나를 잊지 말라 '이며 백합은 '순결'이고, 해바라기는 '사모의 정'이라는 꽃말은 이러한 점 을 가설로 하여 만들어진 것이라고 볼 수 있을 것이다.

자연적 개별적인 꽃을 읊은 시에도 다시 ① 꽃의 외양에 직접 대면하여 사생하듯이 표현한 것이 있는가 하면, ② 꽃으로부터 받은 인상, 꽃을 싸고 있는 분위기와 여운, 꽃이 있는 자리와 풍경들이 시인의 정서에 들어와 재 구성된 시가 있다.

한국 시인의 시집 중에는 '꽃'이라는 말을 표제로 한 시집들이 많다. 김동리씨의 시집 『패랭이꽃』, 신순애씨의 『술패랭이꽃』, 오세영씨의 『꽃들은 별을 우러르며 산다』, 임신행씨의 『동백꽃 수놓기』, 최은하씨의 『꽃과 사랑의 그림자』, 허영자씨의 『어여쁨이야 어찌 꽃뿐이랴』, 홍윤기씨의 『수수한 꽃이여』 등이 그것이다. 김동리씨의 위 시집에는 <패랭이꽃>, <살구꽃>, <연꽃은>, <연꽃 필 때>, <연꽃 피는>, <목련>, <오동나무꽃>, <찔레꽃>, <들국화> 등의 시들이 시집의 앞부분에 실려 있으며 신순애씨 『술패랭이꽃』에는 <진달래>, <얼음새꽃>, <작약> 등을 비롯하여 꽃 이름을 표제로한 100여 편의 시들이 꽃의 그림과 함께 수록되어 있다.

> 파랑새 뒤쫓다가
> 들끝까지 갔었네
> 흙냄새 나무빛깔
> 모두 낯선 황혼인데
> 패랭이꽃 무더기로 피어 있었네
>
> — 김동리 <패랭이꽃> 전문

> 연꽃 필 때
> 연꽃 보네
> 연꽃 보는 내 있음이
> 연꽃 속에 비치네
>
> 연꽃 질 때
> 연꽃 보네
> 연꽃 보는 내 있음이
> 구름 속에 흐르네
>
> — 김동리 <연꽃 필 때>

　　김동리씨는 <패랭이꽃>에서 막연한 꽃이 아닌 특정한 꽃, 실재하는 패랭이꽃을 읊었음을 알 수 있다. 시 <패랭이꽃>은 다름 아닌 흙냄새 나무빛깔 모두 낯선 황혼에 무더기로 피어 있는 패랭이꽃의 감동 때문에 씌어진 것이다. <연꽃 필 때>는 연꽃을 읊었다기보다는 연꽃 필 때의 감회를 읊었다고 하는 편이 마땅하지 않을까 한다. 꽃에 대한 외모를 묘사한 것이 아니라, 꽃을 바라볼 때의 시인의 정회를 그린 것이기 때문이다.

> 너는 서서 있고나
> 고요하고 잔잔한 거기에
>
> 너는 서서 있고나
> 신이 주신 그대로의 모습으로
> 찌그러져 기울어진 나쁜 세상에서
> 인정스런 웃음을 띄우고
>
> 오랑캐꽃! 너는 거기에 서서 있고나
>   - 김춘수 <오랑캐꽃> 전문

위 김춘수의 시 역시 오랑캐꽃의 모습이라기보다는 그 꽃을 바라보고 있을 때의 시인의 심정적 상태이다. 신이 주신 그대로의 모습을 가진 것이야 비단 오랑캐꽃만이 아닐 것이며 웃음을 띄고 있는 것도 모든 꽃의 공통된 점이기 때문이다. 그러나 다음과 같은 신순애의 시는 어느 꽃의 개성을 예리하게 관찰하여 생태학적인 효용까지 지적해 내는 데에 힘을 기울이고 있다는 것을 알 수 있다.

> 약초로 내린 뿌리
> 꽃마저 탐스러워
>
> 만월 같은 달무리가
> 창가에 다가서면
>
> 칠흑 속
> 백촉 전구들이
> 불밝히고 있구나
>   - 신순애 <작약> 전문

가장 아름다운 것은 자연을 닮은 것이라고 할 수 있거니와 작약, 해바라기, 맨드라미의 외양을 묘사하고 해설하는 작업은 곧 그들의 미덕을 칭송하는 작업이다. 시는 비판이나 증오, 객관적인 분석에서 자라나지 않고 사랑과 찬송을 통해서만 성공할 수 있다. 왜냐하면 시는 그 자체가 사랑이기 때문이다.

개별적 자연물로서의 꽃을 그려내는 시가 꽃의 묘사를 우선적으로 한다면, 인간의 정서에 투영된 꽃을 재구성한 시는 인간 정서에 용해된 꽃의 이미지를 우선으로 하는 시라고 해야 할 것이다. 그러나 시인이 어떤 사물을 시화함에 있어서 사물의 입장에서 충실히 표현해야 하는가, 혹은 인간 정서에 투영된 사물을 그려야 하는가 하는 문제는 그리 중요한 문제가 아니다 .어떻게 표현하든지 표현의 완성을 이루었다면 가히 성공을 거두었다 말할 수 있을 것이다.

4. 맺음말

발표자는 지금까지 한국 시에서 운용된 꽃의 모습을 세 가지로 나누어 살펴보았다. 그러나 꽃이 시에서 어떻게 표현되었든지, 꽃이 아름다움의 대상이며 높은 존재가치를 대변한다는 점은 어디서나 공통된다. 지금까지 그렇게 되어왔던 것처럼 앞으로도 꽃은 문학의 중요한 제재로 존속할 것이다. 어머니나 사랑이 유행을 능가하여 지속적인 제재가 되고 있듯이 꽃도 그럴 것이다. 시대의 흐름에 따라서 꽃을 표현하는 형식상의 변천은 불가피하겠지만 꽃이 가지고 있는 근본적인 의미, 아름다움과 생명과 사랑의 대명사로서의 이미지와 상징성은 변하지 않을 것이다. 꽃은 시간과 공간을 초월하여 영원히 인류의 관심과 사랑을 받기에 적합한 대상이다.

1998. 한국수필가협회세미나 원고

발견하는 삶과 문학

1. 탐색과 응답

우리는 같은 시대에 태어난 사람들끼리 '우리'라고 불러서 동일한 무리에 속해 있음을 표시한다. 같은 시대가 아니라도 같은 나라에 태어나면 우리는 이를 '민족' 혹은 '겨레'라고 말하여 핏줄로 결속되어 있음을 과시한다. 같은 시대 같은 민족일 뿐만 아니라, 같은 직장, 같은 학과에서 15년 동안 함께 지낸 사람들을 무엇이라고 이름 지어 불러야 좋을까, 적절한 말이 얼른 생각나지 않는다.

아마도 그런 관계는 특별한 인연의 관계라고 말해야 할 것 같다. 같은 직장에서 15년 이상을 함께 생활하다 보면 서로 상대방의 생각이나 감정을 짐작할 수 있게 되고, 습관과 장단점과 취미를 알게 될 수밖에 없다.

정주환과 필자와의 관계가 그러하다. 더구나 두 사람이 모두 현대문학을 하는 사람이고 창작을 하는 사람이어서 교우의 반경도 같고 활동의 영역도 비슷하다.

그러나 며칠 전 정교수가 필자에게 건네준 자신의 연보를 읽어보면서 필자는 지금까지 모르고 지냈던 그의 숨겨진 일면이 있었음을 비로소 알게 되었다. 그리고 새로 알게 된 그 사실들은 나로 하여금 그를 특별한 사람으로 생각하게 하는 중요한 요인이 되었다.

사람마다 그 타고난 성향이 다르기 때문에 생각과 느낌이 같을 수는 없다. 그러나 인간의 보편적 사상과 정서라는 범주에서 크게 벗어나지 않는 한, 필자의 생각과 느낌은 독특하거나 특별한 것이 아니리라고 생각한다.

A4 용지 3페이지 반에 작은 글자로 인쇄된 정주환의 연보에는 매우 상세하고 꼼꼼한 발자취가 적혀 있었다. 그의 족적 가운데서 필자를 특별한 사색과 감동으로 인도한 것은 다음과 같은 사항들이었다.

'고창 중학교 졸업. 이후 서울로 가출하여 점원으로 일하다가 귀향하여 전남 영광군 홍농면 풍암리 덕림정사에서 한문수학을 하였으며 유림회 주최 한시 백일장에서 최연소자로 입상'

'원불교 중앙단원에서 수학하였으며 정읍 불교 포교당에서 선운사로 入山 3개월만에 환속'

'성송 재건학교를 설립. 진학 못한 농촌 청소년에게 중학과정을 지도하면서 고향마을에 마을 문고를 설치하여 독서교육과 4H 운동을 폄'

그의 다양하고 다채로운 이력 가운데서 '家出'과 '入山'이라는 단어가 특별히 부각되는 것은 무엇 때문인가. 그것은 마치 닫혀진 돌문의 암호문자가 새겨진 열쇠처럼, 혹은 은밀하게 전해지는 성공의 비결처럼 필자에게 다가왔다.

그러나 사회적 통념으로 볼 때 우리들의 마음에 새겨진 가출 청소년에 대한 선입견은 부정적이다. 지금도 부정적이니까 몇십 년 전에는 더 그랬을 것이다. 그렇다는 것을 누구보다도 정주환이 먼저 알고 있을 것이다.

정주환은 밝히지 않아도 아무렇지 않을 소년기의 짧은 가출 기간을 굳이 공개하였다. 그는 그 일을 부끄러워하지 않으므로 감추고 싶지 않은 것이다. 오히려 그 기간의 방황과 갈등, 혹은 悔悟가 그의 남다른 정신력 성장을 촉구하였으며, 자신의 인생 역정에 비중 있는 계기가 되었다고 그는 스스로 생각하고 있는 것 같다. 필자도 역시 그랬을 거라고 판단한다.

그는 중학교를 졸업하던 열 일곱 살에 가출하여 서울로 향했다.

서울에서 얼마 동안 점원으로 일하다가 고향으로 돌아왔고, 귀향한 후 덕림정사에 입사하여 한문을 수학하였다. 그리고 그는 거기서 기른 실력(거기서 기른 실력이 아니라, 이미 쌓여진 실력일 수도 있다)으로 유림회에서 주최한 한시 백일장에서 최연소자로 장원을 하였던 것이다.

정주환은 또 원불교 중앙단원에서 수학하였으며, 정읍 불교 포교당에서 선운사로 입산하였다가 환속하기도 했다.

가출과 한문 수학과 한시 백일장에서의 최연소 장원. 이들을 일직선상에 놓고 보면 삶에 임하는 그의 도전이 지속적이고도 치열하였음을 알게 된다. 더구나 선운사에 입산하였다가 3개월만에 환속한 그의 발걸음은, 시사하는 바가 크다. 그의 삶은 흐름에만 맡기지 않고 스스로 물꼬를 트면서 길을 만들어 온 주체적 삶이었다. 그리고 최선을 발견하게 될 때까지 모험을 불사한 창조적인 삶이었다.

정주환은 그 결과로 하나의 응답을 얻어냈으며, 그것을 최선의 길로 굳히기에 이른다. 즉, 재건학교를 설립하고 불우한 학생들을 모아 중학 과정을 지도한 일. 고향 마을에 문고를 설치하여 독서지도를 하기 시작한 일.

필자가 감히 단언할 수 있거니와, 이 두 가지 일은 교육에의 길과 문학에의 길이라는 정주환의 인생에 중요한 두 축을 세우는 필연적 胚芽가 되었던 것이다.

정주환의 탐색 작업은 끝이 났다. 그는 다년간 중등학교 교사로서 교육 경험을 다지고, 여러 채널을 통한 수필발전 운동으로 문학의 기초를 다졌다. 그가 젊은 시절 몸으로 겪은 인생의 여러 국면은 정주환 인생의 확실하고 건강한 자양분으로 흡수되고 축적되었던 것이다.

그는 진취적이며 실험적이며 창조적이다. 그는 행동주의자이다. 자발적이고 능동적인 자세로, 터널을 뚫는 집념으로, 인생의 길을 스스로 개척하고 굴착하였다.

필자가 겪은 정주환의 성격을 한 마디로 요약하라면 '情이 많은 사람'이라고 말하겠다.

우리가 살고 있는 현대사회는 과학문명과 물질문명이 범람하는 가운데 사람들도 옛날보다 박정해지고 냉정해졌다. 소위 지식과 교양을 갖춘 사람들이 모여 사는 곳은 분석과 비판의 목소리만 높아서 인간의 훈김을 찾아보기 어려워진 것이다.

다정함도 도를 넘으면 객관성을 잃을 수가 있으며, 엄격한 기준을 혼미하게 흔들 수도 있다. 정의 범람을 비판하는 소리도 있다. 그러나 인간 관계의 최선의 상태는 情을 바탕으로 할 때라야 비로소 따뜻하고 비옥한 모습을 회복할 수가 있는 것이다.

인간 정주환은 설령 法에는 다소 어긋나는 경우가 있다 할지라도 단연 휴머니즘의 편에 서서 손을 내밀 사람이다. 그는 냉철하기보다 훈훈한 사람이며 엄격하기보다는 여유와 멋을 중시하는 낭만주의자이다. 그는 부지런하고 역동적인 사람이다.

2. 理想的 삶과 現實의 거리

글로서 사람을 알 수 있다고도 하고 사람으로서 글을 알 수 있다고도 한다. 둘 중 어느 것이든지 人間과 文學은 깊은 연관을 맺고 있다는 점에서 그 결론은 다르지 않다. 그런 의미에서 보면 '작가의 생애와 그 발자취는 작가의 문학과 별개의 것이며 문학은 문학적 표현, 그것으로서 유효하다'고 주장하는 新批評의 입장이 설득력을 상실하게 된다.

굳이 歷史的 批評을 두호하고 나서지 않더라도 문학은 삶의 기록이며 인생의 그림자다. 인생과의 관련성을 무시한 문학은 우리에게 별 의미를 가지지 못한다. 정주환은 문단활동 30년에 10 권의 隨筆 創作集과, 12 권의 文學 理論書를 간행하였으며 그 밖에도 다수의 隨筆選集과 교양서적들을 펴냈다.

정주환의 수필은 삶의 기초적이고 용이한 이치로부터 시작하여 점차 심오한 철학으로 깊어지는 것이 특징이다. 그의 문장은 난삽하지 않고 간명하며 친근하다. 누구나 알고 있고 가깝게 느끼고 있는 사항, 그래서 표현하려고 생각하지 않았던 부분들을 새롭게 지적하고 정리하였다.

필자는 『별처럼 꽃처럼』에 수록된 작품을 중심으로 정주환의 수필세계를 살펴보았다.

이 책은 가장 최근에 간행된 작품집인 동시에 수필선집으로서 그의 문단활동을 통시적으로 살펴보기에 적합할 것으로 판단된다. 그 가운데서 한 편을 골라 읽어보기로 하자.

> 진정 할 수만 있다면, 지금 당장 숨통 터지는 이 도시를 떠나고 싶다. 새의 날개라도 달고 미련 없이 훨훨 날아가고 싶다.
>
> 교통이 좀 불편하면 어떠랴. 버스가 하루 걸러 1회 왕복한다고 해도 좋다. 시장이 20마장쯤 멀리 있어도 좋고 큰비가 오면 옴짝 못하는 그러한 외진 곳이라도 상관없다.
>
> 창문을 열지 않아도 청풍명월(淸風明月)이 절로 들고 울타리가 없어도 마음 푹 놓고 살 수 있는 곳이면 된다. 그리고 마을 뒤로는 천년비경(千年秘境)이 깃든 울울창창한 숲과 산이 있고 언제 보아도 질리지 않는 기암괴석(奇巖怪石)이 그림처럼 펼쳐져 있었으면 좋겠다. 거기에 사시사철 마르지 않는 시냇물이 줄레줄레 흐르고 이곳저곳에서 멧새들의 합창까지 공짜로 들을 수 있다면 그 아니 좋으랴.
>
> 그러나 이런 곳에서 나 혼자만의 외진 삶은 죽어도 싫다. 마을이 그리 크지도 작지도 않은 20여 호가 오둔도순 살았으면 싶다. 하찮은 된장찌개라도 나누어 먹을 줄 아는 인색하지 않은 사람들이 서로 사랑하고 서로 돕는 그러한 이웃이었으면 좋겠다. 마을은 뉘 집이나 초가집이었으면 좋겠고, 내 집은 마을 한가운데 널찍한 터를 잡고 있었으면 한다.
>
> 마을 중간쯤에 공동 우물이 하나쯤 있어야 하고, 그곳에서 아낙들의 입을 통해 마을 소식도 어둡잖게 아내를 통해 들었으면 좋겠다.
>
> 마을 사람들은 부업으로 길쌈을 했으면 한다. 여름이면 모시베를 짜

고 겨울이면 무명베를 낳아 도시로 비싼 값에 팔아 궁색하지 않는 생활을 누렸으면 좋겠다. 그래서 밤이면 집집마다 산을 쩌렁쩌렁 울리는 베 짜는 소리와 다듬이 소리를 함께 들을 수 있다면 그 아니 멋스러우랴.

집은 초가삼간에 사랑채가 딸렸으면 좋겠다. 안채와 조금 떨어진 사랑채는 대패질을 하지 않은 자연목 그대로 자연미를 살려 지은 집이었으면 좋겠다.

나는 이곳에서 넓은 공간에 책들을 가지런히 보기 좋게 쌓아 놓고 읽고 싶은 책을 마음대로 읽고 그리고 나를 찾아주는 손님을 반가운 마음으로 맞이할 것이다. 그리고 방 하나는 응접실이라 이름지어 강화도산 고급 화문석을 깔아 놓을 것이며, 서재는 통나무로 된 의자와 책상을 손수 짜 놓을 것이다.

갱지로 도벽이 된 방 적당한 곳에 고풍스런 고서화를 몇 폭 걸어두고 싶고 밖에는 나무에 ‘夏林堂’이라 새겨서 걸어 놓고 싶다. 여기에 목침을 베고 잠이 들다 새벽닭 홰소리를 듣고 일어나서 글 읽는 재미까지 곁들인다면 그 아니 좋으랴.

넓은 뜰에서 감, 배, 복숭아, 앵두, 포도, 모과, 자두, 대추, 사과, 살구, 은행이 철 따라 주저리주저리 열리고 거기에 초당(草堂) 주위의 화목마저 때맞추어 더북더북 청향(淸香)을 토한다면 그 아니 즐거우랴.

뒤뜰에는 바가지로 떠 마실 수 있는 생수가 철철 넘쳐흐르고 그 하류에 그 물을 받아 연못을 만들고 수련(水蓮) 덮인 호수에 어별(魚鼈)이 뛰논다면 이제 분명 선인의 삶이 아니고 무엇이랴.

밥상에는 언제나 신선한 산나물과 싱싱한 물고기가 오르고, 식사 후에는 과일즙과 따뜻한 작설차를 마셨으면 좋겠다.

옷은 회색 두루마기에 무명 바지저고리가 좋겠고 하얀 버선발엔 만월표 흰 고무신을 신고 싶다. 여기에 낮에는 낚싯대를 드리우고 밤에는 책을 읽으며, 근심 걱정 모르고 아내와 함께 병 없이 곱게 늙어 가는 행복까지 누린다면 더 없는 정복이 아니겠는가?

마을에는 나의 말벗이 될 수 있는 좋은 친구가 서너 명 있었으면 좋겠다. 그들은 바둑이 일급쯤 되고 시작(詩作)도 문외한은 아니며, 난(蘭을) 가꾸는 취미 또한 수준 급이었으면 한다. 그리고 술도 적당히 마실 줄 알며, 진한 농담 속에 해학이 절로 넘치는 재치 있는 친구도 끼었으면 더욱 좋겠다.

가끔 먼 곳에서 심심찮게 불원천리(不遠千里) 나를 찾아주는 문우들

이 있었으면 좋겠다. 그들은 2. 3일씩 묵어가면서 시도 짓고 고담준론
도 펴면서 떠나갈 듯한 웃음소리로 산골을 뒤집어 놓는 것도 좋으리라.
그리고 나를 늘 부러운 시선으로 보내 주던 이들에게 떠나는 날 노비
대신 내가 손수 가꾼 무공해 과일이며 산나물을 더북더북 싸주는 재미
까지 누린다면 그 아니 호강이랴.

　　세월이 흘러도 흐르는 것을 모르는 무진한 기쁨 속에 내가 좋아하는
취미 생활을 하면서 욕심 없이 신선처럼 살고 싶다. 그리고 때로는 촛
불을 밝혀 놓고 인생을 생각하고 때로는 별빛 가득히 흐르는 산길을
거닐면서 음풍영월(吟諷詠月)을 하고 싶다. 거기에 전설처럼 피어나는
그리움을 가슴에 안고 산다면 그 아니 즐거우랴.

– <전설처럼 피어나는 그리움을 안고> 전문

『별처럼 꽃처럼』에 수록된 작품은 60여 편이다.

위의 작품은 '－고 싶다', '－다면 그 아니 즐거우랴', '－ 있었으면 한
다', '－으면 좋겠다'와 같이 소망과 기원을 담아서 문장의 말미를 처리하
고 있다. 즉 위의 글은 작자 정주환이 바라고 있는 이상적 삶의 양식과 취
향을 표현하고 있는 것이다.

이상이란, 심혈을 바쳐 성취하고자 하는 삶의 목적인 동시에 목표다. 따
라서 그 사람이 이상으로 추구하고 있는 세계가 무엇인가를 안다는 것은
그 사람의 과거와 현재는 물론 미래까지도 알고 있는 것이나 다름이 없다.

'현재'는, 삶의 목표를 실행하는 과도적 시간인 동시에 노력을 투자하고
있는 진행형의 시간이다. 그리고 '미래'는 이 현재를 볼모로 내놓고 이루
고자 하는 가상적 완성의 시간이라고 할 수 있다. 그런 의미에서 수필 <전
설처럼 피어나는 그리움을 안고>를 감상하는 일은 정주환을 이해하는 데
있어서 그 어느 작품보다도 적합하리라 생각된다.

정주환이 이상으로 여기는 삶은 성취불가능한 먼 세계의 꿈이 아니다.
어쩌면 지금도 그 꿈의 일부를 누리면서 살고 있는 것은 아닐까 생각될
만큼 우리의 체질에 가깝고 익숙하며 소박하게 여겨진다.

첫째 그의 취향은 고전적이며 향토적이다.

고전을 좋아하는 것은 나이가 들었다는 사실과는 무관하다. 나이가 젊은 사람도 조선시대나 삼국시대의 풍물을 좋아할 수 있으며, 나이가 든 사람도 서구적인 현대 문물을 선호할 수 있는 것이니까. 정주환은 지극히 한국적인 작가이며 도시풍과는 거리가 있는 작가다. 도시풍과 거리가 있다는 말이 혹시 세련되지 못했다는 말로 들릴 수도 있다면 그로 인해 그의 품격이 격하되는 것은 아닐까? 필자는 그렇지 않기를 바란다.

그러나 소위 세련되었다는 것은 무엇인가? 우리 주변의 세련된 것 중에는 세련됨으로 본성을 잃어버린 것들, 깎이고 닳아서 반질반질한 것들이 태반이다. 오히려 촌스러움에 인공이 가미되지 않은 자연 그대로의 소박성과 후덕함이 담겨 있다고 생각한다.

고전적이며 향토적 취향을 가진 정주환은 편리함보다 조용하고 외진 공간을 바란다.

그는 버스가 하루 걸러 1회 왕복하는 곳이라도, 마을 사람들이 길쌈을 하여 집집마다 베 짜는 소리와 다듬이 소리가 들리는 곳을 원한다. 초가삼간에 사랑채가 딸린 집에서 회색 두루마기에 무명 바지저고리, 하얀 버선발에 만월표 흰 고무신을 신고 싶어한다.

그의 고전적 취향은 단순히 예전에 대한 그리움에 그치는 것이 아니라, 거기서 취하고 누릴 수 있는 멋스러움을 탐한다. 갱지로 도벽이 된 방에 고서화를 몇 폭 걸어 두고, 대패질을 하지 않은 자연목을 그대로 살려 사랑채를 치장하고 싶어한다. 그는 깊은 밤 촛불을 밝혀 놓고 인생을 생각하고 별빛 가득히 흐르는 산길을 음풍영월하면서 걷고 싶어한다. 강화도 산 고급 화문석을 깔아 응접실을 꾸미고, 서재는 통나무로 된 의자와 책상을 손수 짜 놓겠다고 한다. 이렇게 그의 희망을 따라가다 보면 정주환이 소원하는 삶의 공간이야말로 현대적 생활 환경에서 실로 화려하고 사치스러운 공간이라는 데에 놀라게 된다.

그는 외향만을 그렇게 꾸미는 것이 아니라, 지향하는 정신세계도 생활하는 내용도 그러하다. 정주환이 학교에서『수필론』보다도『한문원전강독』강의에 더 뜨거운 열정을 쏟고 있는 것도,『한국한시감상』,『한문의 이해』,『다시 보는 논어』등의 저서가 높은 평가를 받고 있는 것도 우연은 아닐 것이다.

『별처럼 꽃처럼』에 수록되어 있는 60여 편의 수필 중에는 옛사람의 행실이나 작품을 인용한 것들이 많다. <하늘을 바라보며>, <단풍은 아직도 저렇게 아름다운데>, <추억의 물레소리>, <어떤 선물>, <죽송>, <구름>, <깊은 밤>, <사각거리는 진한 고독>, <菊香>, <영원으로 피어난 사랑의 숨결>, <칩거>, <밤마다 소쩍새가>, <진달래>, <봄의 뜨락에서> 등 다수의 작품에서 漢詩를 인용하여 주장하고 싶은 논지의 타당성을 입증하려고 하였다.

> 일찍이 예기월령(禮記月令)에 나타났고 굴원초사(屈原楚辭)에 예찬하지 않았던가. 국화의 가(佳)는 모란 작약처럼 농염(濃艶)의 가(佳)는 아닌 동시에 하화(荷花) 같은 담징(淡澄)의 가(佳)도 아니다. 그의 가(佳)는 풍상(風霜을 방시(傲視)하는 늠름한 영자(英姿)에 있다.
>
> [⋯중략⋯]
>
> 세속의 부귀와 공명을 초개처럼 떨치고 동쪽 울밑 국화 몇 포기를 꺾어 들고 유연(悠然)히 남산을 바라보던 도연명(陶淵明)의 풍류를 닮고 싶어서일까? 나는 가을이 오면 국화를 기리는 시를 곧잘 왼다.
>
> 花雖不解語　我愛其心芳
> 平生不飲酒　爲汝擧一艶
> 平生不改齒　爲汝笑一場
> 菊花我所愛　桃李多風光
>
> 푸른 달빛 속에 핀 국화의 孤節을 내려다보며 문득 정을 토해낸 鄭圃隱의「菊花嘆」이다. 또 뜻도 좋거니와 충신의 심경을 보는 것 같아서 내 집 뜨락의 국화철이면 되 읊어 보게 된다.　　－ <菊香> 중에서

<菊香>은 정주환 수필을 대표하는 작품 중의 하나다. 그는 물론 국화의 타고난 향기를 사랑하고 국화의 '숙기(淑氣)'와 '숫[雄]기'를 마음에 들어한다. 그러나 그보다는 사군자(四君子) 중 하나인 국화의 품격에서 옛선비의 고매한 생애와 풍류를 생각하기를 더욱 즐긴다. 그리고 자신도 그들의 아취에 동참하여 함께 즐기기를 원한다. 정주환은 고전 취향을 단순히 관념과 추상에 머물게 하지 않고 생활로 실천하고 있다.

<영원으로 피어난 사랑의 숨결>이라는 수필에서는 자신이 쓴 漢詩를 무려 14 편이나 선보이고 있다. 고전을 사랑하고 고전에 취해 있으며 고전을 생활하고 있음을 보여주는 좋은 예가 된다 하겠다.

둘째 정주환은 인정으로 어울러 사는 삶을 좋아한다.

아무리 좋은 곳이라도 '나 혼자만의 외진 삶은 죽어도 싫다'고 그는 강한 어조로 말한다.

'20여 호가 모여 사는 크지도 작지도 않은 마을에서 하찮은 된장찌개라도 나누어 먹으면서 오순도순 사는 삶', 마을 가운데 있는 공동 우물에서 아낙들이 만나면 마을 소식을 서로 주고 받고 자신은 그 소식을 아내를 통해서 들을 수 있는, 정겨운 삶을 원한다.

그러나 자연 풍광이 고즈넉하고 조용한 향토적인 삶을 바라면서도, 그는 가난이 남아 있는 삶은 원하지 않는다. 정주환은 그 어느 날의 영광을 위해 인내하면서 하염없이 기다리겠노라는 약속은 하지 않는다. 그런 과정은 이미 견뎌냈음인가? 이미 견딜 만큼 견디고 이길 만큼 이겨냈으니 고단한 시간은 모두 지나가 버린 것이 마땅하다고 생각하고 있는지도 모르겠다.

세상 사람 누구나 궁핍함보다 넉넉함이 좋고, 가난보다 부유함이 좋으며 모자란 것보다야 넉넉한 것이 좋을 것이다. 그러나 흔히 겉으로 드러내는 문장에서는 초가삼간의 淸貧을 자랑하고, 빗물이 새는 띳집이라도 죄짓지 않으면서 사는 떳떳함을 노래하였으며, 나물 먹고 물 마시고 돌을 베고 누워도 마음이 행복한 安貧樂道를 내세우곤 해왔던 것이다.

정주환은 그렇지 않다. 그는 현재의 삶이 풍요로워야함을 강조하였다.

뜰은 넓어야 하고 그 넓은 뜰에는 '감, 배, 복숭아, 앵두, 포도, 모과, 자두, 대추, 사과, 살구, 은행' 등 세상의 온갖 과일들 이름을 총망라하여 철따라 주저리주저리 열리기를 바라며, '초당 주위의 화목마저 때맞추어 더북더북 청향을 토'하기를 바란다.

그는 자신의 집도 동네 한 귀퉁이에 조촐하게 있는 듯 없는 듯 조그맣게 숨어 있기를 바라지 않고, 마을 한 가운데 덩실하고 널찍하게 자리잡고 있기를 바란다. 독자들이 어떻게 생각할까, 남들이 혹시 욕심 사납다고 여기지 않을까 그런 일을 걱정하여 내숭을 떨지 않는다. 그는 마치 어린애처럼 있는 속내를 모두 드러내 놓고 이것저것 주문하듯이 푸짐하게 열거하고 있다. 그 모습이 매우 색달라서 오히려 미소를 자아내게 한다.

그의 풍요 지향성은 '더북더북 싸주고', '주저리주저리 열리'며 '산을 쩌렁쩌렁 울리는 베짜는 소리'와 '철철 넘쳐흐르는 생수' 등 푸짐한 표현으로 나타나고 있다. 모자라거나 인색한 것은 딱 질색인 모양이다.

정주환의 풍요지향이 독자들의 눈에 탐욕스러운 모습으로 보이지 않는 것은 왜일까? 그 풍요가 결국 더불어 사는 삶, 많은 사람들과 정을 나누면서 살고 싶어하는 그의 뜻과 연결되어 있다는 것을 독자들이 먼저 파악하고 있기 때문이 아닐까? 이러한 경향은 그의 다른 작품들 여기저기서 발견할 수 있다.

> 벼 포기만큼이나 풋풋한 낭만을 키워냈던 우리 꼬마들, 지금은 부(富)를 찾아 먼 도시로 뿔뿔이 헤어진 채 소식이 없다. 지금 그들과 고향에서 만나면 무슨 애기부터 먼저 할까.
> 그 옛날 내 고향 냇둑에 나가서 물놀이하자고 할까. 아니면 신비의 오리샘에 가서 오랜만에 몸을 푹 담그고 묵은 이야기나 나누자고 할까. 꼬맹이 적 친구들의 그 웃음소리가 못 견디게 그립다. 자꾸만 그 웃음

소리가 들리는 듯하여 몸을 뒤챈다.

— <바위 아래 샘물같이> 중에서

그는 과거로 달려가서 어릴 적 동무들을 불러모으고 싶어한다. 부자가 되기 위해서 도시로 떠난 후 소식을 모르지만 그들은 목적을 달성해서 부자가 되었으리라고 생각한다. 작가는 그들을 만나서 무슨 얘기부터 먼저 할까 고민한다. 할 말도 많고 할 놀이도 많을 것 같다. 지금은 어른이 되었지만 어른이 되었음을 잊어버리고 옛날처럼 그렇게 놀까? 고향 냇둑에 나가서 물놀이를 하자고 할까, 오리샘에 몸을 담그고 그 동안 하지 못한 묵은 이야기를 할까, 그는 어릴 적 친구를 그리워하면서 흥분한다. 그래서 잠을 이루지 못하고 몸을 뒤채는 것이다. 독자들은 이 글을 읽으면서 무엇인가 고갈되지 않은 푸짐한 것, 흥건한 것, 풍요로운 것을 느낄 수 있을 것이다.

> 월색이 내리는 전가(田家)의 넓은 뜰 안, 희다 못해 푸른빛을 띠는 달빛을 깔고 한쪽에서는 윷놀이를 하고 한쪽에서는 그 희미한 달빛을 쳐다보며 저것은 토끼요, 저것은 절구라고 우기는 동네 머슴들의 입씨름도 들을 만했다. 신곡(新穀) 막걸리에 기분이 좋아 점잖은 김영감이 목청껏 뽑아대는 창도 들을 만했고 대처에 가서 성공한 아들 자랑으로 침이 마르도록 떠벌리는 동촌댁의 이야기도 흐뭇하기만 했다.

— <마음은 달이 되어> 중에서

가난한 시절의 친구를 잊지 않는 한 겸허를 잃지 않게 될 것이다. 어린 시절의 마음을 그대로 유지한다면 순수를 지킬 수 있을 것이다. 세월은 옛날로부터 많이 흘렀지만, 세월이 흘러서 소망했던 것을 이루고, 바라던 대로 성공하고 출세도 했지만, 고향을 생각하고 친구를 그리워하는 마음은 변하지 않았음을 이들 작품이 보여준다. 물질적인 풍요보다도 더 만족스러운 인정의 풍요를 느끼게 한다.

셋째 그는 자연 친화적이다.

정주환의 수필에서는 행위보다 사색이 우세하며 담론보다 배경이 더 우세하다. 그의 작품 배경은 언제나 자연이다. 자연이 먼저 가서 자리를 펼쳐 놓고 거기 앉힐 담론을 기다리고 있다고 할만큼 그의 작품에서 자연의 비중은 크다.

위의 <전설처럼 피어나는 그리움을 안고>에서도 '진정 할 수만 있다면, 지금 당장 숨통 터지는 이 도시를 떠나고 싶다. 새의 날개라도 달고 미련 없이 훨훨 날아가고 싶다.'는 서두로부터 시작하여 작품 전편에 자연이 중요한 골격을 형성하고 있다.

'창문을 열지 않아도 청풍명월이 절로' 드는 곳, '마을 뒤로는 천년 비경이 깃든 울울창창한 숲과 산이 있'는 곳, '언제 보아도 질리지 않는 기암괴석이 그림처럼 펼쳐져 있'는 곳을 그는 원한다. '사시사철 마르지 않는 시냇물이 줄레줄레 흐르'는 곳, '이곳저곳에서 멧새들의 합창까지 공짜로 들을 수 있'는 곳에서 살고 싶어한다.

정주환의 자연은 인간과 대립하여 존재하지 않는다. 그의 자연은 인간을 위하고 보호하는 의젓한 자연이며, 인간 또한 자연을 의지하고 사랑한다. 그렇다고 자연이 거룩하게 인간 위에 군림하지는 않는다. 어디까지나 친구로서의 자연이며 이웃으로서의 자연이다. 긍정적인 눈으로 아름답게 발견하는 낭만적 자연인 것이다.

이러한 그의 자연관은 자연보다 인간을 우선으로 하고 인간을 더 따뜻하게 대하는 그의 성정을 설명하고 있다.

> 시골에서 살아 보지 못한 사람은 옥양목 같은 밤의 정취를 모른다.
> 시가 있고 음악이 있고 그리고 한없는 정이 석류 알처럼 박힌 이 밤을.
> — <추억의 물레소리> 중에서

'옥양목 같은 밤'이라는 표현은 밤이 가지고 있는 안식과 여유의 푸근함을 전하는 데 적합하다. '정이 석류 알처럼 박힌 밤'이라는 표현을 통해 우리는 밤의 영롱함과 有情함을 알 수 있다. 작가의 자연을 바라보는 특별한 눈이 이런 비유를 가능하게 하였을 것이다. 자연을 대하는 그의 눈은 지속적인 사랑에 차 있다.

> 일어나 창문을 활짝 열었다. 새소리와 함께 들려오는 바람소리, 빗소리가 신비롭기만 하다. 세 평 좁은 화단에서도 봄비에 윤기를 띠고 있다. 참으로 좋은 아침이다. 일년 열두 달, 이러한 여유나 즐거움을 지닐 수 있는 아침이었으면 한다. 빗방울은 점점 거칠어지면서 창문에 내리꽂히기 시작한다. 아름다운 여인의 눈물인 양 유리창으로 흘러내린다. 어느새 마당엔 보얀 흙탕물이 흐르고 여기저기서 사람 다니는 발자국 소리가 들린다. 나는 눈을 감은 채 빗소리를 듣고 있다. 아니 아침의 평화 아침의 고요함에 취해 있다.
>
> — <비에 젖은 단상> 중에서

<비에 젖은 단상>에도 자연이 가득 차 있다. 새소리, 바람소리, 빗소리, 봄비, 아침시간. 자연 아닌 것이 있다면 그 시간에 작자가 느끼는 고요와 평화라고 할까. 정주환은 그의 수필에 많은 자연을 끌어들임으로써 다급하지 않은 여유를 갖추게 하였으며 삭막하지 않은 운치를 구비하게 하였다.

그는 자연을 작품의 배경으로 운용하기도 하지만 자연 그 자체를 소재로 삼고 주제로 취하는 경우가 더 많다. 그의 수필은 당쟁과 사화에서 자연에 귀의함으로써 세사를 잊고 위로 받을 수 있었던 우리 선인들의 자연관을 연상하게 한다.

위에서 인용한 작품을 거듭 읽으면서 필자는 이런 생각을 하였다.

정주환은 그가 바라고 희망하는 사항들을 지금 이미 성취하면서 살고 있는 것은 아닌가? 설령 완전히 다 이루지는 못했다 할지라도 대강은 이룬 것이 아닐까? 하는 생각 말이다.

우선 그는 복잡한 도심지가 아닌 한적한 동리, 20 호 가량이 모여 사는 동네에 살고 있다. 요즘 같은 세상에서 아파트가 아닌 단독주택에 살고 있는 것만으로도 이미 전원에 사는 것과 크게 다르지 않을 것이다.

그는 온갖 과일 나무를 다 심을 만큼 넓지는 않지만 화초를 심은 뜰을 바라보고 담론을 즐기면서 살고 있다. 그는 한국의 전통 의상을 갖춰 입고서 고전을 읽고 바둑을 즐기면서 후학들을 가르치고 있다. 필자가 그와 가까운 곳에 기거하면서 수시로 관찰하지 않았기 때문에 친구들이 찾아오면 '더북더북' 싸주는지 어쩌는지는 알 수 없다. 그러나 친구를 좋아하는 사람이니까 싸줄 만한 것이 있으면 싸줄 것이라고 짐작할 수는 있다.

다만 베 짜는 소리나 마을 가운데 우물은 좀 어려운 희망이다. 그러나 그것도 그가 이루려고 특별히 결심한다면 안될 일도 아닐 것 같다. 그는 의욕과 에너지가 넘치는 사람이고 무슨 일이든 계획하고 추진하는 면에서 놀라운 기동성을 보이니까.

흔히 바라는 것은 현실에서 이루어진다고 하거니와 이상적 삶과 현실의 거리는 노력의 크기에 역비례한다는 것을 정주환을 통해 실감하게 된다.

3. 새로운 입문, 생명의 기쁨

그는 수년 전에 기독교에 입문하였는데 매우 진지해 보인다. 국문학과의 회식이 있을 때, 기독교 신자가 아닌 교수들을 고려하여 먼저 서둘러 깊이 머리를 숙이는 그의 모습이 이제는 전혀 어색하지가 않다.

기독교에 입문한 후의 정주환의 수필들은 이전의 작품과 비교할 때 그 사색의 깊이나 자기 성찰의 무게가 사뭇 다르다. 매사에 적극적인 그는 기독교에 입문한 후, 漢字의 생성원리까지 성경상의 진리에 대입시키고, 신구약을 깊이 탐독하고 있어서 신앙 경력이 오래인 다른 신자들을 놀라게 한다. 그는 무슨 일을 시작했다 하면 끝을 보기 때문에 신앙적으로도 엄청난 일을 해내고야 말지 않을까 기대에 차서 바라보게 된다.

요즈음은 『성경 에세이』 간행 준비에 바쁜 것 같다.

> 1) 여러분은 자살하는 짐승을 보셨는지요? 아니, 새끼를 버리는 짐승을 본 적이 있으신지요? 돈보고 결혼하는 고양이를 나는 아직 보지 못했습니다. 술에 취해 길거리에서 방황하는 새들도 보지 못했습니다. 밍크코트를 입기 위해 권력을 이용하는 쥐들도 보지 못했습니다.
>
> 가슴이 따뜻한 사람은 사람을 사랑하지만 머리가 영리한 사람은 이웃을 버립니다. 겸손한 사람은 가난을 사랑하지만 감사할 줄 모르는 사람은 사치에 눈이 어둡습니다.
>
> 겸손도 습관이요 사치도 습관입니다. 마찬가지로 행복도 습관이요 불행도 습관입니다.
>
> 행복이 습관인 사람은 매사에 감사와 은혜로 충만합니다.
>
> —<이브의 욕심> 중에서

이 작품은 물질 숭배 사상에 젖어 진정한 행복이 무엇인가를 알지 못하는 사람들의 세속적 탐욕을 질타하고 있다. 인간의 약점과 허술함을 지적하여 짐승과 비교함으로써 오히려 짐승에 미치지 못함을 반성하게 한다. 또 분수를 알지 못하고 모성본능조차 외면하는 여인의 탈선을 개탄하기도 한다.

독자들에게 경어로 대하는 문장의 흐름이 겸손, 사랑, 은혜, 감사라는 어휘와 연합하여 잔잔하게 여울져 교양강좌 내지 신앙적 설교를 듣고 있는 것 같은 경건한 느낌을 갖게 한다.

> 2) 남편의 월급 봉투를 일일이 저울질하는 영악한 부인보다는 아둔한 척 속아 주는 여인이 믿음직스럽습니다…… 가난하면서도 자기를 잃지 않는 여자, 돈이 많으면서도 교만하지 않은 여자, 권력이 있으면서도 겸손한 여자, 많은 지식을 가지고 있으면서도 자기를 낮출 줄 아는 여인은 제철을 찾아 피어나는 한 포기의 들꽃만큼이나 아름답습니다
>
> — <아름다워지고 싶은 당신에게> 중에서

위의 글은 현세의 되바라진 여성에게 일침을 가하는 내용이다. 작자는 겸손과 인내로 덕을 쌓는 여성을 칭찬하면서 아름다운 여성의 조건을 제시한다.

고전적 취향을 가진 정주환의 여성관은 철저히 전통적 여성관에 머물러 있다. 위의 <아름다워지고 싶은 당신에게>에서는 이밖에도 웃을 때 입을 가리고 웃는 여성을 찬미하고 직장에서 회식이 있을 때는 손님처럼 우두커니 앉지 않고, 팔을 걷어붙이고 음식을 나르며 일을 거드는 여성을 칭찬하고 있다. 그가 기리는 여성은 헌신적이고 말이 적고 인내력이 많다.

정주환의 이러한 여성관이 남녀동등과 여권신장을 부르짖는 현대 여성 독자들에게 어떤 반향을 일으킬지 조금은 염려가 되기도 한다.

3) 생명은 긍정입니다. 생명은 감사의 길입니다. 우리의 가슴 속의 여러 가지 자만심이나 여러 가지 피해의식들은 우리의 가슴에 상처를 주고 끝내 그것들은 한을 만들어 냅니다. 한은 우리의 소중한 생명을 갉아먹는 독소들입니다. 이런 독소들은 감사의 마음을 상실할 때 자라나는 독물질입니다. 당신은 누구를 위해서 살아가며 누구를 위해서 이 한 몸을 희생합니까?

― <삶은 아름다운 것> 중에서

4) 행복이란 다른 것이 아닙니다. 늘 감사를 느끼는 일입니다. 진심으로 자기가 날마다 받는 하나님의 은총을 생각한다면 모두가 감사한 일로 가득할 것입니다. 감사한 마음으로 살면 마음이 넓어지고 남을 배려하게 됩니다. 남을 배려하는 마음이 우리의 삶의 근본이 되어야 합니다. 그럴 때 우리의 삶은 기쁨으로 충만할 것입니다.

― <감사한 마음으로> 중에서

5) 낮아짐에는 보호막이 없고, 양보에는 너와 나가 없고, 따뜻함에는 위와 아래가 없습니다. 관심에는 애정이 고이고, 부드러움에는 미소가 흐르고, 순수함에는 평안함이 흐릅니다.

불안과 초조는 사랑이 식은 데서 생긴 부스럼입니다. 많은 사람들은

이기심과 질투와 자존심의 노예가 되어서 살아갑니다. 이런 것들은 자
기를 헤치고 이웃을 헤치는 암덩어리입니다.

— <사랑의 백신> 중에서

3), 4), 5)는 강조점이 조금씩 다르기는 하지만 생명 긍정과 감사의 마음, 은총의 삶을 아는 행복, 그리고 양보하고 낮아지는 생활의 평화로움과 아름다움을 기독교인의 안목으로 조용히 강조하고 있다.

세상과 세상에서의 삶, 그리고 생명을 긍정하고 사랑하고 감사하는 정주환의 신앙수필은 독자의 가슴에 큰 물결처럼 파급되어 교화하는 힘을 가질 것이다. 그는 이제 단순한 수필가가 아니다. 사랑의 전도사요, 신앙의 부흥강사요, 평화로운 생명의 메신저와도 같이 증류된 음성으로 노래의 리듬을 타듯, 유장한 호흡으로 이야기하고 있다. 그의 목소리는 잔잔하면서도 넘치는 에너지가 있어 독자에게 어필하리라고 생각한다.

수필선집『별처럼 꽃처럼』의 제 4부, 15편의 수필들은 모두 이와 같은 메시지를 담고 있다. 정주환의 수필문학 지평에 새로운 세계가 열리고 있는 것이다. 정주환의 이러한 인간적 문학적 특성이 앞으로 그의 문학을 평가하는 데에 있어서 어떤 영향을 끼칠 것이며, 어떻게 기여할 것인지 아직은 미지수다. 그러나 '글은 사람의 인격을 반영하는 거울이다', '수필은 自照文學이다' 등 사람과 글을 연결시키는 숱한 말들이 거짓이 아니라면, 그의 발전과 긍정적 변환은 확실하다고 믿어도 될 것이다.

필자는 우선 다른 사람들의 평가에 선행하여 그가 유한한 세계에서, 무한한 세계까지 바라보게 되었다는 사실, 확장된 그의 시각에 박수를 보내고 싶다.

그리고 그의 경이로운 發見을 진심으로 축하하고 싶다.

『한국수필의 美學』, 2001. 10

수필 소재로서의 자연과 인생

1. 수필의 소재

문학의 여러 장르 가운데 수필만큼 다양한 표현 형식을 가진, 그리고 그만큼 분류가 복잡한 문학은 없을 것이다. 분류의 관점과 시선에 따라서는 객관적 수필이냐 주관적 수필이냐로 나눌 수가 있을 것이며, 표현의 기법에 중점을 둔다면 묘사적이냐 설명적이냐, 혹은 논증적이냐 서사적이냐로도 나눌 수 있을 것이다.

또 내용적 성격에 따라서는 철학적 수필, 과학적 수필, 비평적 수필, 역사적 수필, 종교적 수필, 개인적 수필 등 헤아리기 힘들 정도로 많아질 것이고, 형식(세부적 장르)에 따라서는 일기체, 기행체, 서간체, 평론체, 기사체로의 분류도 가능하게 된다.

수필을 다른 장르와 구별하면서 흔히 인용되는 말로 '수필의 소재는 무엇이나 좋다'라는 말을 들 수 있다. 그것은, '수필의 재료는 생활경험 자연관찰 인간성이나 사회현상에 대한 새로운 발견 등 무엇이나 다 좋다. 그 재제가 무엇이든지 간에 쓰는 이의 독특한 개성과 그때의 무드에 따라 누에의 입에서 나오는 액이 고치를 만들 듯이 수필은 써지는 것이다'라고 한 피천득의 수필, <수필>의 영향이 적지 않을 것이다.

그러나 좀더 깊이 성찰해 보면 위의 말은 비단 수필문학에만 한정된 정의가 아니라는 것을 발견하게 된다. 수필이 아닌 소설이나 시에서도 생활

경험, 자연관찰, 인간성이나 사회현상은 역시 중요한 작품의 재료가 될 수 있을 것이기 때문이다.

더구나 '그때의 무드에 따라서 누에의 입에서 나오는 액이 고치를 만들 듯이 수필은 써지는 것이다'라는 말은 '붓가는 대로 쓰는 글이다'라고 하는 정의와 더불어 수필문학의 창작 과정을 오도하는 데에 크게 한 몫을 하였다 해도 과언이 아니다. 혹 문체의 자연스러운 흐름이나 다양한 형식이 주는 자유스러움을 지적한 말이라고 한다면 이해가 될 수 있을 것이지만 말이다.

필자는 본고를 통하여 '자연'과 '인생'이 수필문학에서 어떻게 표현되어 있는가를 고찰하고자 한다. 수필에서 '자연'의 비중은 어떠하며 어떻게 표현되어 있는가, 그리고 수필에서의 자연은 인생과 어떻게 조화하고 있는가 분석하는 일은, 비단 수필의 소재에 대한 분석에만 머물지 않을 것이며 수필 전체의 철학과 주제와 내용을 포괄하는 중요한 일이 될 것으로 생각한다.

2. 수필에서의 자연의 비중

자연은 원래 우리 인간의 생활과 불가분의 관계로 밀착되어 왔으며, 문학 역시 자연을 중요한 제재로 채택하여 왔다. 아리스토텔레스는 문학의 발생을 자연의 모방에 두었고 프레밍거는 자연이 문학의 진실성을 가늠하는 기준이며 척도라고 하였다.

현대에 이르러 자연의 의미가 특히 부각되고 있는 것은 급속히 발달한 과학문명 속에서 인간이 상대적으로 경시 내지 소외되고 있기 때문이며, 정신적 고독이 심화되고 있기 때문이라고 할 수 있을 것이다.

자연은 인간의 갈등을 위무해 주고 고독을 해소해 주는 필수적 요소다. 자연을 재발견하려는 인간의 욕구는 문명생활에서 마모된 인간성을 회복하고 상실의 위기에 처한 삶의 단순성과 진실성, 소박성을 되찾으려는 노력이라고 할 수 있을 것이다.

인간을 애워싸고 있는 자연은 문학의 직접적인 소재와 주제가 되기도 하지만, 때로는 순수 자연 그대로 삶의 배경이 되어 간접적인 감화를 주기도 한다. 엄밀히 말하면 인간은 자연 속에 태어나서 자연을 구성하며 살다가 결국은 자연으로 돌아가는 대자연의 일부라 할 수 있다.

문학 장르 가운데 특히 시와 수필에 있어서의 자연의 비중은, 소설이나 희곡에 비하여 현저하게 크고 무겁다고 하겠다. 직면하는 하나의 자연물이 눈에 보이는 그대로 한 편의 작품이 될 수도 있고 지나간 자연의 체험이 추억의 형태로 작품을 이룰 수 있는 것은 시나 수필에서만 가능할 뿐 소설이나 희곡에서는 불가능하다. 그것은 시와 수필이 주관적 자기 고백의 문학이며 길이가 짧고 분량이 적다는 공통적 특징을 가지고 있는 것과 무관하지 않을 것이다.

문학에서 표현의 방법이 주관적이면 주관적일수록 작자의 개성과 철학이 보다 투명하게 노정될 수 있으며, 그 표현의 과정에서 자기를 보다 성실하게 돌아보고 사유의 깊이를 천착하게 된다.

문학작품에서의 주관적 표현과 작자의 자기 성찰적 고백이라는 항목은 필연적으로 조화할 수 있는데, 자연은 여기 중요한 매개체로서 개입하게 된다. 자연은 인간에게 그만큼 삶의 규범을 제시하면서 조영하는 거울로서의 역할을 해왔던 것이다.

조선시대의 관리들이나 선비들이 세상의 영달을 추구하다가 실망하면 항구적이며 여일 불변하는 자연에 귀의하게 되고, 낙향하여 안빈낙도로 자연의 아름다움을 읊으면서 자연과의 조화를 꿈꾸었던 것도, 신(神과) 같이 의연한 자연에 비추어 자기를 성찰하고자 노력했던 모습이라고 보아야 할 것이다.

수필이나 시가 다른 장르에 비하여 길이가 짧고 분량이 적다는 특징은 표현 형식상에서 함축과 비유를 필연적으로 요구하게 된다. 자연은 문학 작품에서 복잡다단한 인생을 상징하고 은유하는 오브제로서 중요한 자리를 차지하고 있으며, 가장 가깝고 설득력 있는 보조관념으로서 인생을 대변하기도 한다.

최초의 한문 수필이라고 할 수 있는 파한집(破閑集)이나 보한집(補閑集), 익재난고(益齋亂藁) 등에 실려 있는 내용들은 詩話, 詩文이라고 정의되고 있다. 이야기로 풀어서 설명하지 않고 고사를 인용한 비평과 時評, 문담과 해학 등의 人間事를 곧잘 자연을 빗대어서 표현하였는데, 이는 문장을 이해하는 데 가장 효과적이고 용이하며 친근감을 줄 수 있기 때문일 것이다.

아이소프의 우화도 자연계의 동식물 세계에 인간사를 빗대어 우의적으로 표현한 함축성 있는 이야기이다. 이를 만일 우의적으로 함축하지 않고 인간과 인간 사이의 사건으로 다루었다면 길이가 엄청나게 길어졌을 것임은 물론이고 예술적 감동이나 아름다움도 감축되었을 것이다.

3. 주관적 자연과 은유적 인생

문학에서 나타나는 자연의 모습은 여러 가지 기준으로 분류할 수 있을 것이다. 우선 시대에 따라 변천된 자연관에 기준을 둔다면 전통적 자연과 현대적 자연으로 나누고 전통적 자연의 의존성과 현대적 자연의 비정적 독립성을 거론할 수도 있다.

또 자연을 바라보는 시각에 따라서는 객관적 자연과 주관적 자연으로 나눌 수 있을 것이고, 표현상의 비중에 따라서는 주체적 자연과 배경적 자연으로 나눌 수 있으며, 또 표현 기법상의 성격에 따라서는 순수 자연과 우의적 자연으로도 나눌 수 있지 않을까 한다.

본고에서는 주체적 자연과 배경적 자연으로 분류하고 자연이 배제된 인생 수필과 함께 비교하여 고찰하고자 한다.

주체적 자연이란 작품의 중심과 맥락을 자연 중심으로 이끌어 가는 경우를 말한다. 다시 말해서 자연이라는 창을 통해 바라본 인간과 인생이며, 자연으로 비유된 삶의 모습이라고 할 수 있다. 이에 반하여 배경적 자연은 말 그대로 자연이 하나의 배경(Setting)으로서 존재하는 경우를 말한다.

그러나 전자 후자 어느 경우를 막론하고 인간과 인생이 자연보다 소홀하게 다루어지지는 않는다. 작품상에 나타나는 작자의 대자연적 태도와 친화의 정도, 심리적 거리를 비교 참작하여 분류한 것일 뿐, 대부분의 경우 자연은 인간과 인간의 삶을 옹호하면서 조화와 융합을 도모하는 것으로 나타난다. 작품을 직접 감상해 보자.

동짓달이 가고 섣달이 성큼 오면 나의 출근길에는 새로운 볼거리가 생겼다. 강남의 압구정동 거리를 빠져 나오면 반공으로 치솟는 오르막 길이 나온다. 그라인더를 타는 느낌으로 단숨에 올라서면 좌우가 활짝 트이면서 한강이 파아랗게 넘실댄다. 바른쪽으로 강물, 왼쪽으로 지하철, 둘이서 나란히 한참을 달리면 왼쪽에 옥수역의 길다란 지붕이 나온다. 동호대교가 거의 북단에 이를 때 동쪽을 보면 중랑천과 한강이 합류하는 작은 반도가 보인다. 바로 도봉산에서 시작하여 중랑구를 지나 성동구의 행당동을 한 바퀴 굽이돌아 이제 막 한강으로 달려드는 중랑천의 종점인 것이다.

나의 관심거리는 바로 그 합수점이었다. 나는 가을이 가고 겨울이 다 가올 때면 철새를 기다리듯 그곳에 새로 돋는 작은 섬을 기다린 지 벌써 이십여 년이었다.

그것은 다름 아니었다. 동짓달 찬바람이 스산해질 때면 중랑천의 물도 날마다 메말랐다. 그 얄팍해진 수면 위로 만두 모양의 둥근 흙더미가 조금씩 머리를 내밀더니 어느 날 아침 출근길에는 그것이 문득 고구마 모양의 길쭉한 섬으로 드러나 있었다.

춘분이 지나고 봄비가 내리고 그렇게 봄이 깊으면 그 고구마가 물에 잠기면서 이윽고 작은 만두로 남아 찰랑찰랑 물살에 몸부림하더니 어느 날 아침 아무 것도 보이지 않았다. 그 합수점에 거무튀튀한 물결이 힘차게 흘러내렸다.

그렇게 한 두 달이면 나조차 그 자리에 넙죽 돋았던 섬을 잊기 마련이다. 하기야 지적에도 오르지 않을 섬. 물론 이름도 번지도 없는 섬인 것을 여름 날 시원한 바람을 만나면 나는 그쪽을 향하여 애써 섬을 기억하기도 했었다.

그럼에도 그 섬은 분명한 섬이나, 적어도 일년의 절반은 햇빛에 반짝이는 섬이요, 일년의 절반은 비록 보이지 않을지라도 물 속에 잠겨 있기에 말이다.

봄이 무르익으면 그 머리에 잡초는 물론 꺼벙한 키의 갈대도 솟았다. 그러나 여름밤 싱싱한 바람 속에 갑자기 침수의 비운을 맞았다. 겨우 얼굴을 내밀고 며칠쯤 하늘거리다 그렇게 사라졌다. 가을이 익어서 바람소리 윙윙거리다가 겨울이 오면 그 섬이 돋는다. 이른 봄 언덕에 돋는 쑥나물처럼. 그러나 작은 민둥산으로 돌아왔다. 잿빛 흙더미 위로 햇빛들이 모였다. 기온이 떨어지면 하얀 물새들이 옹기종기 모여서 무언지 종알거리다가 훨훨 어디론지 날아갔다.

중랑천과 한강이 악수하는 곳에 비스듬히 누워서 하얗게 얼었을 적 그의 알몸을 보면 왠지 서럽기도 했다. 장마철에 먼길을 떠밀려 온 헌 신짝처럼 한 귀퉁이에 버려진 그 모습에서 말이다.

그 겨울 섬의 내력은 이럴 것이다. 도봉산으로부터 어쩌면 더 멀리 의정부 어디쯤부터 발원한 중랑천이 연도의 토사와 쓰레기를 거느리고 내려오다가 그 힘이 쇠진한데다 하구는 넓어지고, 한강으로부터 방해를 받아 그것들이 정체된 퇴적의 현상일 것이다.

그 하구를 시원스레 준설하여 물길을 뚫어주거나 중랑천의 혈맥이 보다 깨끗하고 창쾌하다면 거기에 서울의 토사나 쓰레기가 찌꺼기나 부스럼으로 남지 않을 것이다. 더구나 두 줄기 강이 내려와 거기서 합수하지 않았더라면 저 비운의 겨울 섬은 그 자리에 없었을 것이다.

그것을 만든 것은 사람일 수도 자연일 수도 있겠다. 사람이 저지른 일이라면 게으름의 탓이요. 물길을 제 마음대로 흐르지 못하게 막은 탓일 것이다. 자연이 만든 일이라면 아무 할 말이 없다. 오직 저 하늘이 만든 일에는 고분고분하지 않았던가. 하지만 겨울 한철 저 중랑천에 돋아난 고구마 섬은 나에게 분명한 하나의 풍경이다. 그것이 비록 합수점에 돋아난 암이요 패잔병들의 수용소일지라도. 그 민둥한 돈대에 하얗게 모여 있는 햇빛과 철새를 지울 수 없다.

— 허세욱 <겨울에 돋는 섬> 전문

위의 글에서 자연을 바라보는 주체는 인간이지만 작자는 인간 중심의 시선이 아닌 자연 중심의 시선으로 자연을 바라보고 있다. 세밀하고 충실한 관찰은 자연물 하나 하나에 애정을 쏟아 거기에 인간의 삶을 일치시키려는 마음이 없고서는 불가능할 것이다.

중랑천과 한강이 합해지면서 작은 반도처럼 솟아오른 토사의 무더기. 작자는 '도봉산에서 시작하여 중랑구를 지나 성동구의 행당동을 한 바퀴 굽이 돌아 이제 막 한강으로 달려드는 중랑천의 종점'에 뜨거운 관심을 나타내면서 해마다 겨울이 다가올 때면 마치 철새를 기다리듯이 거기 새로 솟아오르는 작은 섬을 지금 20여 년째 기다리고 있다고 술회한다.

이 글에 등장하는 지명들, '옥수역' '중랑천' '행당동' '강남의 압구정' 등의 고유명사들은 각각 하나씩의 시어처럼 살아 있다. 이들이 단순한 지명인데도 마치 생명을 지닌 자연의 명칭처럼 싱싱하게 다가오는 것은 왜일까. 그것은 작가가 거기 쏟는 성실한 배려, 인간으로서의 자책감이 포함된 염려 때문이 아닐까.

자연에 기울이는 작자의 애정은 지명에 기울인 애정으로 그치지 않고 지상에서의 삶에 기울이는 애정으로 확장되고 있다.

작자는 스스로 섬이라고 부르는 흙더미의 변화하는 모습을 '만두 모양의 둥근 흙더미' '고구마 모양의 길쭉한 섬' '이른 봄 언덕에 돋는 쑥나물' '비운의 겨울 섬' '합수점에 돋아난 암' '패잔병들의 수용소' '장마철에 먼 길을 떠밀려 온 헌 신짝' 등으로 묘사하고 있다.

우리는 이러한 묘사를 통해 '도봉산으로부터 어쩌면 더 멀리 의정부 어디쯤부터 발원한 중랑천이 연도의 토사와 쓰레기를 거느리고 내려오다가 그 힘이 쇠진한데다 하구는 넓어지고, 한강으로부터 방해를 받아 그것들이 정체된 퇴적의 현상일' 따름인 흙더미에 쏟는, 작자의 다양한 정서를 파악할 수 있게 된다. 그는 자신이 정의했듯이 한낱 정체된 쓰레기더미에 불과한 '섬'을 때로는 다정함으로 때로는 연민으로 그리고 때로는 죄책감으로 바라보고 있다.

작자는 자연에 생명을 부여하여 활성화하면서 비정의 자연을 유정의 자연으로 옹호하면서 자연현상에 인생의 여러 가지 국면을 조화시키고 있다. 허세욱의 수필 가운데는 특히 이러한 경향의 작품들이 많다. 다시 그의 다른 작품 <풍우연변>을 살펴보도록 하자.

비가 내린다. 주룩주룩 내린다. 바람을 동반하지 않은 오후를 주룩주룩 적신다. 여인네들 파라솔보다는 약간 큰 베우산을 바쳐 들고 고궁 돌담을 돌아 바짓가랑이가 절반쯤 젖도록 걷는 것은 차라리 온갖 화초가 난만한 공원을 걷기보다 유한하고 쾌적하다.

어느 정도의 어둠과 어느 정도의 습기는 차라리 눈부신 직사광에 메마른 뜰보다 다정하고 편안하다.

겨우 1평방 미터 남짓한 면적으로 하늘을 막고 풍우를 막고 더러는 보기 싫은 사람과의 피곤한 시야도 편리하게 막아 주는 곳이다. 이 세상 풍우가 한꺼번에 몰아친다 해도 그 널찍한 머리로 나를 보호해 줄 것 같아 가느다란 우산대를 으스러지게 쥐어 본다. 한 손을 바지에 묻고 뚜벅뚜벅 거니노라면 지붕이나 처마를 손바닥에 받쳐 놓았는가 내심 든든하기만 하다. 방사형으로 짜여진 철사들은 서까래들이요, 여덟 모 둘레는 더덩실 날 듯한 팔각정 추녀요, 아기똥하게 턱을 내민 손잡이는 내 항상 먼 구름을 바라보던 석계가 아닌가?

비록 좁기는 하지만 보란 듯이 활개도 쳐보고 진동할 듯이 보무도 당당할 수 있다. 그런가 하면 커다란 갓에다 풍덩한 도포자락이나 입은 양 한유롭기도 하고 안방에 뒹구는 외동아들처럼 벽장에 숨겨 둔 엿단지라도 꺼내고 싶다.

고궁 돌담을 끼면 더욱 좋았다. 가로수 한 잎 한 잎 심심찮게 발끝에 떨어지면 이 길이 삭막하지 않았다. 조용히 접어드는 소년의 뒤안길, 그리고 오래오래 표류했던 여정들이 다시금 날개 치고 있는 것이다.

갑자기 이토록 풍요롭던 추억도, 쾌적했던 공간도 출렁이는 물결에 휩쓸리고 무엇인가 빼앗겨 버린 아픔이 다가선다. 어쩌면 내가 비에 흠뻑 젖어 낯설은 추녀 끝에 배꼽을 내밀고 서 있는 소년이 아닌가? 한쪽 어깨에 한기가 스며들더니 오싹해진다. 비에 젖지도 않았는데…….

이런 빗속이라면 두 사람이 걸어야 한다. 비좁은 우산 속이라서 젖는 면적은 많다 하겠지만 두 사람의 체온으로 한기를 쫓을 수 있어 좋은 것이다. 바람과 비의 언저리에선 가난한 어깨를 비벼야 한다.

손을 뻗치면 거기는 풍우세계, 어깨를 내밀면 거기도 풍우세계, 비가 차가우면 될수록 가까이 다가서야 한다. 바람이 세차면 될수록 옷깃을 여며야 한다.

풍우가 동으로 치면 서쪽으로 가리고 풍우가 남으로 치면 북쪽을 가려야 한다. 그리고 우산을 지면에 낮추어 허리도 가지런히 굽혀야 한다. 가다가 심한 회오리바람을 만나면 걸음을 멈추고 버텨야 하며 가다가 사나운 소나기를 만나면 바지를 걷어 올려야 한다. 우리는 어떻게 해서든지 이 우산이 찢기지 않은 채 조심스럽게 이 풍우를 뚫고 가야 한다.

하수도가 모자라 넘치는 물바다를 건너다보면 우리가 의지하는 우산은 창해의 뜬 범선.

표류를 생각해 본다. 메일리 부부같이 긴긴 1백 18일도 뗏목을 생각해 본다. 손과 손을 맞잡은 채 떠내려가는. 그러나 우리는 돛을 세운 채 이 표류 직전을 건너가야 한다. 우연히 만났을지라도 같은 우산 아래서는 풍우동주, 그러니까 사나운 비바람에 조난도 불사하는 숙명으로 얼룩진 것이다.

그 속엔 사랑하는 풍경들이 있다. 등에 업힌 아들 쪽을 받치다가 흠뻑 버선을 적신 엄마. 어린 동생을 받쳐 주느라 꾸부정 키를 낮춘 형, 가냘픈 여인의 어깨를 안고 가다가 한쪽 어깨에 빗물이 툼벙이는 사내, 어깨동무하다가 활랑 날려 버린 꼬마들…….그들은 즐겁게 철버덕거리고 있다.

낯설은 사람끼리라면 서로 고맙다는 인사를 나누고, 서먹했던 사람끼리라면 자연스레 해빙도 불러오고, 미웠던 사람끼리라면 여기 우중충한 우산 아래서 어깨를 비벼 보고, 사랑하는 사람끼리라면 옷이 젖는 줄을 모르는 곳이다. 그리고 길을 걷는 일을 제쳐놓고 아무 것도 생각지 않는 곳이다.

그렇게 가까울 수 있는 것은 어깨와 어깨를 비벼서라기보다 손을 뻗치면 바로 그 곁에 빗줄기가 쏟아지기 때문이요, 그렇게 쾌적할 수 있는 것은 공간이 넓어서가 아니라 어깨를 내리면 바로 그 곁에 빗줄기가 쏟아지기 때문이다.

봄비 설레이는 창가에선 진달래꽃 술을 마시고 가을비 쓸쓸한 다락에선 따끈한 차를 마시듯 향그럽지만, 여름 장마 울부짖는 마루에선 지루한 장례를 치르고 겨울비 홀쩍이는 안방에선 할매의 해소를 듣듯 지겹다.

그러나 그것이 향그럽거나 지겹거나 우리가 늘 쾌적할 수도 다정할 수도 있는 것은 무슨 까닭일까?

우산은 나의 지붕, 우리는 늘 바람과 비의 언저리에 서 있다. 바람과 비의 언저리에서 살게 된 지 너무너무 오랜지라 우리 사이엔 이미 우정의 이끼가 검푸르고 있는 것이다.

빗속을 거닌다. 빗방울이 차갑거든 한 걸음 내 곁으로 가다오게……. 바람 속을 거닌다. 바람결이 아프거든 우산을 기울이게…….

— 허세욱 <풍우연변> 전문

앞의 글 <겨울에 돋는 섬>이 쓰레기처럼 떠밀려온 흙더미를 유심한 시선으로 관찰 묘사한 것이라고 한다면, <풍우연변>은 자연현상인 풍우현상을 통하여 인간의 삶을 투시한 글이라고 할 수 있다.

그는 비바람이 치는 날의 우산 아래와 고난과 역경으로 이어지는 세상살이를 연결하고 있다. 작자는 인생이란 결국 쏟아지는 빗줄기를 피해 가는 것이며 그 방법 또한 천태만상임을 지적한다. 쏟아지는 빗줄기를 피해서 가되, 그것은 '겨우 1평방 미터 남짓한 면적'밖에 되지 않는 하나의 작은 우산 속이라는 것, 어깨를 부비면서 함께 가는 사람들은 모자간, 형제간, 연인간 혹은 친구간의 다양한 관계이며, 그들 사이는 낯설거나 서먹서먹하거나 믿거나 사랑하는 각기 다른 감정의 뉴앙스를 가지고 있다는 것을 시사해 준다.

봄 여름 가을 겨울 사계절 풍우의 모습과 그 정서가 각기 다르듯이 우리의 인생도 다르지만 빗방울이 차갑거든 한 걸음 곁으로 다가서고, 바람결이 아프거든 우산을 기울이면서 가자는 작가의 제안에는 사랑과 지혜가

배여 있다.

작자가 삶을 지겹지 않게, 오히려 향기롭고 쾌적하며 다정하게 가꿀 수 있는 지혜는 무엇으로부터 생겨나는 것일까? 허세욱은 말한다. '우산은 나의 지붕'이라고, '우리는 늘 바람과 비의 언저리에 서 있'지만 그러한 처지에 살게 된지 '너무너무 오랜지라 우리 사이엔 이미 우정의 이끼가 검푸르'게 무성했노라고. 이러한 삶의 각성은 그 자체가 하나의 축복처럼 작품의 문체에 빛을 더해 주고 있다. 그러나 독립된 자연물을 단지 자연물로서 상찬하는 다음과 같은 글도 있다.

숲속에는 온갖 자연이 가득 차 있다. 그곳은 풋풋한 냄새와 이끼 긴 수목들의 향기가 있어서 우리에게 싱그러운 환희와 벅찬 생동력을 아낌없이 가슴 속에 불어넣어 준다.

나는 어릴 적에 인왕산 숲속 활터에 자주 놀러갔다. 그 활터에선 서울 시내가 한눈에 들어오고 숲 사이로 파란 하늘이 보였다. 나는 골짜기 냇물에 발을 담그고 친구들과 숲속에서 많은 생각을 하였었다.

한줄기의 소나기가 지난 뒤, 언덕을 가로질러 동편 하늘에 걸리던 쌍무지개, 그걸 바라보며 꿈을 그리던 어린 시절이 그리워진다. 그때 나는 그 무지개에 꿈을 싣고 어디든 훌쩍 떠나고 싶은 충동에 사로잡히곤 하였다. 하늘은 레몬빛 노을이 보랏빛으로 물들어 석양 속에서 숲들이 찬연히 빛났다. 빗방울들이 나뭇잎 위에 머물러 있었으리라.

문득 지난 가을 강원도 대관령 자연 휴양림에 갔던 생각이 난다. 여성문학회에서 40여명이 그곳에 가서 하룻밤을 지내고 왔다. 그곳에는 숲이 우거지고 계절이 살아 숨쉬고 있었다. 우리는 마음껏 자연의 하모니를 들을 수 있었다.

봄에는 연록의 잎새들과 진달래꽃이 여름에는 짙은 녹음과 맑은 물이 가을날은 불타는 단풍이며, 겨울날의 나목들의 절규들.

숲속에는 골짜기가 있었고 흐르는 물소리가 들렸다. 바람이 나무끝으로부터 숲 전체를 흔들며 옷자락에 휘감겨 왔다. 숲을 뚫고 들어온 한 줄기 빛이 수면 위에 반짝인다. 작은 새들의 지저귐이 쉬임없이 들려온다. 숙소에는 모두 나무 이름을 붙였다. 벚나무방, 잣나무방, 등등…… 재미있는 이름들이다. 내 방에는 시인이 두 분, 시조시인이 한

분, 수필인이 둘, 모두 다섯분인데 전부터 다정했던 분들이다. 우리는 밤새 노래로 밤을 새웠다. 숲의 기운이 우리 몸에 옮겨진 것 같았다.

아침 일찍 일어나 S여사와 낙엽을 밟으며 이런 저런 이야기를 나누다. 그리고 '낙엽을 밟으며'의 시심을 음미하면서 숲속의 소리를 들었다. 계곡을 흐르는 물소리가 숲소리의 반주와 어울려 자연의 하모니를 이루었다.

이렇게 자연의 숲소리를 들으니 내 몸은 동화되어 온몸이 자연의 소리로 휘감겨 꼼짝 못하고 그 자리에 정지된 상태가 되었다. 내가 나무가 되고 돌이 되고 바람이 되어 천년을 그곳에 살았는가 싶었다.

돌아오는 서울행 버스를 타고 고요히 생각에 잠겨보았다. 우리나라 전국토의 약 65%가 산악지대로 숲으로 덮여 있으며 한 때 삭막하도록 황폐되었던 우리의 숲은 경제성장과 보조를 같이 하여 빠른 속도로 회복되기 시작하고 있다. 우리 민족의 마음 속에 항상 살아 숨쉬는 나무와 숲, 그리고 자연에 대한 끊임없는 사랑은 이제 겨우 제 모습으로 돌아온다.

봄의 숲은 설레임과 약동이, 여름 숲은 환희와 젊음이, 가을 숲에는 우수와 허무가, 겨울 숲은 인내와 그리움이, 윤회하면서 다시 윤회하면서 숲은 더 우거지고 더 자라난다.

이은상님의 <나무의 마음>의 마지막 구절을 흥얼거려본다.

나무는 사람 마음 알아주는데
사람은 나무마음 왜 몰라주오
나무와 사람들 서로 도우면
금수강산 좋은 나라 빛날 것이오.

— 이 숙 <숲의 소리> 전문

이숙은 자연으로 인생을 애써 은유하려 하지도, 옹호하려 하지도 않았다. 그는 자연을 보이는 그대로 그리되 주관적이며 긍정적인 시각으로 예찬하였다. 따라서 위의 글에서 자연은 작자의 인생을 평화롭고 아름답게 주도하는 역할을 하고 있다.

숲에 얽힌 유년시절의 추억으로부터 근래에 다녀온 자연 휴양림의 감동,

숲을 가꾸고 보호하는 정부의 시책에 대한 신뢰와 긍지 또한 긍정적이다. 이 글은 시선이 어린 아이의 그것처럼 순진한 경이로움에 차 있으며, 그 경이로움을 경이로움 그대로 계산 없이 드러내고 있다는 것이 특징이다. 작자는 마치 자신의 삶의 깊이가 봄 여름 가을 겨울로 이어지는 숲의 우거짐과 정비례하는 것처럼 숲의 아름다움과 싱그러움에 자신을 동화시키고 있는 것이다.

'봄의 숲은 설레임과 약동이, 여름 숲은 환희와 젊음이, 가을 숲은 우수와 허무가, 겨울 숲은 인내와 그리움이, 윤회하면서 다시 윤회하면서 숲은 더 우거지고 더 자라난다'고 정의하고 있는 작자는 '봄에는 연록의 잎새들과 진달래꽃이 여름에는 짙은 녹음과 맑은 물이 가을날은 불타는 단풍이며, 겨울날의 나목들의 절규'를 들을 줄을 안다. 만상은 즐기는 자의 것, 자연이 객관의 자연으로 서 있지 않는 한 그것은 결코 비정하거나 무심하지 않을 것이다.

자연을 예찬하면서 거기 스스로 동화되고 있는 위의 작자는 자신의 삶과 얼굴을 드러내는 데에는 전혀 마음을 쓰지 않는다.

4. 주관적 인생과 배경적 자연

'문학'과 '현실'은 대치되고 상반되면서도 서로 긴밀한 유대관계를 맺고 있다. 문학은 현실의 토양 위에서 자라는 식물이지만 그 토양을 초월하지 않으면 안된다. 그리고 현실은 문학으로 말미암아 여과되고 지양되며 개선되는 것이다.

수필에서 삶의 이야기는 결국 리얼리즘의 수법으로 표현될 수밖에 없다. '삶'이란 살아가는 일이며 달리는 '인생', 혹은 '현실'이라는 말로 표현할 수도 있을 것이다. 그러나 문학에서의 리얼리즘은 사실적 기록인 역사적 리얼리즘과는 구별되기 때문에 인간중심, 인생중심이되 인간을 넘어서고 인생을 넘어서는 창조적 작업이 되어야 한다. 그렇지 않으면 처음부터 문학으로서의 존재 의의가 없다고 할 수 있다.

문학적 리얼리즘에 도입된 자연은 표현의 여과적 장치로서의 역할을 담당하게 된다. 즉 분위기를 조성하여 긴박성을 완만하게 하는 점, 리듬에 여유를 부여하는 점 등이 그것이다.

필자는 앞에서 자연 중심의 글이 되었든 인간 중심의 글이 되었든 어떤 경우에도 중요한 요소는 인간이며 인생이라는 것을 강조한 바 있다. 그리고 아무리 자연 중심 사상이 강하게 드러난 글이라 해도 그것은 작자가 자연을 대하는 친화감을 비교 분류한 것일 뿐이라고 강조한 바 있다.

다시 말하면 문학은 인생의 표현이다. 인생이 표현되지 않은 문학은 문학 향수자인 인간에게 아무런 감동도 줄 수가 없다는 것이다. 이러한 이론을 뒷받침하는 작품으로 박연구의 다음과 같은 글은 우리들의 이해를 도와줄 것이다.

> 우리 집 마당에는 감나무·대추나무·앵두나무·등 시골집의 향수를 달래주는 나무들이 몇 그루 서 있는데 이것들이 제법 나무 그늘을 만들어 주고 있다.
> 뿐만 아니라 아내가 만들어 준 비닐끈의 줄을 타고 더덕과 강낭콩의 넝쿨이 지붕 위로 뻗어 올라가고 있어서 밤이면 달빛을 받고 창에 그림자를 만들어 주고 있는 것이 더한층 시골집의 분위기를 느끼게 한다. 비록 좁은 뜰이기는 하지만 나는 이런 공간이 있는 내 집을 사랑한다. 우리 집에 놀러 온 이웃 아이들 중에는 마당 한쪽에 심어 놓은 벼 포기들을 보고 무슨 풀이냐고 묻기도 한다. 어린 내 외손주 녀석의 볼기짝보다도 좁은 면적이지만 물이 담긴 '논'에서는 미풍에도 살랑살랑 몸을 흔들고 있어서 아무리 보아도 지루하지가 않다.
> 고향 마을에서 보낸 여름날이 생각난다. 삼복더위에 밀짚모자를 쓰고 논의 김을 매면 나락(벼) 잎새에 팔꿈치가 훑이고 거기 땀이 닿자 어떻게나 쓰라렸는지 참으로 견디기 어려웠지만 그래도 아픈 허리를 잠깐 쉬기 위해 서서 옷소매로 얼굴의 땀을 씻고 났을 때 불어오는 마

파람의 시원함이란 그 경험이 없는 이에겐 전달할 방법이 없다.

논물이 끓을 정도로 불볕 더위가 계속되다가도 화방산 기슭에서 불어오는 바람이 데불고 밀어닥친 소나기에 한 치는 더 자라 오른 듯 푸른 벼 포기들의 생동감이 온 들판을 일렁이고 있을 때, 어찌 농주 한사발을 기울이지 않고 배길 수 있었겠는가.

나는 원고를 쓰다가도 잘 풀리지 않으면 마당에 나가서 벼 포기를 바라본다. 그때 뇌리에는 푸른 바다처럼 넓은 고향의 들판이 떠오른다. 큰 수로가 들판을 가로지르고 있어서 보기만 해도 풍년이 연상되고 마음도 시원해진다.

이런 나에게 아내는 벼 포기 보는 값 내놓으라고 손을 벌린다. 그것들은 더덕이나 강낭콩처럼 아내의 솜씨로 이뤄진 풍경이기에, 나는 두말 않고 일금 암만이라고 말하면서 그녀의 손에 돈을 쥐어주는 시늉을 하였더니 올 여름에는 꼭 시골에 가보자고 한다. 매년 여름이면 말로만 시골에 간다고 했으니 나를 믿지 않게도 되었을 것이다.

고향을 떠나온 지도 강산이 몇 번이나 변하는 세월이 흘렀다. 밭도 논도 남의 것이 되기는 했지만, 그 밭둑 논둑을 거닐면서 도시 생활에서 찌든 마음의 때를 씻어보고 싶다.

― 박연구 <여름 그리고 고향 2 > 전문

우리가 자연을 사랑하는 것은 자연 자체에 대한 사랑이라기보다 자연과 관련된 어떤 일들, 사람과 장소와 시간에 대한 그리움이요 추억이 아닐까.

윗 글의 중심 내용은 작자가 고향 마을에서 보내던 여름날의 추억이다. 삼복더위 속에서의 노동의 힘듦과 그 뒤에 오는 상쾌함, 논물이 끓어오를 듯한 불볕 더위 끝에 '화방산' 기슭으로부터 불어닥치던 소나기, 푸른 벼 포기들이 일렁이는 들판을 바라보면서 들이키던 농주.

'아내'는 도시 생활에 피로한 남편으로 하여금 고향의 자연을 맛보게 하려고 더덕을 심고 강낭콩 넝쿨을 올리고 비록 '어린 외손주 녀석의 볼기짝보다도 좁은 면적이지만' 마당 한 쪽에 벼 포기까지 심어 놓았다.

우리는 여기서 자연에 열심히 접근하려고 하는 작자의 모습을 엿볼 수 있다. 그러나 우리는 그보다 그날 그날의 일상적 삶에 혼신의 노력을 기울일 수밖에 없는 평범한 우리 자신의 모습을 발견하게 된다.

평범한 사람들에게 있어서 자연의 존재는 일상적 삶에 여유를 회복하게 하고 광채를 더해 주는 존재일 뿐이다. 평범한 사람들에게 있어서 일상생활의 가치와 의미를 능가할 만한 것은 아무 것도 없는 것이다.

자연을 가까이하는 데에 반드시 생활에 여유가 필요한 것이 아니라고 하지만 현실이 우리를 붙들어 매고 있기 때문에 자연과 거리를 두는 경우는 허다하다. 지금 작자의 희망은 올 여름 고향의 논둑 밭둑(지금은 남의 것이 되었지만)을 거닐면서 도시생활에서 찌든 마음의 때를 씻는 일이다. 그러나 여름이면 늘 시골에 간다고 빈 약속을 했기 때문에 '아내'는 믿지 않을 것이라고 고백하고 있다. 조금도 미화되거나 과장되지 않은 고백이다.

다시 인생의 무게가 더욱 중시되고 있는 다음 글을 읽어보자.

아이들에게 할머니가 계시지 않는다는 것은 동화가 부재한 것만큼이나 심각한 문제가 아닐 수 없다. 언젠가 텔레비전에서 할머니 할아버지를 모시고 장수무대에 출연한 가족들을 보고는 내 막내인 네 살짜리 아들아이가 느닷없이 할머니를 사달라고 졸라대어 매우 난감한 처지에 놓이게 된 적도 있거니와……

나의 어머니는 회갑을 훨씬 앞둔 연세로 돌아가셨다. 어머니를 생각할 때마다 문득 영국의 계관시인 메이스피일드가 한 말이 뇌리를 스치곤 하는 것이다.

「나라는 존재가 비롯한 어두운 뱃속에서 어머니의 생명이 나를 사람으로 만드셨다. 인간으로 탄생되기까지의 여러 달 동안, 그녀의 아름다움이 나의 하찮은 흙을 가꾸셨다. 그녀의 일부분이 죽지 않았던들 나는 아무것도 보지 못하며 숨도 쉬지 못했을 것이며 또한 이렇게 움직이지도 못했으리라」

생명을 받아 이 세상에 태어난 사람치고 누구나가 「그녀의 일부분이 죽지 않았던들」 어찌 꽃과 나무와 별…… 그리고 태양이 빛나는 것을 환희로 바라보는 삶을 누릴 수 있었으랴만, 유독 나만은 「그녀의 일부분이 아닌 전부를 죽게하여」 생존하고 있다고 생각하니 「어머니」라는 어휘 하나에도 코가 찡하고 눈시울이 뜨거워진다.

잔병치레가 많아 어머니의 가슴께나 태우며 자란 내가 스무살을 전후해서는 피골이 상접할 정도로 죽음의 문턱에서 허우적거렸을 때, 어머니의 헌신적(표현이 다 안된 말이지만)인 간호와 하늘에 닿는 기도가 아니었던들 오늘의 나라는 존재가 어떻게 해서 뜰에 핀 목련꽃이며 라일락꽃을 바라볼 수 있겠으며 올봄에 국민학교에 입학한 막내 아이의 손목을 잡고 출근하는 기쁨을 맛볼 수가 있으랴 싶으니, 성묘도 제대로 못한 불효를 새삼 뉘우치지 않을 수가 없다.

지난 구정에는 막내아이를 데리고 아내와 함께 실로 오랜만에 고향을 찾아가서 어머니의 산소에 성묘를 한 일이 있다. 멀리 바라다보이는 몽성산 산마루에는 잔설이 은빛으로 빛나는데 어머니 산소에도 하얀 눈이 덮여 있어서 숙연한 마음으로 무릎을 꿇고 절을 했다. 오열이 목구멍을 치밀고 올라오려 했으나 애써 참고는 아이놈에게 웃으며 물었다.

「할머니가 우리 강아지 왔구나 하시지 않니?」

아이놈은 고개를 끄덕이며 대답했다.

「응 그런(그러시는) 것 같아」

그때 산토끼 한 마리가 산소 옆을 휙 지나서 저편 골짜기로 뛰어 갔다. 아이놈은 그 토끼를 잡는다고 뒤따라 뛰어가고 있는데 송림 사이를 스치는 바람소리마저 내 귀에는 어머니의 음성처럼 들렸던 것이다.

— 박연구 <바람결에도 어머니의 음성이> 전문

위의 글에는 평범한 생활인의 투명하고 정직한 삶이 표현되어 있다. 가족과 함께 텔레비젼을 보고 아이의 손목을 잡고 출근하는 일, 일찍 돌아가신 부모를 그리워하고 가끔 고향에 가서 뉘우치는 마음으로 성묘하는 일, 이런 일들은 특별한 일이 아니다. 그저 보통 사람들이 작년이나 올해나 별로 달라진 것 없이 살아가는 일상사일 뿐이다.

인생이란 결국 이렇게 대수롭지 않은 이야기로밖에 달리는 표현할 수 없는, '그렇고 그런 시시한 것'인지도 모른다. 그러나 박연구의 수필이 감동을 준다면 깜짝 놀랄만큼 특별한 일이 아닌, 이렇게 평범한 사람들의 평범한 이야기, 바로 나의 일처럼 가까워서 눈물나는 글이라는 점에 그 원인이 있을 것이다. 박연구의 수필 소재는 대부분이 인생이며 인간이다.

그의 수필을 통하여 독자들은 그의 가족과 친구와 가깝게 사귈 수가 있으며, 그가 사랑하는 친지들을 만날 수가 있다. 그리고 그가 인생을 얼마나 성실한 눈으로 바라보고 있으며 사람들을 얼마나 진솔하고 소박한 마음으로 대하고 있는가를 알 수 있게 된다. 물론 위의 글에도 산토끼가 있고 목련꽃이며 라일락꽃을 바라보는 기쁨이 언급되고는 있지만 이러한 자연물의 명칭은 인생의 기쁨을 표현하려는 소도구로서의 역할을 하고 있다고 보아야 할 것이다.

5. 수필과 인생의 중량

자연을 소재로 한 수필보다 그렇지 않은 수필이 더 많다. 자연물이 수필의 문맥상에 전혀 자취를 드러내지 않는다는 사실은 전혀 이상한 일이 아니다.

자연을 소재로 한 수필 가운데 인생이 배제되어 있는 작품은 없지만, 오로지 인간과 인생만 있고 자연을 배제시킨 수필은 아주 많다. 인간과 인생의 비중은 그만큼 문학의 요체가 되고 있기 때문일 것이다.

문학은 '가치 있는 인생 체험을 예술적인 구조로 재현한 것, 사상과 감정을 통해서 인생을 탐구하고 심화하는 창조의 세계'이며, 그 중에서 수필은 '작게는 우리들의 일상생활에서부터 크게는 정치·경제·사회·문화·법률·종교, 심지어는 습관과 무속에 이르기까지 해당'된다는 문학의 정의와 연관시킨다면 더욱 이해가 빨라지지 않을까 한다. 문학은 인생의 표현이며 그 중에서도 수필은 그 인생의 세부까지도 확장하여 보여줄 수 있는 문학형식인 것이다.

인생을 주요 소재로 선택했을 경우에는 자연을 소재로 했을 때보다 미적 쾌락(예술적인 감동)이 감하는 대신 교시적인 쾌락(교훈적 감동)이 커지는 것이 보통이다. 비유적이고 우회적인 표현을 피하고 사실로 직입하여 노출하고 폭로하고 투명하게 고백해 버리기 때문일 것이다.

따라서 자연배제의 인생 수필은 자칫 잘못하면 건조한 설교가 될 수도 있고, 여운이 없는 기록으로 그칠 위험이 있다. 그러나 반면 독자가 자신의 일처럼 가깝게 느낄 수 있으며 삶에 대한 이해의 폭이 커질 수 있다는 장점이 있다.

40년 간 지키던 교단을 떠나면서 사무적인 절차를 밟기 위해 군 교육청에 갔다. 4년 전 일이다.

아래층에는 관리과가 자리해 있고 위층은 주로 장학사들이 일하는 공간인 학무과였다. 나는 관리과로 학무과로 위 아래층을 수없이 오르내리면서 필요한 서류를 만들어내는 등 잡다한 절차를 밟느라 한나절이 넘도록 시달려야 했다. 결코 살갑다고만 할 수 없는 상부 관청, 거기 여러 사람들이 앉아 있는 탁자 사이를 서류나부랭이나 들고 다니는 내 몰골에 스스로 초라해하고 또 지쳐 있음이 분명했다. 더구나 경력란을 정리하는 과정에서 문제가 생긴 것이다. 즉 1976년부터 1년간 근무했던 여천군 쌍봉초등학교 교명이 군 교육청 공보에 없다는 것이었다. 청에 비치되어 있는 내 인사기록카드에 분명히 기재되어 있는 근무기간과 근무학교가 허구인 셈이 된 것이다. 따라서 '이런 경력을 어떻게 인정하라는 것이냐'는 상황으로까지 몰린 나는 노랗게 기가 질린 끝에 '그렇다면 내가 그 동안 허위경력을 조작하여 오늘까지 나라의 녹을 축냈단 말이냐' 식의 항변으로 맞설 수밖에 없었다. 결국 여러 사람이 나서고 여러 경로로 추적하여 그 여천군이 여천시로 승격되는 과정에서 '쌍봉'이란 교명이 '여천'으로 바뀌게 된 것이 밝혀져 억울한 누명에서 벗어날 수 있었다. 생각하면 당시 나는 화를 낼 기력조차 없이 허탈해져 그저 바보처럼 웃을 수밖에 없었다.

그러는 나를 시종 지켜보고 있던 장학계장 K씨가 관리과에 내려가려는 나에게 다가왔다. 그러면서 일이 다 끝나가느냐고 묻는 것이었다. 해서 들고 있는 서류 하나만 관리과에 제출하면 된다고 했다. 고개를 끄덕이는 듯싶던 그는 책상 위의 서류들을 정리하여 서랍 속에 넣은 다음 나를 따라 내려오는 것이었다. 일을 마치고 관리과 문을 열고 나서는 나를 문밖에서 기다라고 있던 K씨, 내 손을 붙들며 자기와 차나 한 잔 나누고 갈리잔다. 전혀 예상하지 못했던 제의를 받고 얼떨결에 그의 뒤를 따라 근처 다방의 탁자를 사이에 두고 마주 앉았다.

"마음 상하셨지요. 오늘 일, 널리 접어 생각하시기 바랍니다."

조금 전 담당 작학사의 태도를 가리킨 것이었다. 당무자로서는 상황이 그럴 수밖에 없는 것 아니었냐는 반응에,

"한평생 애들에게 헌신하셨고 이제 더는 이 청사에 들를 일도 없으실 텐데 옆에서 보기에 매우 민망스러웠습니다." 하면서 안주머니에서 해서로 '頌功'이라 쓴 하얀 봉투 하나를 꺼내 놓으면서 말을 잇는다.

"퇴임식을 굳이 사양하신다고 들었습니다. 군내 여러 학교에서 퇴임식들을 갖는다고 알려왔습니다만 선생님 퇴임식에는 꼭 참석하려고 했는데 매우 서운합니다."

떠나는 사람에 대한 윗자리 사람의 입에 발린 찬사로 치부해 버리기에는 매우 정중하고 진지한 자세여서 가슴이 뭉클해졌었다.

생각하면 그와 나는 군 장학사와 일선학교 평교사라는 단순한 관계로 만나 4년 동안 단 한 차례도 개인적으로 대좌한 적이 없었을 뿐 아니라, 심지어 처음 대했을 때 서로 통성명하는 정식 인사를 나눈 일조차 없는 사이에 불과했다.

하지만 교육현장에 비춰진 그의 모습은 결코 자그마한 고을 장학사로서가 아니라 더 넓은 영역으로 또 깊이 있게 그의 교육력을 발휘할 수 있는 자리에 있어야 할 사람이라고 느끼고 있었다.

4년 전 내가 교단을 떠나려던 그때, 장학사 K씨는 결코 쉽게 지워지지 않을 아름다운 그림 한 폭을 나의 머리 속에 그려 넣어 주었다. 그랬던 그도 내년 초면 농촌의 작은 학교 교장을 마지막으로 교육일선을 떠날 것이라는 아쉬운 소식이 들려온다.

— 김용복 <지워지지 않는 그림> 전문

자연이 배경으로서도 나타나지 않았음은 물론, 하다못해 주변의 흔한 산이나 강이나 햇살이라는 말 한 마디도 위의 글에는 나타나 있지 않다. 4년 전 퇴임 수속을 밟는 과정에서 일어났던 사무 착오와 그로 인해 마음

을 상했던 일화를 회고적 형태로 적었다.

그러나 단순히 사무 착오를 일으킨 행정상의 일을 드러내거나 어이없이 마음을 상했던 일을 돌이켜보기 위해서 적은 글이 아님은 물론이다. 그 와중에서도 작자에게 하나의 잊혀지지 않는 그림처럼 남아 있게 된 K교장(당시 K 장학사)의 이야기를 하고 싶어서 쓴 글이다. 떠나는 사람과 차라도 한 잔 한 다음 이별하고 싶어하는 K교장은 정중하고 진실하다. 그의 정중성과 진실성이 삽입되어 있지 않다면 이 글의 맛은 크게 절감되어 버릴 것이다.

지방 교육청의 권위 위주적 처사와 철저하지 못한 서류 정리, 잘 알아보지도 않고 닦아세우는 부당한 사람 대접만 부상하게 되고 그 결과 수필의 정서는 거칠어질 것이며, 감동도 그만큼 떨어질 것이다.

수필에서 자연이 표현되어서 얻어낼 수 있는 이득이 있다면 여유와 아름다움이 아닐까? 위의 수필은 자연이 제공하는 여유와 아름다움을 K교장의 인정스러움이 대신하였다고 할 수 있다. 이런 경우 글의 내용에 리얼리티가 있는 허구가 삽입되어도 좋으며 K교장의 언행에 다소의 과장이 있어도 무방하다. 사실적인 내용만을 기록하는 것이 수필은 아니니까 말이다.

> 나의 얼굴에는 주근깨가 많이 있다. 여학교 시절에는 짓궂은 남학생들의 놀림도 꽤나 받았다. 어떤 심술장이는 대문 앞까지 졸졸 따라 오면서 한사코 놀려대기도 했다.
> 나는 학교 예술제 같은 때에 연극 주인공 노릇을 했는데 분장을 한 관계로 주근깨가 보이지 않은 탓이었던지 연애 편지도 많이 받았었다. 이런 일과 무슨 관련이 있었는지 알 수 없는 일이지만 나는 나의 사춘기를 주근깨 때문에 고민한 일이 별로 없었던 것 같다.
> 젊었을 때 어쩌다 미장원엘 가면 '주근깨만 없으면 얼마나 훤하겠어요. 00병원에 가면 깨끗이 밀어준다는데……'하면서 친절한 미용사들은 성형외과를 권하기도 하고 특효약에다 별별 비방을 귀띔해 주며 시험 해보라고 하였다. 그러면 나는 그저 웃으면서 고마워요하고 대답했

을 뿐 그들이 권하는 녹두물이나 뜨물 세수 한 번 해 본 적이 없다.

이상한 것은 아침 저녁으로 거울을 대하면서도 남이 상기시켜 주지 않는 한 내 얼굴에 쪽 깔린 주근깨를 거의 의식하지 않는 사실이다. 미용사 아가씨의 친절한 코우치를 받고 있는 동안 미장원 거울 위에 확 돋아났던 나의 주근깨는 미장원 문만 나서면 또 어느샌지 모두 잦아들어 버리는 것이었다. 그리고 이제는 나이를 먹었으니 자연 성형의원을 권하는 이조차 없어져 그것을 의식할 기회도 점점 더 줄어가고 있다.

나의 다정한 친구들은 주근째 없는 나를 상상조차 할 수가 없다고 하면서 나의 얼굴이 갖는 홈까지도 나의 일부로서 사랑해 주고 있다. 본인이 부끄러워하지도 않고 미워하지도 않는 홈을 남들인들 뭣이 그다지 안타까워 박박 기를 쓰며 미워할 까닭이 있겠는가?

딱이 꼬집어 말하기는 어렵지만 나는 나의 얼굴, 나의 젊음 나의 여성을 의식적으로 생활의 무기로 삼으려고 생각지는 않았다. 그것들은 너무나도 짧고 한계가 들여다 보이는 밑천이요 가장 닦이지 않는 원형적인 자산이라고 생각되었기 때문이다.

딸은 곱게 길러 시집이나 보내고 싶다는 것이 아직도 우리네 어머니들의 공통된 꿈이다. 하기야 아름다운 여자를 바라보는 것은 여자에게나 남자에게나 공통된 즐거움이 아닐 수 없다. 그러나 그 곱다는 것이 어떻게 평생 살아가는 밑천이 될 수 있을까? 앞세대를 살아온 어머니들의 생각은 그렇다 해도 내일을 살아야 할 젊은 여성들이 제 용모 제 젊음에만 지나치게 관심을 기울이고 마침내는 이것으로써 의존적 생활 무기를 삼으려 하는 속셈이 들여다 보일 때, 나는 늘 민망스러운 생각이 들었었다. 겉은 번지르르하지만 밑천이 달랑달랑한 장사꾼 같아 불안하게만 느껴졌기 때문이다.

– 김효자 <주근깨> 전문

역시 자연물이나 자연현상이 배제된 수필이다. 그러나 그로 인해서 수필의 맛이 떨어지지 않은 가운데, 독특한 호소력과 감동력을 가지는 글이다. 자연물이 배제됨으로써 표현상의 박자가 다급해질 수는 있지만 그 다급함이 오히려 효과적인 문장기법이 될 수도 있는 것이다.

거두절미하고 본론으로 핍진하는 건조체의 문장이 오히려 화려체의 다

변을 압도할 수 있는 것처럼 본론 위주의 의미 중시가 힘을 가지게 된다.

인생 중심의 수필에서는 필연적으로 작자 자신을 깊게 드러내게 된다. 그러나 드러난 자신이 필자 자신의 모습으로 머물지 않고 보편적 자아, 세계적 자아로 확대될 수 있을 때에 수필은 의미를 가지게 된다. 자신을 폭로하면서까지 작가가 그 말을 쓰고 싶었던 것은 단순한 폭로 이상의 가치를 겨냥한 것이며 이 가치야말로 수필 일반이 고민하고 의도하는 목표이기도 하다.

자연 중심의 수필에서 지나치게 비현실적 환상에 몰입하지 않도록 유의해야 한다면 인생 중심의 수필에서 유의할 것은 지나치게 사실적인 설명으로 기록에만 충실하려 하지 않아야 한다는 것이다.

수필에서 무엇을 소재로 하였는가는 어떻게 썼는가의 중요성에 미치지 못한다. 소재의 선택은 심각하지 않다. 그것을 다루는 기법에 따라서 달라지고 바라보는 시각과 도출하는 결론에 따라서도 달라지며 결론에 이르는 과정의 문체에 의해서도 얼마든지 달라지기 때문이다.

『현대 수필』, 1997.

수필과 다른 문학

1. 장르란 무엇인가

　문학에서 '장르'라는 용어는 아리스토텔레스의 『시학』이래 문학의 형태를 구분하는 기본 개념으로 인식되어 왔다.

　아리스토텔레스는 문학을 모방의 양식이라 정의하고 이를 서정 양식, 서사 양식, 극 양식 등으로 분류하였으며, 극 양식은 다시 비극시, 희극시, 희비극시 등 하위 개념을 포괄하고 있다고 설명하였다. 즉 장르는 문학의 객관적인 틀과 양식을 구체적으로 지칭하는 말이었던 것이다.

　아리스토텔레스 이후에도 장르에 대한 논의와 주장들은 계속되었는데 그 중 대표적인 것을 양 대별하여 정리한다면 '장르는 제도다'라는 견해와, '장르는 고정되어 있지 않고 발전한다'는 주장이라고 할 수 있을 것이다.

　'장르는 제도다'라는 주장에 의존한다면, 작가의 창작행위는 창작에 적합한 제도, 즉 형식(장르)에 복종하고 있음을 강조하게 된다. 이는 우리가 기존의 사회제도에 적응하면서 법을 준수하고 질서 생활을 하는 것과 같다고 하겠다. 그러나 현실생활에 있어서 우리는 고정된 제도에 우리를 순치시키기도 하지만, 때로는 이상적이고 쾌적한 삶의 환경을 만들기 위해서 이미 존재하는 제도를 수정하고 개혁하기도 한다.

　후자, '장르는 고정되어 있지 않고 발전한다'는 주장은 장르를 하나의 유기체로 보면서 과학적인 법칙으로 논의하는 방법이다. 즉 '장르'라고 지칭하는 문학의 형태는 스스로 발생, 성장, 분화하는 성질을 가졌다는 것이다. 이는 생물학상의 진화론을 문학의 장르 이론에 도입한 것이다. 스스로 발생, 성장, 분화한다는 이 이론은, 문학 향수자의 의지로 장르를 수정하고 개혁할 수 있다는 앞의 이론과 차별성을 가진다.

우리나라의 경우, 국문학의 형태를 장르의 분화법칙에 따라 연구한 본격적인 논문으로 고정옥의 『국문학의 형태』를 들 수 있겠다. 고정옥은 장르를 고정된 제도나 틀로 인식하지 않고, 역사적인 산물로서 생성, 성장하며 소멸하는 것으로 보았다. 한편 김윤식은 장르를 질서의 원리라 하였는데, 이러한 견해는 문학 장르가 단순한 역사적 산물만이 아니라, 문학상의 구조와 조직을 가진 특수한 형태임을 규정하고 있다 하겠다.

장르에 임하는 한국문단의 태도와 인식은 매우 편협하고 도식적이라고 할 수 있다.

예를 들어 수필가가 시를 쓰거나 시인이 소설을 쓸 경우 이를 바라보는 시선은 별로 긍정적이 아니다. 마치 경계를 넘어 타인의 영역을 침범한 사람을 바라보듯 마땅치 않게 생각하는 경향이 많다. 한국의 문인은 일단 한 장르로 등단했다 하면 마치 출가한 여자가 지조를 지켜 일부종사하듯이 그 장르에 전념해야 하며, 만일 다른 장르에 관여하려면 다시 새로운 입문의 과정을 거쳐야 한다고 하는 의식이 그것이다. 한국 문인의 이러한 의식에 대입시켜 장르를 정의한다면 '장르는 고정되어 있으며 불변하는 제도다'라고 하는, 보다 견고하고 강력한 제 3의 이론이 등장할 수 있지 않을까 한다.

국문학을 역사적으로 돌아다보면 시대적 상황에 여러 장르들의 출현과 소멸이 반복되면서 발전해 왔음을 알 수 있다. 향가와 고려가요와 경기체가와 가사문학이 모두 그러하다.

문학의 장르 역시 자연과학에서처럼 유개념과 종개념에 따라 분류된다. 산문문학과 운문문학으로 분류한다면 유개념의 분류가 될 것이고 다시 산문문학에 소설과 수필과 희곡 등의 장르를 포함할 때 이는 종개념의 분류가 될 것이다. 그러나 장르의 구분은 구분의 기준을 어디에 두느냐에 따라서 모습을 달리하여 나타날 수밖에 없게 된다.

2. 수필문학과 장르

‘수필문학의 장르적 성격’, 이 논제가 요구하는 것은 물론 수필문학을 다른 문학과 차별화할 수 있는 요건은 무엇인가? 그리고 그것을 가능하게 하는 특성은 무엇인가? 하는 점을 논의하자는 의도일 것이다. 그러나 필자는 다소 견강부회를 범할 수 있다는 것을 알면서도, ‘수필문학의 장르적 성격’이라는 본고를 다음과 같이 두 가지 관점으로 나누어 생각해 보았다.

하나는 표제가 시사하는 의미 그대로 ‘수필문학의 장르적 특성은 무엇인가?’하는 것이고 다른 하나는 ‘수필문학이 그 내부에 포괄하고 있는 복합적 장르의 성격은 무엇인가?’하는 것이다. 필자가 이렇게 나누어 고찰하려고 하는 것은 수필의 장르적 성격이 곧잘 논의되고 있는 것은 수필문학이 포괄하고 있는 다양한 장르의 가능성 때문이라는 것, 그리고 그것이 바로 수필문학의 특성이라는 것을 강조하고 싶어서이다. 이들 두 관점은 결국 하나로 통합될 것이며, ‘수필문학의 장르적 성격’을 보다 확실하게 규정하게 할 것이다.

문장의 초보 시절 우리를 수련시켰던 소위 ‘작문’이라는 영역은 다름 아닌 수필이었다. 그 작문이라는 이름의 수필로부터 시와 소설과 희곡과 평론이 각각 분화해 나간 것으로 보아야 할 것이다. 그런데 오늘날 장르의 문제는 다분히 전도된 듯한 감이 있다.

시의 장르는 시이고 소설의 장르는 소설이며 희곡의 장르는 말할 것도 없이 희곡이라는 데에 이의를 제기하는 사람은 없다. ‘시문학에서의 장르의 문제’라든가, ‘소설문학에서의 장르의 문제’라는 명제는 듣기에 오히려 어색하다. 우리는 수필 외의 이들 장르가 그냥 '시'이며 '소설'이고 '희곡'임에 대하여 별 의문을 제기하지 않을 뿐만 아니라, 그것이 그 장르임을 당연히 받아들인다. 그러나 유독 수필문학의 장르적 성격에 대하여는 빈번하게 논의가 되고 있다.

그러나 이는 수필의 제재가 광범위하고 형식이 자유롭기 때문에 생기는 필연적 문제일 뿐이며 수필문학의 문학적 독자성 혹은 가치성과는 별개의 것이다. 수필문학의 장르적 성격은 결론적으로 그냥 '수필'이라는 것이다. 그것은 시의 장르적 성격이 시이며 소설의 장르적 성격이 소설인 것과 다름이 없다.

필자는 먼저 수필문학의 장르적 성격을 더 명확하게 이해하기 위하여 여러 이론가들이 언급한 수필문학의 특성을 종합하여 정리할 필요를 느낀다.

a)

수필은 그 영역이 광범하고 형식적인 제약을 받지 않기 때문에 시, 소설, 평론과 같은 문학의 다른 장르와 밀접한 관련을 맺고 있다. 서정을 바탕으로 하면서도 지성이 번쩍이는 산문이고 플롯을 가지면서도 소설이 아니라는 데에 수필의 특성이 있는 것이다. 산문인 수필이 시, 소설, 평론 등의 영역으로 확대 심화해 가면서도 수필의 성격을 갖는데 수필의 특색이 있는 것이다.

b)

수필이 무형식의 형식이란 말은 일반화되었다. 이는 장르적인 특유의 구성과 수사로서 허구화된 틀에 짜 넣는 과정이 없다는 데서 나온 말일 것이다. 결국 수필은 그와 다른 입장에서 쓰게 된다는 뜻이 된다. 수필은 쓰는 사람의 체험, 지식을 바탕으로 시대와 세계, 개인적인 인생론, 사상이나 예술관, 사물에 대한 인식 내지 판단, 가치간 등에 이르기까지 모든 것을 자신을 기준해서 쓰여지게 된다. 다른 장르의 문학은 마음 속에 얻은 것을 밖으로 펴지만 수필은 밖에서 얻은 것을 안으로 삼키는 것이다.

c)

　수필의 종류를 논할 때 그 분류 기준이 무엇이냐에 따라 달라지겠으
나, 가장 보편적인 기준으로 '어느 장르에 가까우냐' 하는 것을 들 수
있다. 하루의 체험, 견문, 감상 등은 일기적 수필 (또는 일기), 여행기는
기행적 수필(또는 기행문), 편지 형식은 서간적 수필(또는 서간문), 노상
의 교통 사고를 쓴 것은 신문기사적 수필, 짧은 평론이나 논문 형식은
평론적 수필이다. 신문사설도 평론적 수필이라 할 수 있다.

　a)는 수필 제재의 광범위함과 형식의 자유스러움을 지적하였다. 그리고
이러한 수필의 특성은 타문학으로의 영역을 확대하면서 수필의 고유성을
견지하고 있음을 설명하고 있다.

　b)는 수필의 형식이 자유로워 구속이 없다는 주장으로 a)와 동일하며 거
기 덧붙여 수필은 허구성이 없으며, 다른 장르와 달리 자기를 구심점으로
표현하는 문학이라는 것을 강조하였다. 그리고 c)는 수필의 종류를 나누는
일은 타문학과의 유사성이나 관련성에 의해 결정된다는 사실을 구체적으
로 설명하고 있다.

　이상 a, b, c의 요지를 종합하여 정리하면 '수필문학의 특성이 수필문학
의 장르적 특성을 결정하고 있다'고 말할 수 있다.

　필자는 구체적인 수필 작품을 임의로 선정하여 타문학―시, 소설, 희곡,
평론 등―과의 연관성을 고찰함으로써 파악하려고 한다. 그러나 본고에서
는 지면이 허락되는 한에서 시와 소설에만 한정하여 살펴보게 된 것, 그리
고 여러 작품을 인용하여 결론을 내리지 못한 것을 스스로 미흡하게 생각
한다.

3. 수필 속에서 만나는 시의 얼굴

　문학의 어떤 장르에서건 '이 작품은 시적이다'라는 평가를 받았다고 했

을 때 그것이 칭찬은 될 수 있을지언정 욕이 된다고는 할 수 없을 것이다. 시적이란 말은 그만큼 내용이 응축되었음을 의미하기도 하고, 은유와 상징성에 의존한 표현이 여과장치를 통해 정화되었음을 지적하기도 하기 때문이다.

수필에도 물론 시적인 수필이 많으며 이를 달리 '문예적 수필', 혹은 '서정적 수필'이라는 별칭으로 부르기도 한다. 그러나 이런 별칭이 붙지 않았다 할지라도, 수필 전편이 유도하는 분위기나 문장 표현의 섬세함, 혹은 작자가 지향하는 주제의 Fantasy 혹은 Ambiguity가 오히려 시보다 더 시적인 경우가 적지 않다.

시적 수필은 문장의 간결성과 함축성으로 표현의 탄력성을 부각시키고, 절제된 어휘의 고급한 비유가 시에서의 부자유와 한계를 극복할 수 있게 한다. 시적 수필이 정작 시를 능가하여 유려한 미감을 과시할 수 있는 것은 '수필의 자유'에 그 원인이 있다.

또 어떤 수필은 시적인 문장의 효과와는 별도로 수필의 내용에 적절한 시를 삽입함으로 전편에 시적 분위기를 띄워 정서를 고조시키는 경우도 있다.

바람이 분다. 구름은 온 세상을 휘돌아 다닌다. 나 또한 구름처럼 떠돌고 싶다. 도시락에서 해방되면 내게도 시간이 주어질 줄 알았다. 학교 급식이 완비된 나라는 얼마나 좋을까. 종일 동동거리며 살 수밖에 없는 전업주부는 고달프다.

온갖 규제에서 풀려난 새내기 시절, 아이들은 또 다른 고4 시절이기도 하나. 매일 술자리 환영식과 미팅에 바쁜 그들, 얼굴 보기가 힘들다. 술에 찌들어 한밤중에 들어오는 자녀들 기다리기에 마음 졸이는 부모들. 새학기가 되면 폭음으로 신입생이 죽는 사태까지 일어나도 나쁜 풍조는 쉬 없어지지 않고 있다.

술잔을 돌리며 마시는 음주문화 때문에 간암 사망률이 높아만 가는

데도 이제는 여학생도 가리지 않고 큰 사발에, 구두 속에까지 술을 부어가며 마시게 한단다. 몬도가네가 따로 없다.

처음 직장 다닐 때, 유학 다녀온 직원이 회식 때 자기의 잔에만 마실 만큼 술을 따라 홀짝거린다고 다른 직원들이 쪼다라며 흉본다. 그때는 그래도 여직원에게는 술을 권하지 않았는데.

학년이 높아가 숨돌릴 만하면 아들은 군에 가야하고 딸을 시집 보낼 걱정에 진이 빠진다. 결혼만 시키면 한가할 줄 알았는데 큰 오산이었다. 손자가 태어나면 어머니들은 도우미 보모가 되어 또다시 아기를 돌봐야 한다.

독신자는 얼마나 좋을까. 머리카락이 없어도 비구니의 깨끗한 인상이 부럽다.

골목길에 수도공사를 한다. 아침 7시부터 밤까지 전등을 켜가며 일을 한다. 추운 날씨에 진흙탕 물 속에 발이 잠긴 채 노후관 교체 공사를 12시간이 넘게 하는 아버지가 있기에 그들 가족은 따뜻한 잠자리와 음식을 먹을 수 있다. 뼈빠지게 벌어 가족 뒷바라지 하다보면 어느새 머리에는 서리가 내리고 노인이라 푸대접이 싫어 염색하느라 더 고달프다.

누구나 부러워하는 사법고시에 합격한 젊은이 9명이 머리 깎고 집단 출가해서 화제가 되었다. 세속에서 인연의 고리를 만들어 가면 늪에 빠지듯 허우적거리게 됨이 두려웠을까. 복잡한 세상살이가 싫어 세상인연을 끊은 것일까.

류시화의 시에,
자유가 없는 자는 자유를 그리워하고
어떤 나그네는 자유에 지쳐 길에서 쓰러진다.

9인의 용기가 대단하기는 하나 자유에 지쳐 하산하지나 않을지 염려된다. 단풍이 고운 때는 구름처럼 정처없이 떠돌고 싶다. 일상의 잡다한 일 떨쳐버리고 바람처럼 거침없이 떠나고 싶다.

비록 자유에 지쳐 쓰러질지라도
— 백해원 <바람처럼 구름처럼> 전문

위의 글은 詩的인 소재를 다루지 않았다. 날마다 아이들 도시락을 싸는 전업주부의 고달픔으로부터 말문을 열어, '비록 자유에 지쳐 쓰러질지라도' 일상사로부터 해방되고 싶은 작자의 소망을 부르짖으며 끝이 난다. 詩的이라기보다는, 별로 내세울 것 없이 그럭저럭 나이 들어가는 삶의 한스러움과 회의가 전편에 깔려 있다. 그러나 그 한스러움과 회의는 단순한 '한스러움'과 '회의'가 아니라, 이를 극복할 수 있는 담담한 체념과 달관을 저변에 깔고 있다. 비판을 동반한 달관과 체념의 중량, 이것이 담긴 작자의 시선이 생활적인 수필에 시적인 構圖를 설정했다고 할 수 있다.

시적 구도란 첫째 단 한 문장이라도 삭제하거나 다른 장소로 이동했을 때 전체의 질서가 흩어져 버릴 듯 응집력 있는 구도를 이름이다.

새벽도시락으로 대학에 합격한 아이들이 겨우 미팅과 술잔치로 아까운 세월을 보냄. 군에 입대하고 결혼하고 아이 낳아도 부모는 그것 때문에 더욱 부자유해질 뿐임. 낡은 수도관을 교체하는 머리 허연 인부를 통해서 바라본 인생의 허무. 어려운 시험을 치뤄 뜻을 이루고도 머리를 깎고 산으로 올라간 아홉 명의 사법고시 합격생들. 이들 모티프들이 강물 위에 적당한 간격으로 놓인 징검돌처럼 설명이 아닌 암시와 진동으로 시적 효과를 준다.

그리고 각개의 징검돌들은 다시 하부적 Texture를 거느리고 있다. '폭음으로 신입생이 죽는 사태', 그러나 '구두 속에까지 술을 부어가며 마시'게 하는 몬도가네식 음주문화, '독신자는 얼마나 좋을까'고 독백처럼 읊는 탄식, 노인이라는 푸대접이 싫어서 백발에 염색하는 고달픔에의 공감, 자유를 그리워하다가도 자유에 지치면 쓰러진다는데 입산한 젊은이들이 자유에 지쳐 하산할까봐 염려하는 작자의 마음이 그것이다. 그리고 이들

Texture는 전체적 골격인 Structure를 보필하여 하나의 통일된 Climax를 향해 상승한다.

또 '바람이 분다. 구름은 온 세상을 휘돌아 다닌다. 나 또한 구름처럼 떠돌고 싶다'로 시작하여, '구름처럼 정처없이 떠돌고 싶다. 일상의 잡다한 일 떨쳐버리고 바람처럼 거침없이 떠나고 싶다. 비록 자유에 지쳐 쓰러질지라도'에서 종결함으로 수미상응이 되도록 구성하였다.

그러나 마치 시의 연을 나누듯이 몇 줄 이어 쓰다가 한 줄 띄어 쓰고 다시 몇 줄 이어 쓰다가 띄어 쓴 것이 미숙한 초년생의 글쓰기 연습 같은 인상을 준다. 작자는 생각의 전환 혹은 비약을 그런 형식으로 나타냈거나, 감정의 상승에 따른 호흡조절을 그렇게 표현했을 것이다. 그러나 행을 자주 띄어 쓰지 않는 것이 오히려 문장에 긴장감을 주고 내용의 진행을 밀도 있게 한다. 산문에서, 마치 시의 연을 나누듯 자주 덩어리를 구분하는 것은 호흡의 지속을 저해할 수 있다. 바람직한 방법은 아니다.

형식이 자유롭고 다양하다는 수필의 특성이 없다면 위의 글은 그 장르 상에 상당한 의문과 문제점을 안게 될 것이다. 작자는 말하자면 수필 형식이 자유롭다는, 그 자유를 유감없이 누렸다고 할 수 있다. 그는 절제된 시와 자유로운 수필의 영역을 동시에 활보하고 있다.

그러나 소위 형식이 무한정 자유롭다는 수필문학의 장르적 특성은 오히려 복병처럼 부자유를 불러, 수필 장르의 자유로운 확장에 예상치 않은 한계를 초래할 할 수도 있다. '무형식의 형식'이란 수필이 언어 예술인 이상 어림없는 말이다. 아무런 대비도 없이 함부로 덤빌 일이 아니다.

4. 수필 속에서 만나는 소설의 얼굴

수필 중에는 소설적인 장면과 사건을 연출한 수필이 있다. 소설에 가까운 수필을 서사적 수필이라고 하며, 서사적 수필이란 일정한 플롯 속에 사건과 스토리를 포함하고 있는 수필이다. 이는 서사시가 영웅적이고 역사적이며 국가적인 이야기를 다룬 장시이며, 서사희곡이 전통적인 구성 방식과 관계없이 일련의 사건을 전개하는 희곡 양식임과 같다 하겠다. 그리고 서사무가는 이야기 문학의 특징을 가지는 무가이며, 서사민요가 이야기로 엮어진 민요임과도 궤를 같이 한다. 다시 말해서 서사적 수필이란 소설적인 수필인 것이다.

서정 수필이 주관적 정서를 나타내고 있음에 반하여 서사수필은 객관적 서술로 되어 있으며, 서정적 수필이 이름 그대로 서정성이 짙은 시적 성격을 가지고 있음에 반하여 서사수필은 어떤 사물에 관하여 줄거리 있는 이야기를 서술하고 있는 수필이라고 하겠다. 그러나 이는 어디까지나 편의상의 분류일 뿐 서사수필이라 하여 서정성이 완전히 배제되어 있는 것은 아니다.

그러면 서사적 수필과 소설의 차이성은 무엇인가? 그것을 알기 위하여 우리는 소설의 특성을 알고 그와 결부된 문제점을 추출해야 할 것이다. 우선 소설의 주요 특성이 되는 문제항을 다음과 같이 정리해 보았다.

① 소설의 등장인물과 그들 Character의 문제,
② 소설의 사건과 Plot의 문제,
③ 소설의 가공성(Fiction)과 Reality의 문제,

①항에서―이는 엄밀히 말해서 소설만의 문제는 아니다. 수필에도 각기 개성이 다른 등장인물이 있고, 각기 다른 개성은 특정한 사건을 유발하는 원인이 된다. 개성은 바로 그들의 향방을 결정하고 철학을 결정하는 요소가 될 것이다.

②항에서―수필에도 사건이 있고 그 사건을 효과적으로 전개하려면 구성의 기법이 중시될 수밖에 없다. 소설과 다른 점이 있다면 수필에서의 사

건은 주인공의 운명을 바꾸어 놓지 않는다. 수필의 사건은 진행과 해결을 위해 있지 않고, 사건 속에 있는 필자의 자화상, 그 모습을 드러내어 표출하고 다시 한 걸음 물러서서 관조함으로 인생을 해명하는 데에 더 큰 목적을 두는 사건이다.

③항에서―Fiction은 소설과 수필을 구별하는 가장 중요한 요체라고 할 수 있다. 그러나 창작문학인 수필에서 Fiction의 삽입은 오히려 자연스러운 일이라는 것, 수필이 천편일률 사실의 기록만으로 일관한다면 수필의 예술성을 주장하기 어렵다는 반론들이 만만치 않다. 이들 반론은 당연하다. 그러나 소설에서는 Fiction이 소설 그 자체이며 Fiction이 제거되면 소설이 그대로 무너지지만, 수필에서의 Fiction은 필수불가결한 요소가 아니다. 보조적 장치라고 할까, 수필의 효과를 높이기 위해 채용할 수도 있는 부분적 기법이다.

수필은 창작문학임과 동시에 고백문학이며 자조문학이라는 것, 수필에서 어떤 사건이 일어나건 그 사건을 주도하고 진행하는 사람은 바로 작자 자신이라는 것, 그것을 묘사하거나 서술하는 사람도 작자 자신이라는 것을 이해한다면 수필에서는 왜 Fiction을 임시로 차용하듯 하는가를 쉽게 납득할 수 있을 것이다.

또 Reality는 Fiction과 상반되는 말인 것처럼 보인다. 단순히 있는 사실을 그대로 생생하게 보여주는 것만이 Reality라고 할 수 없다. 오히려 가공성에 개연성을 부여하여 필연적인 결과로서 나타나게 하는 것이 Reality인 것이다. Reality는 수필이 체질적으로 타고난 가장 핵심적인 성격이기도 하다. 그러나 개연성을 부여하기 위해서 오히려 Fiction이 요구되기도 한다는 것을 감안할 때 정반대의 개념으로 보이는 Fiction과 Reality는 한 물체의 표리처럼 긴밀한 거리에 있다.

현실은 오히려 작품에서보다도 인과관계가 없으며, 납득하기 어려울 만큼 모순적인 모습을 보이기도 한다. 다음 작품을 읽어보자.

시카고 국제 공항은 정말로 끝이 없이 넓었는데도 빈 자리를 찾아 주차하는데 많은 시간을 소모해야 했다. 뉴욕 일정을 끝내고 일행들과 갈라져 혼자 시카고에 가 동생 집에서 사흘을 머물고 라스베가스에서 합류하기로 약속한 일행들을 찾아가는 길이었다. [···중략···] 그러나 라스베가스행은 오로지 혼자였다. 언어 소통이 거의 불가능한 나의 영어 실력으로였다. 가뜩이나 긴장이 된 터에 주차에 시간을 빼앗겨서 비행기 출발 시간이 빠듯해지자 말할 수 없이 마음이 조급해졌다. 동생 내외와 함께 단거리 선수처럼 젖 먹던 힘까지 짜 내달려서야 탑승대 출구 앞에 당도할 수 있었다.

다행히 아직 출구가 열려 있었고 출구 앞에 사람들이 모여 있었다. 아아! 살았다. 나는 재빨리 사람들 속을 뚫고 들어가 비행기표를 확인 받았다.

후유! 턱까지 차오른 숨을 내쉬고 탑승구로 들어가면서 동생 내외에게 이제 무사히 비행기를 타게 되었으니 안심하라는 뜻과 잘 있으라는 이별의 인사를 곁들인 눈길을 보내며 손을 높이 치켜들어 빠이빠이를 했다.

비행기가 이륙하고 순식간에 시카고가 모습을 감추자 잠시 숨어 있던 라스베가스에의 두려움이 엄습해 왔다.

"일행들의 일정에 차질이 없어 계획대로 상봉이 이루어 져야 할 텐데."

만에 하나, 발생할 불행(?)쪽의 다른 생각을 애써 피하고 행복했던 시카고의 며칠 간을 추억하는데 문득 조금 전 헤어질 때의 동생 남편 표정이 떠올랐다.

눈물을 훔치는지 손등으로 눈을 부비며 마주 손을 흔드는 동생과 달리 동생 남편의 표정은 조금 야릇한 것이었다. 단순한 석별의 정이 담긴 반응이 아닌, 무언가 황당하고 낭패스런 꼴을 본 듯한 눈길이었다는 생각이 들었다.

내가 무슨 실수를 했나? 과도하게 폐를 끼치고 떠나는 것도 아니지 않은가? 지나치게 시간을 빼앗은 것도 아니고, 함께 띨 때까지 기분이 좋았었는데 왜 그렇지?

좌석은 2인석이었고 나는 창쪽이어서 손수건만한 창을 통해 바깥을 내다볼 수 있었지만 가슴과 머리가 안정이 안 되어 이런저런 두서없는 생각이 밀려오고 밀려갔다.

기내를 훑어보니 동양인으로 짐작되는 사람은 하나도 없고 TV화면과 영화에서 보았던 생김새의 서양사람들 뿐이었다.

[…중략…] 내 옆자리에 앉은 사람은 서양 사람의 체격치곤 키가 작고 뚱뚱하였다. 슬쩍 옆얼굴을 훔쳐보니 날카로운 코끝이 안으로 굽은 매부리코였다. ‘저런 얼굴은 멕시코인들에게 많지.’ 그에게는 일행이 많아 통로를 사이하고 말이 많았다. 그에게 일행이 많다는 사실은 안도와 공포를 동시에 가져와 내 신경이 모두 그에게 쏠렸다.

[…중략…] 내가 어떤 고통(?)에 시달렸던 간에 비행기는 아무 일 없이 잘 날아서 라스베가스에 착륙하였다. 그런데 승객들이 다 내릴 때까지 옆 좌석의 그가 자기 자리를 지키고 앉아 있는 것이었다. 몸집이 뚱뚱한 그가 앉아 있는 의자와 앞좌석과는 전연 공간이 없었다. 나는 한국에서처럼 ‘좀 나갑시다’라고 소리치며 앞 사람을 밀치고 나서기에는 이미 주눅이 들어 용기를 잃은 후여서 엉거주춤한 자세로 그가 일어서기만을 기다렸다. 그의 일행들이 무어라고 한마디씩 건네면서 웃고 지나쳐 나가고 맨 마지막으로 천천히 그가 몸을 일으켰고 나도 겨우 뒤를 따라 기내를 벗어났다.

그가 탑승 시에 내 새치기를 그런 식으로 징계하였음을 깨달은 것은 일행들이 라스베가스의 야경 구경을 나간 빈 방에 남아 녹초가 된 심신을 침대 위에서 추스르고 있을 때였다. 동시에 시키고 공항에서 동생 남편이 보였던 표정의 까닭도 확연해졌다. 동생 남편은 서슴지 않고 새치기를 감행하는 처형의 태도에 아연 실색하였던 것이다. 국제적 추태를 자행하고도 좋다고 손을 흔드는 처형을 전송하는 동생 남편의 처지를 생각하니 어찌나 무안하고 부끄러운지 도무지 어떻게 처신할 방법이 떠오르지 않았다. […중략…] 세상에 나서 처음 나가본 외국 미국 일주였다. 얼마나 이야기가 많은가? 그러나 나는 여행 마치고 돌아와 여행기를 쓸 수가 없었다. 국회의원들이 기내에서 맨발로 돌아다녔다고 신문 방송이 한 차례 소나기를 퍼부을 때 나는 그 기사를 읽는 것조차 삼갔다. 국회의원에는 어림없지만 나도 그때 공인으로 비자를 받았으니까.

오늘 아침, 내가 세운 택시를 어떤 날쌘 청년이 가로채 타고 가버렸다. 멀어져 가는 택시를 향해 눈을 흘기다가 문득 묵은 생채기 덧나듯 시카고 공항의 기억이 상기되면서 스스로 그렇게 멋쩍을 수가 없었다.

—김순영의 <말하고 싶지 않은 이야기>에서

위의 글은 다음과 같이 소설에 가까운 구성을 보인다.

첫째, 인물의 성격은 간접 묘사를 통해 나타나 있다.

① 동생의 남편은 교양과 예절을 중시한다.

② 동생은 혈육간의 애정이 돈독한 우리 한국의 보통 여자다. 언니와의 이별이 아쉬워 '손등으로 눈을 부비며 마주 손을 흔들었고, 언니가 잘 도착했는지 먼저 전화했다.

③ 비행기 옆자리에 앉은 외국인은 뚱뚱하고 작은 체격으로 매부리코의 짓궂은 남자다.

둘째, 큰 사건이라고 할 수는 없으나 시종 긴장감을 주는 갈등이 작품의 마지막까지 지속적으로 이어진다.

비행기 시간이 촉박했으며 주차하기까지 힘들었다. 동생의 남편이 갑자기 황당하고 야릇한 표정을 지어 작자를 불안하게 했다. 옆자리에 앉은 사람이 작자에게 심리적인 압박과 공포감을 주었다.

셋째, 위기와 갈등이 해결되면서 확실한 대단원이 나타난다.

작자가 비행기에 오를 때 자신도 모르는 사이 새치기를 했다는 것, 옆자리 외국인이 작자의 새치기에 대한 복수를 그런 식으로 했다는 것, 동생의 남편도 그 때문에 야릇한 표정을 지었다는 것이 여기서 모두 해명된다.

그러나 여기 덧붙여야 할 것이 작자의 개성이다.

이 개성은 수필의 색채와 형태를 결정할 뿐만 아니라, 그 수필이 내포하는 철학을 좌우하기 때문이다. 소설이 작자의 개성을 표면에 직접 노출하지 않는 반면 수필은 그대로 드러낸다. 작자의 성격은 단순 솔직하며 겁이 많다. 그는 낯선 사람들로 가득한 비행기 안에서 주눅이 들어 있으며, 옆자리의 외국인이 성경을 읽는 것으로 보아 악인은 아닐 거라고 판단한다. 그 사람의 일행이 많음을 알고 두려움과 동시에 안도감을 느끼지만, 늦게까지 자리를 비켜 주지 않는데도 찍 소리를 못한다.

그러나 이러한 성격보다 더 중요한 것은 작자가 남의 잘못을 원망하는 대신 자신을 돌아다보고 반성할 줄을 안다는 것이다. 외국인의 자신에 대한 복수와 징계를 당연하다고 인정하면서 부끄러움을 느낀다. 외국에 나가 나라망신을 시키는 사람들, 그 중에 자신도 예외일 수 없다고 생각하는 작자는 귀국 후 여행기를 쓸 수 없었다.

> 오늘 아침, 내가 세운 택시를 어떤 날쌘 청년이 가로채 타고 가버렸다. 멀어져 가는 택시를 향해 눈을 흘기다가 문득 묵은 생채기 덧나듯 시카고 공항의 기억이 상기되면서 스스로 그렇게 멋적을 수가 없었다.

라고 한 이 수필의 종결은 수필문학에서만 아무런 구속이 없이 허락 받을 수 있는 아름다운 자성의 장면이다. '자신을 돌아다보고 반성함', 이 점이 바로 수필이 가지는 타문학과의 차이점일 것이다.

5. 맺는 말

16세기 몽테뉴가 에세이집(La Essaise)을 발간하면서 수필이란 용어가 일반화되었다. 초기 시대의 에세이는 주로 필자의 사적 수상록의 차원을 넘어서지 않는 것이었다. 그러나 그 결과의 파장은 의외로 커서 다른 장르의 문학이 주는 감동의 폭을 훨씬 능가하는 것이었다. 문학이 주는 쾌락이 카다르시스이며 카다르시스란 바로 '감동의 다른 명칭'이라고 할 때, 수필문학이 주는 충분한 감동은 기타의 다른 장르들에 앞서 수필의 문학적인 입지를 선양하는 데 모자라지 않을 것이다.

수필은 작자의 취향과 집필 의도, 제재의 성질에 따라 다양하게 분류될 수 있다. 다시 말해서 수필은 일기체, 기행체, 서간체, 논설문, 보고문, 문예문 감상문 등 그 형태가 다양하다. 위에서 살펴본 것처럼 시적인 수필이 있는가 하면 소설적인 수필도 있으며 희곡의 구조를 가진 수필도 있다. 또 작품의 제재가 어떤 것이냐에 따라 수필을 분류할 경우는 다른 장르의 문학과는 비교할 수 없을 만큼 복잡해 질 것이다.

수필의 장르적 분화와 파생적 에너지가 다양하고 강력한 것은 수필문학의 특성과 연관하여 이해할 수 있을 것이다. 그리고 수필문학의 장르가 타 문학의 범주를 내왕하면서 다양한 파급력을 가진다는 것은 수필문학의 우월성으로 발전시킬 일이지, 결코 수필문학의 취약점이 될 수는 없을 것이다.

신문사에서 공모하는 신춘문예에 수필장르가 빠지는 경우도 있다. 그러나 이는 수필문학을 소홀히 대접하기 때문이라고만 판단할 일이 아니라고 생각한다. 오히려 수필문학이 종합적 장르의 가능성을 가졌기 때문이며, 수필의 집필 내지 구성의 능력은 곧 보편적 포괄적 문장력을 대변하는 것이기 때문이라고 해석할 수 있을 것이다.

희곡, 소설 등의 문학이 가공적 현실을 창작하여 독자적인 세계를 꾸며내는 것과는 달리 수필은 현실적 자각을 바탕으로 전개하는 글이다. 다시 말해서 수필은 시처럼 비유와 상징으로 암시하는 문학도 아니고 소설이나 희곡처럼 허구로 얽어놓은 문학도 아니다.

수필은 근원도 대상도 결국 자기 자신이다. 그리고 근원도 대상도 결국 자기 자신이라는 수필의 성격은 모든 문학의 최종 종착점이기도 하다. 수필이 외로운 독백이라면 그만큼 진지하고 절박한 자기응시가 될 것이며, 이것은 또한 독자를 작자의 세계로 강하게 흡인하여 사로잡는 힘이 될 것이다.

『현대 수필』, 1998.

수필은 수필이다

1. 시작하는 말

수필은 다른 장르, 시와 소설 혹은 평론이나 희곡과 어떻게 다른가? 수필이 지금 서 있는 자리는 어디인가 이것을 돌아보는 것이 이 글의 취지다. 수필 문학의 특성을 요약하여 흔히 자기 고백의 문학, 산문 문학의 대표적 양식, 유모어와 비평정신의 문학, 심미적이며 철학적인 문학이라고 말하고 있다. 그러나 이와 동시에 수필은 무형식의 형식을 가진 문학이며 붓 가는 대로 쓰는 글이라는 인식도 만만치 않게 자리잡아 왔었다.

그러나 수필이 문학이요 문학이 언어 예술임을 긍정한다면, 무형식의 형식이라는 말은 그 자체가 기형적 조어라는 것을 알게 된다. 형식적 특성이 문학의 장르를 결정한다. 수필은 당연히 수필로서의 형식을 가진다.

또 수필이 '붓 가는 대로 쓴 글'이라고 하는 정의 역시 그 동안 많은 혼란과 착각을 일으켜 왔다. 이 말은 일반 대중들의 수필 문학에 대한 친근감을 강화시켰을지 모른다. 그러나 또 한 편으로 자신이 수필을 쓰려고 붓을 잡고 앉아 있어도 붓 가는 대로 써지지 않았을 때 그 낭패감과 절망감은 클 것이다. 이 세상의 그 어떤 글도 붓 가는 대로 씌어진 것은 없기 때문이다.

주지하다시피 수필의 형식은 다양하다. 그 범위는 감상문 기행문 일기문 서간문 칼럼 등 으로 확대된다. 또 같은 감상문이라도 문체와 구성과 주제에 따른 각 작가의 개성적 스타일까지 감안한다면 그 다양함은 범위는 더 넓어질 것이다. 수필을 '무형식의 형식을 가진 문학'이라고 하는 정의도 '붓 가는 대로 쓰는 글'이라는 정의와 함께 수필의 다양하고 자유로운 형식적 특성을 과장해서 이른 것이라고 말할 수 있을 것이다.

행과 연을 구분하지 않았을 뿐 시를 능가하는 수필이 있는가 하면 그 안에 사건과 행위가 소설적인 긴장감을 불러일으키는 수필도 있으며, 대화와 함축이 희곡을 읽는 듯 착각하게 하는 수필도 있다. 그리고 논평과 분석이 비평문 이상으로 날을 세운 날카로운 수필도 있으며 친구와 노변한담을 즐기는 듯 여유 있고 부드러운 수필도 있다.

수필의 다양한 표현 양식을 파악하기 위해서, 시 소설 희곡 비평 등의 다양한 장르와 비교하여 살펴봐야 할 것이다. 그러나 필자는 편의상 수필과 소설, 수필과 시로 한정하여 고찰해 보고자 한다.

2. 수필과 소설

같은 작품을 놓고 이것이 수필이냐 혹은 소설이냐 하는 논란은 종종 일어나고 있다.

예를 들어 유태인 소녀 안테후랑크가 쓴 『안네의 일기』는 소설이냐 수필이냐 하는 것이다. 혜경궁 홍씨가 쓴 『한중록』이나 이순신 장군의 『난중일기』는 수필이라고 쉽게 정의하면서도 『안네의 일기』에 대해서는 선뜻 정의를 내리지 못한다면 그 이유는 무엇인가? 그것은 우리가 임진왜란 혹은 사도세자의 변괴가 역사적 사실임을 알고 있지만, 독일인의 유태인 학살에 대한 지식은 아직도 피상적이기 때문일까. 역사적 사실의 기록 외에도 보편적 삶의 편린들이 긴장과 갈등에 동조하고 있기 때문일까.

소설과 수필을 구분 정의하기 위하여 그 차이성을 요약 정리할 필요가 있다.

첫째, 소설은 인생의 체험이 가공적인 구성을 통해 나타낸다. 수필 역시 인간의 체험을 바탕으로 하여 표현한다는 것은 소설과 동일하다. 그러나 고백문학, 자조문학이라는 수필의 특성이 드러내고 있는 것처럼 가공적인 사건을 의도적으로 만들어내지는 않는다.[10]

둘째, 소설은 행위와 사건이 필수적이다. 사건의 발발과 상승, 갈등과 해결을 통해서 작품이 진행된다. 그러나 수필에서는 사건 혹은 행위가 필수적 요건은 아니다. 수필에서는 아무런 사건이 일어나지 않은 상태에서 사색과 명상만으로도 한 편의 수필이 완성될 수 있다. 그보다는 사물을 인식하는 작가의 가치관과 철학이 중심이 된다. 수필에서의 사건 혹은 행위는 작가의 가치관을 뒷받침하기 위해 삽입된 에피소드일 경우가 많다.

셋째, 소설에서는 등장인물의 케릭터를 통해서 주제가 표출된다. 이와는 달리 수필에서는 주인공이 곧 작가이며 작가가 고백하는 형태를 취하게 된다. 따라서 소설에는 일인칭시점 삼인칭시점 전지적 작가시점 등 다양한 각도에서 바라볼 수가 있다. 작가는 자신이 의도하는 바에 따라 시점을 선택하게 된다. 그러나 수필의 경우는 특수한 경우를 제외하고는 모두 일인칭 시점이다. 객관화된 주인공이 아니라, 바로 '나'와 '우리'의 이야기를 함으로써 객관적인 울림을 모색하게 된다. 이는 소설이 객관화된 주인공을 통해서 독자의 주관에 파급되는 점과 대조된다.

수필과 소설은 이와 같이 상이한 점이 있지만 수필을 방불케하는 소설, 소설인지 착각하게 하는 수필도 있다. 착각의 원인은 주제에서보다 구성이나 문체에서 찾을 수 있다.

> 초대는 퇴근시간 5분 전에 받았다.
> "오늘 퇴근 후에 시간 있어?"
> "무슨 일 생겼어?"

---

10) 의도적으로 만들지 않는다함은 수필도 그 예술적인 효과를 상승시키기 위해서는 전체적인 진실성을 훼손하지 않는 한에서 부분적인 가공이 첨가될 수 있다는 말이다.

　"조금 그럴 일이 있어요."
　유난히도 말을 아끼는 사람이고 그래 그런지 옆에 하고 싶은 후배와 모처럼의 데이트(?)를 놓치고 싶지 않아 나는 기왕 저질러 놓은 일들을 밀쳐 놓기로 마음을 정했다.
　"시간 있어. 그런데?"
　"됐어요. 음악회에 같이 가려고요."
　서둘러 선약들을 미뤄놓고 약속 시간에 대어가는데 숨이 턱에 찼다. 나 말고 또 한 사람이 더 먼저 와서 기다리고 있었다. 나는 좋아서 농담겸 치사를 했다.
　"어떤 음악회길레 그 바람이 나한테까지 불었다니?" 내내 반가운 웃음만 치렁하니 늘어뜨리고 앉았던 그가 초대장을 건네주었다.
　'제 1회 장애자 자선음악회'
　치자꽃빛 바탕에 글씨가 쪽빛으로 선명했다. 무슨 모금을 위한 공연이겠거니 짐작만으로 공연장으로 들어섰다.
— 김순영 <어떤 음악회> 서두

　위의 글은 퇴근시간이 임박한 사무실에서 평소에 호감을 느꼈던 후배로부터의 음악회 초대를 받는 것으로 이 글은 시작된다. 화자는 선약이 있음에도 불구하고 후배와 함께 어울리는 시간을 가지기 위해서 선약을 미루고 시간에 대어 공연장으로 달려간다. 공연장 앞에서 후배를 만나 '제 1회 장애자 자선음악회'라 쓰인 초대장을 건네 받았을 때 '무슨 모금을 위한 공연이겠거니' 별로 반갑지 않은 짐작을 하면서 공연장 안으로 들어선다.
　우리는 이 글의 뒤에 음악회에서 받은 깊은 감명, 혹은 그와 유사한 내용이 이어질 것이라고 상상할 수 있다. 우리로 하여금 이렇게 상상하게 하는 것은 위의 글이 '수필'이기 때문이다.
　실제의 수필은 상상대로 장애자 자선음악회의 감동적이고 신비롭기까지 한 정경을 피력하고 있다. 이 수필은 '늦은 저녁으로 빵 한 개씩을 앞에 하고 우리가 다시 마주 앉았지만 누구도 배고프다는 말을 하지 않았다. 육신 멀쩡한 사람인 우리가 보지도 듣지도 말하지도 움직이지도 못하는 저

들에게 위로를 받고 용기와 희망을 한짐 얻어 짊어지고 돌아왔던 것이다'
라고 끝마무리를 한다. 그리하여 독자들로 하여금 자신을 돌아보게 하고
철학적인 명상으로 정신을 씻어 내게 한다.

만약 이것이 수필이 아닌 소설의 서두라면 이후 돌연한 사건이 일어나
거나 아니면 이전의 어떤 일이 현재의 일과 관련되어 헝클어진 국면이 연
출될 가능성도 기대할 수 있을 것이다. 이와는 반대로 소설인데도 수필이
아닌가 생각하게 소설도 많다.

> 고 3때 일은 생각만 해도 지긋지긋하다.
> 정규수업이 끝나 청소를 마치면 우리는 책가방을 싸들고 뿔뿔이 자
> 기가 속해 있는 석강(夕講) 교실로 흩어져갔고 가서는 앉자마자 도시락
> 가방을 폈다.
> 도시락 가방은 그 전해까지는 체르니니 하논이니 하는 피아노 교본
> 을 넣어가지고 다니던 가방이었기 때문에 우리는 전에 부르던 대로 그
> 냥 피아노 가방이라 불렀다. 피아노 레슨을 받은 일이 없는 아이가 유
> 행처럼 되어버린 그것을 일부러 사서 들고 다니던 일도 있어 점심 먹
> 자는 말 대신 피아노 치자라고 한다든가 석강 교실에 가서 그 가방을
> 다시 여는 일을 피아노 복습이라고 부르는 일로 우쭐해하던 것이 그
> 고된 시절의 조그마한 재미였다.
> 자, 피아노 복습 시작! 이라고 하는 한 수다대장의 구령에 낄낄거리
> 며 가방의 자크를 열면 점심시간에 비운 도시락과 김칫병 옆에 신문지
> 로 싼 토스트가 있었다.
> — 이순 <내 녹슨 기계> 서두

위의 글은 소설의 서두임에도 불구하고 마치 화자가 고 3 시절의 잊을
수 없는 에피소드를 회상하는 수필의 서두를 연상하게 한다. 이 소설의 고
백체 문체는 종결까지 계속 이어지면서 지나간 사건과 현재의 상황이 통
일체로서의 한 작품을 이루고 있다. 고백체의 양식을 취하고 있지만 소설
인 만큼 화자의 삶이나 체험, '나'와 연관을 맺고 있는 인물들이 대부분

픽션에 바탕을 두고 있을 것이다. 그러나 독자는 픽션이 아닌 사실 그대로의 기록으로 이해할 가능성이 크다. 수필의 문체나 소설의 문체는 처음부터 그 구분이 불가능하다.

위의 <내 녹슨 기계>는 화자가 살아온 삶이 누구나 흔히 살아낼 수 있는 평범하거나 단순한 삶이 아니다. 그 소재의 복잡성과 비범함이 작가로 하여금 수필이 아닌 소설로서의 형상화 작업으로 이끌었을 것이다. 인생의 체험 그 무엇이나 수필이 될 수 있다고 하지만 수필의 형식에 담아내기 적합한 소재와 그렇지 않은 소재가 따로 있다는 것을 인정해야 될 것이다.

위 글의 화자인 나는 자라서 결혼을 하고 이혼하였으며 방송 드라마의 작가가 되었으나 비명에 세상을 떠난 고모의 딸을 기르면서 화려한 절망과 암담한 희망을 품고 살아간다. 과거의 회상이 회상으로 삽입되지 않고 계속 전진하고 있는 것은 소설이기 때문에 선택할 수 있었던 구성이라고 할 수 있다.

3. 수필과 시

수필은 산문으로 씌여진 문학이라는 것을 특징으로 삼는다. 그러나 산문인 수필 문장이 시적 표현으로 되었다든지, 수필 속에 시를 삽입했을 경우에도 눈에 거슬리거나 어색하지 않다. 오히려 수필의 문장이 시정을 느끼게 할 때, 그 수필은 감각적이고 구체적인 표현의 아름다움을 살렸다는 면에서 좋은 수필이라는 평가를 받을 수 있을 것이다.

> 대추 밤을 / 돈사야 추석을 지냈다. / 이십리를 걸어 열하루 장을 보러 떠나는 새벽 / 막내딸 이쁜이는 대추를 안 준다고 울었다. / 송편같은 반달이 싸리문 위에 돋고 / 건너편 성황당 사시나무 그림자가 무시무시한 저녁 / 나귀 방울에 지껄이는 소리가 고개를 넘어 가까워지면 / 이쁜이보다 삽살개가 먼저 마중을 나갔다.

이 시는 노천명의 '장날'이거니와 일 년 중 가장 사랑하고 아까워하는 추석이 오면 마음은 달이 된다. 이 날만은 그 까실까실한 '꽁보리밥'을 먹지 않아도 되고, 하늘 비치는 밀죽을 먹지 않아도 좋다. 땟국물 흐르는 무명베 적삼을 벗어도 되고 땀물이 절벅거리는 고무신짝을 마루 밑 구석진 곳에 아무렇게나 처박아도 좋다. 날마다 들에 나가 쇠꼴 베던 망태를 내던져도 좋고 김씨네 큰사랑에 열린 대추 한 알쯤 슬쩍 해도 되는 날이다.

울긋불긋 때때옷에 손에 쥔 송편에 마음 넉넉했고 밤낮 네나없이 풍성한 먹거리에 마냥 뛰댈 수가 있어서 좋았다.

그만치 우리네는 너무 가난했고 그만치 우린 어린 나이에도 노동을 해야만 했다. 그래서 그 하얗고 매끈한 도시 아이들의 살성을 얼마나 부러워했던가.

— 정주환 <마음은 달이 되어> 중에서

수필에서 시를 인용하였을 경우는 시를 소개하기 위해서가 아니라 수필의 효과를 배가하기 위한 것이다. 위의 글에서 노천명의 시를 인용한 것이 그렇다. 가난했던 시절의 추석명절을 추억하기에 앞서 시로 표현된 똑같은 종류의 정서를 드러내 보여줌으로써 작가가 의도한 내용에 독자가 보다 친근하게 다가올 수 있도록 유도한 것이다.

대추밤을 팔아야만 그 돈으로 추석명절을 쇨 수 있던 그 시절의 가난한 농촌, 울고 있는 막내딸에게도 한 톨 쥐어 주지 않고 돈이 될 대추와 밤을 가지고 이십리 길을 떠나는 새벽의 풍경은 <마음은 달이 되어>라고 하는 수필의 내용을 보필하는 중요한 소재가 될 수 있는 것이다.

인용된 시는, 까실까실한 꽁보리밥이나 밀죽을 먹지 않아도 되고, 울긋불긋한 새옷에 풍성한 먹거리에 마냥 자유로울 수 있던 가난하던 시절의 추석과 오버랩 되어서 일체감을 이룬다. 수필에는 이렇게 시가 직접 삽입되는 경우도 있지만 수필의 문장 자체가 시를 연상하게 하는 경우도 있다.

비온 뒤에 한 켜 더 재여진 방죽의 풀빛을 사랑합니다. 토란 속잎 안으로 숨는 이슬방울을 사랑합니다. 외딴 두메 옹달샘에 번지는 메아리 결을 사랑합니다. 어쩌다 방 웃목에 내려오는 새벽 달빛을 사랑합니다. 화초보다는 쑥갓꽃이며, 감꽃이며 목화꽃이며 깨꽃을 사랑합니다. 초가 지붕 위에 내리는 새하얀 서리를 사랑합니다. 무 구덩이에서 파낸 무들의 노오란 순을 사랑합니다. 아스팔트를 뚫고 올라왔다는 담양의 그 죽순을 사랑합니다. 고향의 해질 무렵이면 정강이에 뻘을 묻히고 돌아오던 건강한 수부들을 사랑합니다. 지나가는 걸인을 불러들여 먹던 밥숟가락을 씻어서 건네주던 할머니를 사랑합니다. [⋯중략⋯]

내가 사랑하는 이 모든 것을 버무려서 그 누구도 아닌 한국의 아이로 복제하고 싶은 「초승달과 밤배」 속의 주인공이 '난나'(나는 나)입니다. 풀꽃 하나도 아끼는 조용한 아침의 나라다운 화평의 피를 가진 아이, 이 땅의 난나들이 자연을 정복하는 것이 아니라 산천과 융화해서 사는 삶, 양적인 물질의 풍요보다는 생활의 질을 추구하는 삶, 그리고 보다 높은 인간적 사랑으로 분열을 극복하고 하나되어 살아가기를 이 밤에 기도합니다.

— 정채봉 <내가 사랑하는 것들> 중에서

수필의 문장이 시를 닮았다는 것은 장점이라고 할 수 있다.

언어예술인 문학의 모든 장르가 시의 상태를 지향한다는 것은 자연스러운 일일 것이다. 시의 상태를 지향한다함은 그렇게 압축되고 간결한 상태 은유와 상징이 가능한 예술의 상태를 지향한다는 의미이기 때문이다.

위의 수필은 산문임에도 불구하고 리듬이 내재해 있으며, 많은 관형어와 부사어로 화려하게 수식되어 있다. 오히려 수필적인 서술로만 되어 있는 시도 있음을 생각하면 위의 글은 그대로 시라고 해도 무리가 없을 것이다. 그러나 수필에서 시적 표현에 지나치게 치중하다 보면 내용이 약화되거나 부실해질 수도 있다. 수필문학의 특성은 1) 가장 개성적인 문학, 2) 산문정신에 투철한 문학, 3) 제재가 다양하고 형식이 자유로운 문학, 4) 비평정신의 문학, 5) 심미적 철학적 가치의 문학으로 정리할 수 있다.[11]

이 중에서 특히 수필을 산문정신에 투철한 문학이라 규정하는 것은 산문문학과 근대의 시민정신을 연관시킴으로 파악하자는 것이다. 근대 이후의 시민정신은 자유와 평등을 추구하는 정신이다. 수필 문장과 시민정신의 연결은 수필의 본질을 파악하려고 하는 우리에게 시사하는 바가 크다.

산문은 근대 이후 운문문학에 대한 반동으로, 역사적 사회적으로 복잡해진 조건에 의해서 등장한 것이다. 산문에는 시와 달리 철학적이며 과학적인, 그리고 실험적이며 실증적인 근대의 정신이 반영되어 있다. 따라서 산문은 진솔 정확해야 하며 사실에 근접한 설명의 태도를 취하게 된다. 모든 문장이 시의 상태를 지향한다고 해도 당연히 전해야 할 내용을 젖혀두는 일이 있다면 그것은 바람직한 것이 아닐 것이다.

다음의 시를 읽어보자.

> 너화는 느시라고도 한다. 이 새 한 마리가 강원도 속초 북방에 나타났다가 사냥꾼에게 잡힌 것은 1968년의 이른봄이었다. 그후 너화는 1970년 늦은 가을 사냥꾼의 동정을 살피기라도 하듯, 육지의 가장자리 강화도에 일곱 마리가 무리 지어 다시 나타났으나 곧 사라지고 한참 뒤엔 1974년 1월 육지에서 멀리 떨어진 연평도에 한 마리가 그 모습을 보이었다. 그러나 끝내 이 한 마리마저 사로잡혀 날개가 접힌 채 창경원에 옮겨진 뒤 너화는 지금껏 그 모습을 아무 데도 나타내지 않는다. 창경원으로 보내어진 마지막 한 마리도 얼마 가지 않아 철망 사이로 모가지를 뽑은 채 죽고 말았다. 죽기 전날 밤 꿈에 너화는 보았다. 바다 안 연평도에 솟은 물보래를, 사냥꾼에게는 잡지지 않는 물모래를, 철망 사이에는 갇히지 않는 물보래를, 무수한 물보래가 솟고 솟고 또 높이 높이 솟는 것을. 그것은 한껏 날개 치솟는 수천 마리의 새, 하늘빛에 젖어서 눈부시게 나르는 수 천 마리의 새 너화였다.
>
> — 전봉건의 시 <너화> 전문

---

11) 拙著 「창작의 아름다움」, 1997, 학문사, pp.118~138 참조.

위의 글 <너화>는 그 외양에서 시보다는 산문에 훨씬 가깝다. 충실한 내용의 전달(환경보호의 일환인 새의 보호)에 주력하였으며 언어의 미감에는 등한하였다고 할 수 있다. <너화>를 정채봉의 수필 <내가 사랑하는 것들>과 비교해 보면 정채봉의 수필이 오히려 시에 가깝다고 하는 말에 아무도 이의를 제기하지 않을 것이다. 시에 가까운 만큼 정채봉의 글은 내용보다는 형식에 치중했다고 볼 수 있겠다.

보통 시와 산문을 구별할 때 일차적으로 운율의 유무를 보아 판단하게 된다. 시는 논리의 비약과 언어의 절약을 통하여 의미를 최대한으로 압축하고 응결한다. 이 압축과 응결 때문에 리듬이 생기고 상징성이 생기게 되며 길이가 짧아지게 된다. 전봉건은 앞부분에서 느린 템포로 말하다가 뒷부분에서 갑자기 빨라지고 빨라지면서 운율과 비유가 생겼다. 마치 뒷부분을 말하기 위한 사설로서 앞부분을 도입한 것처럼 보인다. 노래로 정제하여 부르기 어려울 만큼 많고 벅찬 내용이나 격앙된 감정은 이야기로 풀어나가는 것이 쉬울 것이다. 노래로 부르려면 여과하고 다듬고 응결하는 마음의 여유와 시간이 필요하게 된다.

4. 수필은 수필이다

수필은 하나의 주제에 대한 필자의 견해를 평이하게 기록한 문학적인 글이다. 수필도 시나 소설처럼 작가의 체험이나 생각이 소재가 된다.

일찍이 서양 수필의 효시라고 할 수 있는 프랑스의 몽테뉴는 자신의 저서 『Las Esses』의 서문에서 '독자여 이 책은 성실한 마음으로 씌어진 것이다. 이 작품은 처음부터 내 집안 일이나 사삿일을 말해 보는 것밖에 다른 어떤 목적도 있지 않음을 말해 둔다[…이하 생략…]'라고 하였다. 수필이라는 말을 동양에서 최초로 언급한 송나라 때의 홍매도 『용제수필』의 서문에서 '나는 게으름이 버릇이 되어 책을 많이 읽지 못하였다. 생각나는 바가 있으면 그때그때 기록하였을 뿐 그 선후를 가려 다시 정돈하지 않았다. 그러므로 명목을 달아 이르기를 수필이라고 한다'라고 하였다. 두 사람의 말은 완전히 일치한다.

즉, 개인적인 사고와 체험의 표현이라는 것, 거대하고 엄청난 내용을 다루지 않았으며 일상생활의 면모를 다루었다는 것이 그것이다. 이러한 정의는 소설이 상당한 길이의 허구적 이야기이며, 과거 또는 현재의 인생을 보여주는 가공적 인물의 행동이 다소 복잡한 풀롯 속에 묘사되어 있는 것이라고 하는 정의와 대조된다.

또 '언어의 의미, 소리, 운율 등에 맞게 선택 배열한 언어를 통해 경험에 대한 심상적인 자각과 특별한 정서를 일으키는 문학의 한 장르'라고 하는 시의 정의와도 대조된다.

수필은 인생과 가장 가까운 문학이며 생활과 가장 가까운 문학이다. 소설처럼 허구가 아닌 진실인 동시에, 시처럼 언어의 조탁, 배열과 표현에 앓지 않아도 되는, 자연스러움으로 감동을 주는 문학이다.

일반대중 혹은 독자와 거리가 가깝다는 것이 수필의 특징이다. 그러나 이 특징은 수필의 장점인 동시에 약점도 될 수 있다. 거리가 가깝기 때문에 친근하게 느낄 수가 있을 것이다. 그러나 거리가 가까움으로써 수필을 대수롭지 않게 생각할 수도 있고 가볍게 생각할 수도 있다. 더구나 '무형식의 형식을 가진 문학', '붓 가는 대로 쓰는 글'이라는 수필의 일부 정의가 이 가까운 거리를 더욱 부추겼을 가능성은 크다. 수필은 친숙하되 품격 있는 문학으로 키워져야 할 것이다. 지금 어디나 널려 있는 단순한 체험이 아닌, 앞으로 우리 곁에 있어야 할 체험이 바탕이 되어야 할 것이다.

『表現』, 1999.

흐르지 않는 세월

1. 序論 — 변두리 인간들

라대곤 소설의 두드러진 특징은 등장인물의 성격이며, 그들의 대부분이 소외당하고 있는 변두리 인간이라는 점이다. 변두리 인간들을 주인공으로 등장시킬 경우, 우리는 그 세부적인 성격을 다음과 같은 몇 가지 유형으로 나누어 생각해 볼 수 있다.

첫째 주인공이 변두리 인간임에도 불구하고 놀라운 의지로 난관을 극복하여 종국에는 성공하는 경우, 둘째 변두리 인간이 사회적인 불평등과 부조리에 저항하여 고발하는 경우, 그리고 셋째는 변두리 인간이 자신이 처해 있는 상황에 스스로 적응하는 경우이다.

앞의 두 유형은 서로 대치되면서 주인공이 도전적이며 영웅적인 의식을 가진다는 점에서 공통된다고 하겠으나 세 번째의 유형은 이와 다르다. 즉 세 번째 유형은 변두리 인간임을 운명으로 수용하고 있는 인물이다.

그들은 상황으로부터 벗어나려고 안간힘을 쓰지 않음은 물론, 그것을 개탄하거나 수치스러워하지도 않는다. 그들이 독자들에게 환기하는 것은 보다 보편적이고 근원적인 인생와 인간의 문제라고 할 수 있으며 어떤 개인의 영웅주의가 아니다.

라대곤 소설의 주인공들은 이 세 번째 유형에 속한다. 그의 주인공들은 영웅의식과는 거리가 멀며, 입지전적인 인물도, 저항하고 고발하는 문제인

물도 아니다. 그들은 우리 곁에 가까이 있어서 낯설지 않은 사람들이다. 그들의 감정, 그들의 사상 그들의 취미는 우리들과 비슷하여서, 소설 속의 세계와 일상의 생활 사이에 거리가 있음을 전혀 느낄 수 없다.

현대소설에서 성격의 창조는 과거와는 달리 중요한 특성으로 지목되고 있으며 이론가들은 이를 '새로운 인간의 창조'니 '인간성의 탐구'니 하는 말로 의미와 비중을 심화시키고 있다.

고대에는 서사문학의 중심을 사건의 전개에 두었기 때문에 스토리와 플롯을 중시할 수밖에 없었다. 그것은 아리스토텔레스가 『시학』에서 비극의 여섯 가지 요소 중 그 첫째를 플롯이라고 주장했던 것과도 무관하지 않다. 그러나 현대에 이르러 소설의 중심은 인물의 성격으로 전환하였다.

이에 대하여는 허드슨(W.H.Hudson)이 자신의 저서 『문학연구의 이론 (An Introduction to the Study of Literature』에서 "작품의 성공 여부는 오로지 성격묘사의 기교에 달려 있다"고 강조하였으며, 또 로브 그리예(A.R. Grilet)가 "소설을 쓴다는 행위는 문학사가 포용하고 있는 초상화 전시장에다 몇 개의 새로운 초상화를 더 첨가하는 일이다"라고 하여 성격의 중요성을 함축적인 말로 표현한 바 있다. 이는 결국 현대에 있어서의 소설의 창작 행위란 새로운 개성의 인물을 창조해 낸다는 의미를 강조하는 말이 될 것이다.

한 편의 소설 그 마지막 페이지를 덮으면서 독자들과 종국적으로 대면하게 되는 것은 한두 사람의 성격이다. 그리고 우리와 진지하게 마주 앉은 인물의 성격은 관념적이거나 추상적인 것이 아니다. 그는 구체적인 이름과 직업과 나이와 취미를 가졌으며 피와 살을 가진 생생한 사람이다. 소설 속의 인물은 어느 시대, 어느 사회에 소속하는 특수성을 가질지라도 그의 특수성은 인류 보편성이라는 공감에 호소해야 하며 작품의 격을 높이는 열쇠가 되어야 한다. 현대에 이르러, 소설은 창조적 인물의 성격을 통하여 그 생명이 유지될 수 있다고 말하는 것도 이러한 점을 전제한 지적인 것이다.

　라대곤의 『악연의 세월』에는 여덟 편의 단편소설이 실려 있다. 각기 다른 주인공들의 성격을 스케치하면 대략 아래와 같다.

　허춘삼(<견축기>)은 평생 돈벌이를 해 본 적이 없다. 초등학교 교사였던 아내의 퇴직금으로 시골로 이사를 해서 진돗개 두 마리를 기르며 소일한다. 새로 이사한 동네에 익숙해질 무렵 바로 윗집의 근섭이와 어울리게 되고 차츰 친숙해지면서 생각지도 않았던 축산조합의 조합원이 되었으며 오백만 원이라는 축산 장려금까지 받는다. 그는 근섭이 외에도 박 사장이 베푸는 돈과 술과 여자의 유혹으로 철저한 타락을 경험한다. 나중에 알게 된 사실이지만 근섭이나 박사장은 둘 다 축산 조합 대의원에 입후보한 후보자였고 그들의 선심은 선거운동이었다.

　허춘삼은 유혹을 강하게 뿌리치지도, 그렇다고 거기 완전히 몰입하지도 못한 채 엉거주춤 그들의 농간에 놀아나다가 결국은 경찰서에 불려가게 된다. 그는 출두명령서에 적힌 대로 아침 10시부터 가서 기다렸지만 그의 차례가 오지 않아서 그냥 돌아오기를 거듭하다가 겨우 3일째 되던 날에야 심문을 받는다. 그의 죄명은 선거법 위반이었는데, 그것은 선거에 패배한 박사장의 고발에 의한 것이었다. 근섭이 덕으로 얻어 쓴 축산조합의 오백만 원이 문제였다. 허춘삼은 그렇게 하여 선거의 결과를 뒤엎으려는 박사장의 의도가 역겨웠다.

　오만길(<엉뚱한 출세>)은 잡지사 기자였다. 그는 음란물 제작 판매 죄로 1년 징역형을 받는다. 그가 근무하는 잡지사에서는 대낮에 골짜기에서 목욕하는 여자의 사진을 찍어서 특종이라며 게재했는데, 하필 힘깨나 쓰는 사람의 '사모님'이어서 일이 크게 터진 것이었다. 그러나 사실을 말하자면 그 사진을 찍은 것은 오만길이 아니었고 그의 동료였다. 동료는 오만길에게 자신이 딱한 처지에 있으니 자기 대신 잠시만 고생해 달라고 감언이설로 떠넘겼고 그는 거기 속아서 범죄자의 신세가 된 것이다.

　오만길은 동료의 죄를 대신 짊어지고 1년을 복역하면서 죄수들을 가르치는 교육사가 된다. 그는 그런 대로 거기서 보람을 느낀다. 그는 어렸을 적부터 시골 중학교 선생이 되는 것이 소망이었다. 오만길은 자신의 소망을 거기서나마 성취한다고 생각하였던 것이다. 그는 교도소 교육반에서 살인죄를 억울하게 뒤집어쓰고 복역중이 김칠복을 만났다.

그로부터 20년 후 진학학원의 이름 없는 강사로 겨우 살아가고 있는 오만길에게 어느 날 한 통의 편지가 날아들었다. 자신이 세운 고아원에서 원아들의 교육을 맡아달라는 김칠복의 간절한 부탁의 편지였다.

심형삼(<예기치 못한 수령>)은 건설회사 자재부의 말단사원이었다.

'심형삼'이라는 그의 이름을 대면 묘하게도 '심형사'로 오인하는 사람들이 많았다. 처음에는 그에게도 남을 속이려는 의도가 전혀 없었다. 또 형사라는 직업이 그의 성격에 어울리지도 않았다. 그러나 남들이 속아주는 것이 싫지는 않았으며 더러 우쭐하는 재미도 느낄 수 있었다. 그렇게 생각하는 마음 한 편에는 지금까지 살아오면서 분하고 억울한 일을 많이 당했으므로 한 번 형사가 되어서 분풀이라도 해보고 싶은 마음이 있었다.

그러다가 여동생이 선물로 사준 가죽 점퍼와 가죽 장화를 착용한 것이 발단이 되어 그는 의심할 것 없는 형사로 치부되었다. 심형삼은 구태여 부정할 필요성을 느끼지 않고 드디어는 본격적으로 가짜 형사 노릇을 하게 된다. 그러나 그것이 오래 지속될 수는 없었다. 그는 헤어나올 수 없는 죄악의 늪으로 빠져들고 만다.

사장님이라고 불리우는 '나'(<견분>)는 사무실 아래층 강씨의 개 가게에 심심하면 들러서 개를 들여다본다. 어느 날 강씨는 가게에 온 한 젊은 여자에게 "아주머니 같은 분은 그런 비싼 개는 만져보지도 못합니다"라고 약을 올려서 십만 원밖에 안 되는 푸들 한 마리를 오백만 원이나 받고 팔았다.

기분이 좋아진 강씨는 '나'에게 술을 샀지만 '나'는 구매자의 심리를 교묘하게 자극하여 당치 않은 비싼 값에 개를 판 강씨가 싫어지기 시작했다.

그런데 알고 보니 개를 사간 젊은 여자는 강씨 같은 사람을 등쳐먹는 사기꾼이었다. 그녀는 오천만 원을 손해 배상하라고 강씨를 고소하였고 '나'는 그 현장에 있었기 때문에 법정에 증인으로 불려간다. 그는 무엇이 무엇인지 모를 막된 세상에 혼돈을 느끼면서 법정의 증인석에서 "개똥 같은 년아"를 부르짖는다.

문석(<도둑맞은 배꼽>)은 철공소의 용접공이었다. 그가 자취하고 있는 바로 옆방에는 고무공장 직공인 '그녀'가 역시 자취를 하고 있었고 그들은 자연스럽게 방을 합쳐 동거하면서 사실상의 부부가 되었다. 꿈 같은 행복이 잠시 스치는가 했는데, 문석은 폐결핵에 걸렸고 때를 맞춰 제약회사 외판원인 고향 친구 임근석이가 찾아왔다.

문석은 근석이 어렸을 적부터 교활하다는 것을 알고 있었다. 그러나 오래간만에 만난 김에 늦도록 술을 마시다가 인사치레로 하룻밤 재워보낸 것이 큰 실수였다. 근석을 그들 단간방에 눌러서 함께 기거하게 되고 말았던 것이다. 문석은 근석이 가져다 주는 약을 특별한 약인 줄 알고 복용했지만 그것은 수면제였다. 근석이가 아내와 짜고 먹이는 그 수면제 때문에 문석은 밤마다 깊은 잠에 빠졌고 그가 잠든 사이 그의 아내는 근석이와 놀아났음을 늦게야 알게 된다.

라대곤 소설의 주인공들은 어찌 보면 순진한 것 같기도 하고, 또 어찌 보면 한없이 어리석은 바보처럼 보이기도 한다. 그들의 마음 한 구석에는 물론 양심이 눈을 뜨고 있어서 죄악이나 불의 앞에서 망설이기도 한다. 그러나 결국은 유혹 당하는 약한 인간들이다. 그들은 큰 소리 칠 만큼 정의롭지도 않고 신념이 투철하지도 않다. 망설이면서도 어찌어찌하다가 어울리게 되고 또 어찌어찌하다가 한 패거리가 되고 그러다가 생각지도 못했던 타락의 늪으로 빠져 들 수도 있는 사람들. 그의 인물들은 그저 그날그날 개인의 무사한 일상에 안주하는 왜소한 소시민일 뿐이다.

헉슬레이(A.L.Huxley)는 현대인들이 대부분 위로의 자기초월(Upward self

Transcendence)를 포기하는데 이는 거인의식으로 도전해야 하는 부담이 있기 때문이라고 하였다. 현대인들은 위로의 자기 초월 대신 옆으로의 자기 초월이나 아래로의 자기 초월을 꿈꾼다는 것이다. 이는 옆으로의 초월이나 아래로의 초월이 위로의 자기초월보다 안이하고 수월하기 때문이다. 위로의 자기초월은 전력투구하여 높은 것을 성취하는 고행의 길인 것이다. 현대의 우리들은 그만큼 일상의 행복을 선택한다. 투철한 이념의 위대한 인간보다는 일상생활 속에서 갈등과 번민으로 살아가는 평균인, 개인적이고 가정적인 소시민의 평화를 더 사랑한다고 할 수 있다는 것이다.

라대곤 소설의 주인공들은 이러한 현대인들의 특성을 구체적으로 표현하고 있다. 그의 소설의 주인공들은 투철한 철학이나 이념으로 무장되어 있지 않을 뿐만 아니라, 특별한 자만심이나 자신감이 있어 그것을 내세우지도 않는다.

소위 엘리트 의식이나 위인의식이란 것도 자기 과시적인 오만에서 파생된 것이라고 하는 정의가 가능할지 모른다. 시대를 선도하고 사회를 정화한다는 그 의식자체가 자기능력에 대한 과신이 없고서는 불가능하기 때문이다.

허춘삼(<견축기>)은 마음으로는 이게 아닌데 하면서도 축산조합조합원이 되고 박사장이 싫으면서도 뿌리치지 못하고 따라가서 그가 하는 대로 여자와 어울린다. 심형삼(<예기치 못한 수렁>)은 남들이 속아주는 것이 재미있고 또 자기편에서 별 손해 될 것도 없다고 생각하면서 가짜 형사 노릇을 한다. 이들은 유혹에 강하지 못하고 안이한 현실에 타협하는 보통 사람들인 것이다. 이들은 뇌물을 받을 때도 께림직하게 생각하면서 '에라 모르겠다'하고 받아 챙긴다. 그의 인물들에게 인류나 사회를 구제한다는 의인의식이 없다는 것은 오히려 당연하다.

정력제라면 사족을 못쓰는 홍전무에게 뱀을 먹여 사육한 메추라기라면서 쥐를 구어 먹이는 한만섭(<인과응보>)이나, 재판소의 증인석에서 '나

뿐년', '이 개똥 같은 년아', '재판이 아니라 개판이다'를 외치는 사장(<견분>)인 '나'에게서 소위 지성인의 세련된 교양을 찾아내기는 어렵다.

그러나 그의 인물들은 정직하고 온순한 피해자들이다. 친구를 믿고 특별한 약인 줄 알고 수면제를 먹고 그러다가 아내를 빼앗기는 문석(<도둑맞은 배꼽>), 남의 죄를 대신 짊어지고 억울하게 징역살이를 하면서도 이것이 내 삶이려니 생각하는 오만길이나 김칠복(<엉뚱한 출세>)이 그런 사람들이다.

그러므로 남에게 속임을 당할지언정 남을 속이는 입장에는 서지 못하며, 빼앗길지언정 빼앗는 사람은 될 수가 없다. 그들은 때리는 위치에 있지 않고 맞는 위치에 있다.

이런 사람들이 독자에게 강하게 어필하는 것은 무엇 때문일까? 그들이 세련된 교양과 지성으로 포장되지 않은 대신 따뜻한 인간미와 온기를 느끼게 하기 때문이다. 빤질빤질하게 닳은, 소위 영리하고 똑똑한 사람들에게 멀미가 난 독자들은 라대곤 소설의 주인공들을 만나서 오히려 정신적인 이완감과 안도감을 느낄 수 있을 것이다. 이 정신적인 안도감을 달리 '친근함' 혹은 '편안함'이라고 해도 좋을 것이다. 그리고 독자들이 별스럽지 않은 주인공에게서 발견하는 이 친근함과 편안함을 달리 동일성이라고 해도 좋을 것이다.

문학의 동기로 작가가 사물에서 발견하는 동일성이라는 게 유력한 이론이 되고 있는 것처럼 문학의 효과 역시 동일성의 발견에서 그는 공명과 공감을 제외하고 얘기하기 어려울 것이다. 감동이라는 것도 따지고 보면 정서의 동일성과 그 합일점이라고 할 수 있는 것이다. 과장하거나 미화하지 않는 주인공을 통해서 독자는 화장을 하지 않고, 있는 그대로 맨 얼굴 그대로 나선 작가의 진솔한 모습을 만나게 된다.

2. 諧謔과 휴머니티

라대곤 소설의 두 번째 특징으로 자유스러운 문체를 들 수 있다. 그가 선택한 인물들이 독자들에게 아무런 부담을 주지 않았던 것처럼 그의 문체는 어떠한 책임도 부담도 느끼지 않는 것 같다. 비속한 언어임이 분명한데 비속하다는 느낌에 앞서 독자는 그의 문체를 통하여 상쾌한 카타르시스의 즐거움을 느낄 수 있다. 그는 문체를 다듬고 깎아서 격식을 갖추려고 하지 않지만 그렇다고 함부로 쓰지도 않는다. 독자들이 긴장을 풀고 스스럼없이 다가서게 하는 문장의 묘책을 그는 알고 있는 것 같다.

그의 지문은 매우 편안하다. 서정적 묘사보다는 리얼리티를 중시하는 서술이지만 대화의 비중도 적지 않다. 대화는 압축되어 함축성이 있으며 이야기를 빠르고 정확하게 진전시키는 힘을 가지고 있다. 또 주인공들의 개성과 적절하게 부합되어 있어서, 그들에게 특별한 엘리트 의식이 없는 것처럼, 그들이 쓰는 용어 역시 자유스럽고 소탈하며 구속이 없다.

라대곤은 아름답게 수식하거나 과장하는 대신 해학을 전체적인 기저에 깐다. 그의 소설의 어느 부분은 다분히 냉소적이고 비판적인데, 그 냉소나 비판이 차갑거나 아프게 전달되지 않는 것은 그 방법에 해학을 삽입하고 있기 때문이다. 그리고 해학이 따뜻한 휴머니티의 시각으로 여과되어 나타나고 있기 때문일 것이다.

> "임마, 똥개 두 마리 가진 놈이 조합원이면 집집마다 개새끼 한 두 마리를 안 기르는 집이 어디 있냐? 사실 말이지, 너 같은 놈들 때문에 나라 꼴이 이 모양 아니냐?"
>
> 그는 졸리운 눈으로 게슴츠레 나를 넘겨다보면서 아주 경멸스럽게 말하고 있었다.
>
> "형사님 그게 아닙니다."
>
> "새꺄, 아니긴 뭐가 아냐?"
>
> "똥개라고 말씀하셨는데 두창이와 연주는 분명히 족보까지 있는 순

종 진돗개입니다. 나는 순수한 진돗개 혈통을 이어가기 위해서 축산업을 하는 겁니다."

"시꺼, 이 새끼야, 묻는 말에만 대답해."

순간 나는 가슴 속이 탁 막히면서 형언할 수 없는 모멸감과 함께 알 수 없는 분노가 일기 시작해 왔다.

"형사님, 내가 진돗개 두 마리 갖고 처음부터 축산업을 한다고 했습니까? 또 조합원 시켜달라고 사정을 한 놈입니까? 괜한 사람 자기네들이 불러다가 조합원 만들어 놓고 커피 사주고 싫다는 술 사준 것뿐인데 내가 무얼 잘못했습니까?"

나는 이대로 당할 수 없다는 오기가 일어서 항의하기 시작했다.

"이 새끼, 이제 지랄병 시작이구먼."

"지랄병이든 미친 병이든 당신 마음대로 하쇼."

"너 이 새끼, 노근섭에게 얼마 먹었어?"

"뭘 먹어요?"

"순순히 불어."

"술은 얻어 먹었어도 돈은 받지 않았다구요."

"그러면 넌 융자받은 돈 어디다 썼어?"

"여기 있소."

나는 집사람 몰래 안주머니에 감추고 다니던 예금 통장을 형사 앞으로 던져 버렸다.

철썩!

갑자기 왼쪽 뺨이 얼얼했다. 어느새 형사가 오른쪽 손바닥으로 내 귀싸대기를 갈겼다.

[…중략…]

"얼씨구, 짜샤, 조합 돈이 너 같은 똥개 몇 마리 키우는 놈한테 빌려주는 돈인 줄 알아?"

"똥개가 아니고 진돗개라구요."

"이 새끼가 아직도 정신을 못 차리고 있네."

철썩!

다시 왼쪽 뺨에 형사의 주먹이 올라왔다.

"왜 때려요?"

"아이고, 이런 등신 같은 것을 참모로 시켰으니 개판이지. 꼴에 의리는 있어 갖고 돈 받아 처먹은 건 불지 않는구먼."

> 나는 아무리 생각해도 억울하기만 했다.
> "임마, 다시 부를 때까지 집에 가서 반성이나 하고 있어."
> 집에 가라는 소리만 귀에 들려 왔다. 바지에 실례한 오줌은 벌써 말
> 라버렸다. 분하고 창피했지만 내 힘으로는 어쩔 수가 없었다.
> "에잇, 더러워, 퉤퉤."
> 나는 조사실 2층 계단에서 내려오면서 내가 할 일 없어 여길 다시
> 오냐고 침을 뱉어 주었다.
>
> — <건축기> 중에서

우리는 위의 예문을 통해서 강한 해학성을 느낀다. 주인공은 평생에 단한 번도 돈을 벌어본 적이 없는 사람임을 과시했다. 누가 그래 달라고 부탁한 것도 아닌데 공연한 사람 불러다가 조합원 만들어 놓고 커피 사주고싫다는 술 사주고 나서 죄를 둘러씌우는 것은 무슨 연유인가, 역공하는주인공에게 우리는 달리 할 말이 없으며, 그의 말은 틀리지 않으므로 웃을수밖에 없다. 그러면서도 경찰서 조사실을 나오면서 "내가 할 일 없어 여길 다시 오냐"고 그는 침을 뱉았다. 비록 뺨을 두 번씩이나 맞았지만 그에게는 경찰서를 무시하고 이 사회와 구조를 비웃을 수 있는 순수한 배짱이있는 것이다.

취조를 받는 와중에서도 자기네 개가 혈통이 있는 진돗개임을 확실하게우기는 여유 역시 해학임에 틀림없다. '새꺄', '똥개', '시꺼', '지랄병' 등일연의 비어들에서 독자들이 느끼는 것은 인위적인 수식이 전혀 느껴지지않는 원시의 신선한 감각이다.

3. 원형적 幼年과 인생의 모형

그의 소설집에 수록된 여덟 편의 단편소설 가운데 가장 대표적인 것은이 단편집의 표제로 뽑힌 <악연의 세월>이다. <악연의 세월>은 그 분량면에서도 다른 작품의 두 배에 해당하는 부피를 가지고 있다. 표제가 되었

다는 점에서나 분량의 크기에서나 작자가 가장 애정을 기울여 제작한 작품은 <악연의 세월>이 아닐까 하는 추측을 하게 한다.

필자는 <악연의 세월>을 읽으면서 문득 이문열의 『우리들의 일그러진 영웅』과 헬만 헤세의 『데미안』을 떠올렸다. 그것은 이들 작품들이 유년시절을 소재로 삼고 있다는 점에서 공통되기 때문일 것이다. 유년시절의 정신적 성장에 영향을 주었던 갖가지 곤란과 장애. 그것은 유년을 거쳐 성년으로 향하는 길목의 필수 과정으로 존재하며 지나간 다음 아름나운 추억이 되어 남는다. 그러나 어떤 것은 성년 이후의 전체 인생에 적잖은 영향력을 끼칠 만큼 엄청난 파장을 가진 것도 있다. 둘 중 어느 편이 되었든지, 유년의 체험은 매우 중요한 의미를 가진다.

<악연의 세월>을 포함한 위의 세 작품에는 선악의 대립과 도전, 수난과 시험과 희생이 원형의 형태로 나타나 있다. 이문열이 『우리들의 일그러진 영웅』에서 한병태와 엄석대를 대표선수로 내 놓았다면 헬만 헤세는 『데미안』에서 싱클레어와 프란츠 크로머 그리고 다시 막스 데미안을, 그리고 라대곤은 노일준과 김승복을 출전시켰다.

독자인 우리들은 어린 시절에 경험했던 두 세계를 기억하고 있다. 하나는 광명과 질서와 청결함으로 차 있는 밝은 세계이며, 다른 하나는 어둡고 음습하며 비밀한 세계이다. 전자는 부모와 형제의 사랑이 있는 가정이지만 후자는 부모와 형제가 금기로 삼고 보여주지 않았던 바깥 세상의 유혹이다. 돌아다보면 우리들은 누구나 유년시절에 한 두 사람의 김승복, 혹은 프란츠 크로머나 엄석대에게 시달렸던 기억들을 가지고 있다. 그들은 어른들이 알아서는 안 되는 세계를 일러주고 어른들이 경계하는 일을 우리에게 시키곤 했었다. 우리들은 왜 그것이 어두운 세계이며 어른들에게 들키면 큰일난다는 것을 알면서도 진흙에 발이 빠지듯이 빠져들었을까.

가정은 사랑과 용서와 평화의 장소이다. 그러나 각 가정에는 동시에 가풍에 따른 규제와 교육이 있어서 때로는 가장 부자유하고 엄격한 장소가 될 수도 있다. 유년 시절 우리는 끊임없이 손짓하는 외부세계의 화려한 유혹에 시달렸다. 우리가 받았던 유년시절의 유혹은 새로운 세계에 대한 호기심 때문이었지만 또 한 편으로는 규제와 부자유로부터 탈출하려는 모험심 때문이기도 하였던 것이다.

그리하여 우리는 바깥 세계로부터 엄청난 것을 배웠다. 우리들 가정은 우리를 영원한 유아처럼 보호하여서 이질적이거나 파격적이거나 혁명적인 것을 감추려고 하였다. 생각하면 우리는 가정 밖(가정 밖의 다른 가정을 포함하는)에서 악이 무엇인가를 알았고 거기 대한 저항력을 길렀다. 『데미안』의 싱클레어도 『우리들의 일그러진 영웅』의 한병태도 그랬다.

라대곤의 <악연의 세월>에서 어린 시절을 거슬러 생각하는 주인공 노일준은 '그것은 너무도 슬프고 더러운 젊은 날의 기억이었다'라는 말로 이야기의 실마리를 푼다.

김승복은 노일준을 지배하는 대장이었다. 험상궂은 외모에 나이도 여덟살이나 더 많았고 체구도 월등하게 컸던 대장 김승복은 노일준 등이 모르는 세계를 많이 알고 있었다. 대장은 노일준을 주목했다. 항구 도시에서 살다가 시골 마을로 이사온 지 얼마 안되었기 때문이다. '야, 또 너는 지금부터 대처에서 왔다고 까불면 죽는 줄 알어라.' 대장이 표독스러운 눈빛으로 노일준을 쏘아 볼 때 그는 오금을 펼 수 없었다. 노일준은 병정놀이의 대장인 김승복이 달아주는 이등병 계급장을 달고 그의 졸병이 되었다.

노일준은 대장의 명령에 복종하기 위하여 아버지 궐련을 몰래 훔쳐다가 바친다. 그것은 호박잎담배를 피우는 김승복을 위해서 그가 해야 할 일이었다. 그는 그 대가로 일당에서 소외당하지 않았을 뿐만 아니라 대장이 하사하는 삼각형의 셈비과자를 얻어먹을 수 있었고 동네에서는 어떤 집도 생각지 못하는 보리가 한 톨도 섞이지 않은 흰쌀밥을 얻어먹을 수 있었다. 논 한 뼘도 없고 벌이도 없이 오두막에 사는 그들 모자가 흰쌀밥을 먹는 것은 놀라운 일이었다.

흡사 오리소굴 같은 것이 악동들의 본부였다. 작자는 그 본부를 '그 속에 들어가 호롱불을 켜고 앉으면 아늑하기까지 하고 솔솔 풍기는 흙 냄새는 집에서 멀어진 야릇한 모험심까지 일게 해 주는 즐거운 곳이었다.'라고 표현하고 있다. 이 '야릇한 모험심'도 노일준으로 하여금 대장의 그물을 과감히 찢어버리지 못하게 하는 중요한 요인이었던 게 사실이다. 그러나 노일준이 김승복에게 오랫동안 복종하며 끌려 다녔던 가장 큰 이유는 동네의 다른 아이들이 당연한 듯이 모두 그렇게 했기 때문이며, 다른 아이들이 하는 것처럼 자신도 그렇게 함으로써 같은 또래들의 세계에서 소외되지 않으려고 생각했기 때문이다.

어느 날 밤 대장은 아이들의 비밀 아지트인 토굴로 동네의 '미친년'을 데리고 왔다. 그리고 모든 아이들이 지켜보는 가운데 낄낄거리는 그녀의 배 위로 올라가서 씨근덕거렸고, 다른 아이들도 차례로 '미친년' 위로 올라타게 하였다. 노일준이도 그렇게 했다. 작가는 그 부분을 이렇게 서술하고 있다.

> "느그덜 잘 봤지!"
> 웬지 대장은 조금은 멋쩍어 하는 것 같았다.
> "느그덜도 하나씩 해라."
> 나는 나도 모르게 비명을 질렀다.
> "좋다. 일준이 너부터다."
> 나는 두 손으로 싹싹 빌며 용서를 빌었지만 우악스런 그의 힘은 당할 수가 없었다. 나는 울면서 '미친년'의 배 위로 올라갔다. 다음은 정식이로 시작해서 모두 다 대장의 명령을 거역하지 못하고 '미친년'의 배 위로 올라갈 수밖에 없었다.
> 낄낄낄
> 대장은 무엇이 기분 좋은지 계속 기분 나쁜 웃음을 웃어대면서 차례로 우리의 볼기짝을 철썩철썩 때리고 있었다.
> "느그덜 알지?" 오늘 저녁 일은 절대 비밀이다. 지금부터 비밀을 지키지 않는 새끼는 '미친년'하고 연애를 했다고 일러줄 테니까 조심들

하그라.“

　느물거리던 대장은 어느새 퉁명스러운 표정으로 바뀌어 있었다.

　선한 세계에 소속된 일원으로서 소위 그렇지 못한 세계의 같은 또래들에게 도외시 당하고 싶지 않은 심정, 이것은 특히 순수하고 소박한 어린 시기에 가질 수 있는 공통의 심리이기도 하다. 헬만 헷세의 『데미안』의 싱클레어에게서도 『우리들의 일그러진 영웅』의 한병태에게서도 똑같이 그런 점이 발견된다.

　싱클레어는 대문에 달린 두툼한 놋쇠장식이 좋은 가문임을 상징하는 집, 여러 명의 하녀들이 있고 저녁 기도 시간이 엄격히 지켜지는 안정된 가정의 도련님이었다. 그는 자랑스러운 라틴어학교의 학생이었다. 그러나 그는 자신의 옷차림이나 행동거지가 그렇지 못한 세계의 프란츠 크로머 같은 애들에게 반감을 산다는 것을 알고 있었다.

　프란츠 크로머는 나이도 많고 힘도 세었으며 어둡고 거친 세계에 속해 있었다. 싱클레어도 프란츠 크로머가 옳다고 생각하지는 않았다. 그렇지만 그의 증오를 사는 것이 싫었으므로 자신도 그들과 다를 것이 없음을 증명해 보이려고 과수원에 들어가 사과를 한 자루 훔친 일이 있다고 거짓말을 하였다. 크로머는 그것을 빌미로 싱클레어를 협박하면서 2마르크의 돈을 요구했고 싱클레어는 고민 끝에 부모 몰래 저금통에서 65페니히를 꺼내어 크고 억세고 증오를 가득한 그의 손에 넘겨주었다. 65페니히는 크로머가 요구한 돈의 3분의 1에 해당되는 것이었으므로 계속 5페니히 10페니히를 집안에서 훔쳐서 크로머에게 빚을 갚듯 가져다 주지 않으면 안되었다. 싱클레어는 약속한 날짜에 돈을 준비해 가지 못하는 때가 많았고 그런 날은 클러머가 시키는 일을 무엇이나 해야 했다. 싱클레어는 꿈속에서까지도 그런 괴로움을 당해 가위에 눌렸고 심한 절망과 굴욕감으로 결국 병이 나고 만다.

『우리들의 일그러진 영웅』의 한병태는 서울에서 시골로 전학한 학생이다. 공부로 보든지 집안 환경으로 보든지 서울 학교보다 작은 시골 학교로 전학 와서 기가 죽을 이유가 없었다. 그러나 보통애들보다는 머리 하나쯤이 더 크고 나이도 더 많은 반장 엄석대의 존재는 그에게 불가사의한 대상이었다. 엄석대는 학생이면서도 담임선생보다 더 확실하게 아이들을 장악하였으며, 지능적인 방법으로 아이들이 소지한 좋은 물건을 자기 것으로 만들었다. 반 아이들이 당연한 듯이 엄석대의 눈짓 하나에도 일사불란하게 복종하였다.

한병태는 엄석대의 부당한 착취와 아이들의 어리석음에 정면으로 맞섰으나 역부족이었다. 담임선생조차도 엄석대를 신뢰할 뿐 한병태의 말은 믿지 않았다. 그는 엄석대의 냉소 속에서 따돌림을 당한다. 그의 고독한 싸움은 결국 엄석대의 휘하에 들어감으로써 끝이 난다. 그러나 놀랍고 무서운 것은 엄석대가 시험을 볼 때마다 공부 잘하는 아이들로 하여금 과목별로 돌아가면서 자신의 답안지를 작성하게 한다는 사실이었다. 엄석대는 그렇게 해서 계속 전교 1등의 자리를 고수하고 있었던 것이다.

<악연의 세월>의 노익준이 『데미안』의 싱클레어나 『우리들의 일그러진 영웅』의 한병태와 다른 점은 셋 중 가장 오래 상대인 김승복의 손아귀에서 벗어나지 못하고 있다는 점이다.

싱클레어는 신비한 존재인 데미안이 그의 곁으로 다가옴으로써 프란츠 크로머의 사슬로부터 일단 벗어났다. 따라서 크로머의 존재는 한참 동안의 악몽 정도로 치부될 수 있게 되었다. 한병태에게도 엄석대의 손에서 벗어날 수 있는 기회가 생각보다 일찍 찾아왔다. 그것은 새로 발령을 받고 부임한 젊고 패기 있는 담임 선생에 의해서 엄석대의 비리가 만천하에 노출되고 엄석대 스스로 학교를 퇴학함으로 영원히 그들의 유년으로부터 떠났던 것이다.

노일준 역시 대장의 손에서 얼마 동안은 벗어날 수 있었으니. 그것은 방학이 되어 내려온 일섭이 형의 덕이었다. 형은 대장을 코피가 나도록 두들겨 주었고, 그런지 얼마 후로 대장 모자가 마을에서 떠나 버렸다. 그러나 그것은 잠시에 불과하였다. 노일준에게 있어서 대장 김승복의 존재는 한 번 통과하도록 되어 있는 과정이 아니라 평생 동안 끈질지게 이어진 구차스러운 줄처럼 끊어질 줄 몰랐다. 그야말로 '악연의 세월'이었던 것이다.

육이오 한국전쟁이 터지자 김승복은 인민군이 되어 오토바이를 타고 나타났다. 아무도 옛날의 병정놀이의 대장을 대하듯이 할 수가 없었다. 그는 판이하게 지체가 달라진, 그야말로 대장처럼 행세하였다.

그는 동네의 개를 마음대로 잡아 술안주를 하였으며, 일섭이 형의 애인인 수자를 솔밭에 쓰러뜨려 놓고 짐승처럼 범했다. 일섭이 형은 수자 누나의 복수를 하러 갔다가 김승복의 권총에 맞아 죽었다. 노일섭의 대장 김승복은 유년의 세월에만 한정되지 않고 노일섭의 전 인생을 엉망으로 휘젓고 있었던 것이다.

4. 結論 — 운명이라는 그물

필자는 앞에서부터 계속 <악연의 세월>을 『데미안』 혹은 『우리들의 일그러진 영웅』과 비교하면서 이야기를 진행해 왔다. 결말 역시 그것과 결부시켜 말하는 것이 자연스러울 것이다.

『데미안』은 싱클레어의 정신적 성장을 프란츠 클러머와 막스 데미안을 통해서 완성하게 한다. 저급하고 유치한 프란츠 클로머의 시달림에서 고통을 받았던 주인공은 싱클레어에 의해서 차원 높은 정신적 단련을 받음으로써 새로운 세계를 발견한다. 그리고 그것은 결국 자기 자신의 시각과 개성으로 돌아오는 길이라는 것을 알게 된다. 『데미안』은 정상적인 한 인간의 인격형성의 과정을 철학적 사색을 곁들여 표현하고 있다.

『우리들의 일그러진 영웅』에서는 유년시절의 인간골격은 성인이 된 후까지도 그 원래의 틀이 발전될 뿐 변화되지 않는다는 것, 그것은 다만 확대될 뿐이라는 것을 보여 주고 있다.

제법 똑똑한 학생이었던 한병태는 일류대학을 나왔지만 이런 저런 일을 거쳐 지금은 사설학원의 강사로 30대 중반의 가장이 되어 있는 반면, 엄석대는 무슨 일을 하는지 한 번씩 고향에 와서 중앙통을 돈으로 휩쓸고 다닌다. 시골 초등학교 교실을 그대로 확대시킨 모습을 살고 있는 것이다. 그리고 한병태가 어느 여름날 가족을 데리고 휴가를 갔다가 역 구내에 좍 깔려 있던 사복경찰에 의해 연행되어 가는 엄석대를 보게 되는 장면도 담임 선생님에게 전모가 발각되어 자퇴를 할 수밖에 없었던 엄석대의 모습을 그대로 클로즈업한 것이라 보아도 될 것이다.

위의 두 작품에 반하여 라대곤의 <악연의 세월>은 김승복의 영향을 운명적인 것으로 수용하고 있다는 사실이 특기할 만하다. 그것은 어린 시절의 경험이 정신적 성장의 배경이 된다거나 잠재의식으로 연결되어 삶의 스타일을 결정하는 데에 한 몫을 한다는 정도의 영향이 아니다. 노일준의 이야기를 풀어가고 있는 지금 이 시점에도 김승복과 만나고 있으며 관계를 맺고 있다는 것이다.

필자는 <악연의 세월>의 이러한 특성이 바로 작가 라대곤의 인성적 특질과 관련되어 있음을 지적하고 싶다. 필자의 이 지적은 라대곤의 수필집 『한 번만이라도』 숙독해 본 사람이라면 이내 수긍하리라고 생각한다. 수필은 고백 문학, 자조 문학, 자전적 문학으로 정의되고 있거니와 그 어떤 문학 장르에서보다도 투명하게 작자의 모습을 바라볼 수 있기 때문에, 수필을 통하여 작자의 모습을 이해하는 것은 지극히 자연스러운 일이다.

그의 수필에는 유구하게 이어지는 세월의 낙수들이 있다. 그것은 순례와 정식이 등 어렸을 적의 친구와 고향마을을 배경으로 한 추억들이 대부분을 차지한다. 그는 춥고 배고팠던 과거를 다만 과거의 일로 끝내버리는 것이 아니라, 배부르고 등 따뜻한 오늘까지 지속시키고 있다.

필자는 그의 수필 <어떤 귀향>을 통하여 작가를 가장 가까이서 바라볼 수 있었다. 그는 친구가 합격하기 어려운 사관학교에 입학할 때 기뻐했으며, 소위로 임관할 때 진심으로 축하해 주었다. 장군이 되어 별을 달던 날은 초청장도 받지 못했지만 친구의 영광스러운 식장에 자발적으로 참석하였다. 그 날은 수많은 축하객 속에서 그와 악수도 나누지 못했지만 장군이 된 그를 바라보면서 자랑스러워했다. 그리고 그 친구가 전역하여 다시 고향에 돌아왔을 때, 그는 이제는 야인이 되어 자유스러워진 친구의 손을 편안한 마음으로 붙잡고 고향의 밤거리를 행진하였던 것이다.

이러한 그의 성향이 소설에서도 나타난다는 것은 이상한 일이 아닐 것이다. 옛날의 김승복이 사라져버리지 않고 현재까지 남아 있다는 사실은 매정스럽지 못하여 오히려 안타깝게 하는 작가의 인간성을 설명해 준다. '미친년'의 몸으로 낳은 김승복의 딸 승미가 노일준의 옆에 성숙한 여인이 되어 앉아 있는 사실을 통해서 독자는 승미에 대한 노일준의 연민이 그의 숙명으로 연결될 것임을 암시받게 된다. 어쩌면 승미의 존재는 이 소설의 사족이라고도 할 수 있다. 오히려 그 부분을 제외하는 것이 작품의 예술미를 완성시키는 데 유리하지 않을까 하는 생각도 없지 않다. 그러나 다시 돌려서 <악연의 세월>에서 작가가 역점을 두고 싶었던 핵심은 바로 승미에게까지 이어지는 세월일 것이라는 반론을 필자 스스로 제기하기도 한다.

> 그녀의 눈망울 속에는 진실의 갈증이 깊은 우물을 파고 있었다. 그녀가 불쌍하다는 생각이 들었다.
>
> 나는 김승복을 미워할 수가 있었지만 그녀만은 김승복을 미워할 수 없는 간접적인 피해자인지도 모른다.
>
> 나는 잔잔하게 들썩거리는 그녀의 어깨를 조용히 바라보고만 있었다.
>
> "아버지가 누군지 말해 줄 수 있나요?"
>
> "그래야겠지요. 나에게도 먼 기억 속의 악몽일 뿐인 그 해 여름의 이야기를 못할 것도 없겠지요."
>
> "고맙습니다."

나는 그녀의 바바리코트를 걸쳐주면서 카페를 나와 지나가는 택시를 불러 세웠다.

"어디로 가시나요?"

"지곡리로 가야겠지요."

[···중략···]

멀리 공동묘지 위로 반딧불이 여려 마리 춤추듯 너울거리고 있었다. 이제 승미는 한숨 같은 건 쉬지도 않고 있었다. 나는 가만히 그녀의 어깨를 가슴으로 싸안았다.

지금껏 그녀가 불행했던 것은 내가 김승복이를 미워한 저주 때문인 것 같은 후회가 왔다.

"그때 아버지를 쫓아갈 때부터 시작한 먼 길이 결국은 여기가 끝이군요."

지곡리의 하늘에 걸린 달빛이 먼 길을 걸어온 지친 그녀의 얼굴 위에 조용히 내려앉아 있었다. 온 밤이 새도록 그녀와 나에게 이 곳에 왜 왔냐고 묻는 사람도 없었고 정식이마저도 그 해 여름을 지나간 이야기 정도로 기억하고 있을 뿐이었다.

오직 나 혼자서 지금까지 바보처럼 악몽 속을 헤매고 다녔을 뿐이었다. 아니 또 한 사람 김승복이가 있지 않은가, 조금 더 빨리 지곡리에 와보지 못한 것이 후회스럽기조차 했다. 그녀는 미동도 하지 않고 먼동이 터오는 아침 햇살을 조그만 등으로 받고 앉아 있었다. 나는 조용히 그녀의 손을 잡아 일으켰다.

"이제 어디로 가야 할까요."

그녀는 허탈감에 빠져 있었다.

"S시로 가야 합니다."

"왜지요?"

"아버지를 만나고 싶습니다."

"만나서요?"

"훌훌 털자고 말하렵니다."

"될까요?"

나는 언제까지나 그곳에 앉아 있고 싶어하는 그녀를 끌고서 천천히 마을을 내려왔다.

　주인공 노일준은 후회하고 있다. 지금껏 승미가 불행했던 것은 자신이 김승복이를 증오하며 저주했기 때문이라고 믿고 있는 것이다. 노일준이 그때까지 원수처럼 생각했던 김승복의 딸 승미에 대한 연민은 곧 작가의 등장인물에게 품는 동정과 사랑이다. 작자는 끝끝내 김승복을 미워할 수가 없는 것이다. 작가 라대곤은 예술지상주의자가 아니라, 인도주의자라는 것을 웅변하는 대목이 아닐 수 없다.

　문득 톨스토이의 『부활』 중에서 마지막 부분은 사족이라고 하는 일부의 주장이 생각난다. 주인공인 귀족 청년 네플류도프는 청년 시절에 친척집 하녀 카츄샤를 농락하였다. 그후 오랜 세월이 지난 다음 살인자의 누명을 쓴 카츄샤와 배심원이 되어 있는 네플류도프가 법정에서 만나게 된다. 거기서 옛날의 그 카츄샤임을 알게 된 네플류도프가 뒤늦게 자신의 잘못을 뉘우치고 시베리아 유형의 길을 함께 떠나겠다고 한다.

　여기서 네플류도프의 참회 장면 이후는 예술적 안목에서 볼 때 어색하다는 것이다. 그러나 한편에서 톨스토이가 톨스토이로 불릴 수 있는 것은 바로 그런 특성 때문이라고 변호하는 목소리도 만만치 않다.

　라대곤의 <악연의 세월> 후반부가 사족이든 사족이 아니든 그의 소설의 특성을 규정하게 하는 데는 별로 저해가 되지 않는다. 다만 그가 김승복과 '미친년' 사이에서 불쌍하게 태어난 승미를 그대로 방치하지 않을 것이라는 건 거의 확실할 것 같다. 그러므로 독자로서의 필자는 김승복이가 대를 이어가며 늘어뜨린, 운명이라고 하는 집요한 악연의 그물에 노일준을 다시 끌어들이게 될 것을 예감하면서 조바심하게 된다.

　소설의 마지막 페이지를 덮으면서 필자는 적잖은 걱정에 쌓인다. 노일준은 절대로 과거를 과거 속에 떠내려보내지 않을 것이기 때문이다. 비록 상처가 되어 남을지라도 그는 현재 속에 과거를 품어서 용해시키려고 할 것이 뻔하기 때문이다.

『表現』 32호, 1998. 4.

삶의 깊이와 표현의 깊이

인쇄일 초판 1쇄 2003년 07월 18일
            2쇄   2015년 02월 18일
발행일 초판 1쇄 2003년 07월 28일
            2쇄   2015년 02월 28일

지은이 이 향 아
펴낸이 정 진 이
펴낸곳 새미
등록일 1994.03.10, 제17-271호

서울시 강동구 성내동 447-11 현영빌딩 2층
Tel : 442-4623~4 Fax : 442-4625
www. kookhak.co.kr
E- mail : kookhak2001@hanmail.net
ISBN 978-89-5628-070-7
가 격 11.000원

* 새미는 국학자료원의 자매회사입니다.
* 저자와의 협의 하에 인지는 생략합니다.